ALBATROS

Der Anlass

Vor 150 Jahren, im Jahr 1866, werden auf der Farm der Brüder de Beer im heutigen Südafrika durch Zufall die ersten Diamanten gefunden. Das Diamantenfieber, das die Nachricht auslöst, ist mit dem *Gold Rush* in Kaliforniern oder dem am Klondyke in Alaska vergleichbar.

Die Handlung

Diamanten in der Kapprovinz gefunden!
Von dieser Meldung elektrisiert macht sich der junge, unzufriedene Missionar Heinrich Cohrs auf den Weg zu den Fundstätten, quer durch den Kontinent. Sein Schüler Lucas Nkumalo begleitet ihn. Drei Jahre graben sie sich mit Tausenden anderer Schürfer tief in die Erde und hinterlassen das Große Loch von Kimberley. Sie kehren erfolgreich zurück, Lucas kann seine Jugendliebe Nandi heiraten.
Das südliche Afrika befindet sich mitten in den Wirren der Kolonialzeit. Lucas gerät in den Zulukrieg. Sein Sohn Thabisa löst durch einen Zufall den Diamantenrausch in Deutsch Südwestafrika aus. Burenkrieg und Rassentrennung werden sein weiteres Leben prägen, wie auch den Werdegang von dessen Sohn Johannes. Erst sein Sohn Phineas, Lucas' Urenkel, wird das Ende der Apartheid erleben. Die Diamanten haben die Lebensläufe dieser vier Männer und ihrer Frauen einschneidend beeinflusst.

Der Autor

lebte sechzehn Jahre im südlichen Afrika und gewann einen Einblick in den Diamantenbergbau. Er lernte Menschen aller Hautfarben, vieler Ethnien, Glaubensbekenntnisse und Überzeugungen kennen. In diesem Roman erzählt er die Schicksale von vier Generationen der Familie Nkumalo. Der Autor lebt heute am Niederrhein.

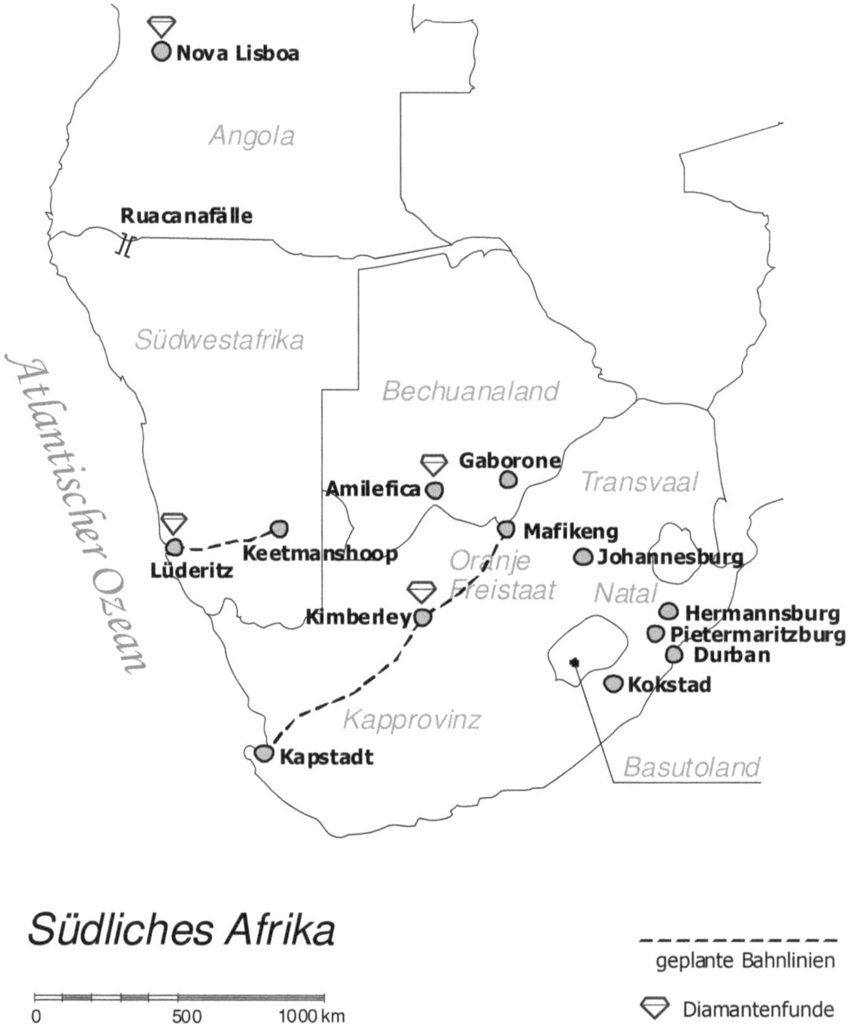

Nova Lisboa
Angola
Ruacanafälle
Südwestafrika
Atlantischer Ozean
Bechuanaland
Gaborone
Amilefica
Transvaal
Lüderitz
Keetmanshoop
Mafikeng
Oranje Freistaat
Johannesburg
Natal
Kimberley
Hermannsburg
Pietermaritzburg
Durban
Kokstad
Kapprovinz
Kapstadt
Basutoland
Südliches Afrika
0
500
1000 km
geplante Bahnlinien
Diamantenfunde

UWE GEILERT

ALBATROS

Roman

Sämtliche Handlungen, Charaktere und Dialoge in diesem Buch sind rein fiktiv. Ähnlichkeiten mit noch lebenden Personen sind zufällig und unbeabsichtigt. Die Namen von Personen, Firmen, Orten und Straßen wurden zum Teil verändert.

Umschlaggestaltung: Autor

Die Deutsche Bibliothek verzeichnet diese Publikation in der Deutschen Nationalbibliografie; detaillierte bibliografische Daten sind im Internet über ‹http://dnb.ddb.de› abrufbar.

© Geilert 2016

Herstellung und Verlag:
BoD - Books on Demand, Norderstedt
ISBN 9 783739 246536

1

Lucas Johannes Nkumalo erhob sich von seiner Schlafmatte, reckte sich, gähnte. Verschlafen erinnerte er sich, dass in der Nacht Regen auf das Reetdach seiner Rundhütte getrommelt hatte. In der Türöffnung füllte er die Lungen mit frischer Luft, die gut nach feuchter Erde roch. Die Wolken hatten sich verzogen, die Sonne stand bereits eine Handbreit über dem Horizont. An den Enden der Reethalme hatte der Regen Wassertropfen hinterlassen, in denen sich wie in kleinen, klaren Lupen die Landschaft spiegelte. Lucas trat nahe an einen der Tropfen heran und fokussierte seinen Blick schielend auf jede Einzelheit. Heinrich hatte ihm die Linsenwirkung erklärt und die Lichtbrechung auf ein Blatt Papier gezeichnet. Seitdem war ihm klar, warum das Abbild auf dem Kopf stand.

Lucas liebte seine gewellte, grüne Heimat mit den verstreuten Rundhütten und den kleinen Feldern, auf denen sie Mais und Gemüse anbauten, und Sorghum für das Bier. Die einsetzende Morgenbrise wehte das Muhen der Rinder herüber, das Meckern der Ziegen und dazwischen die Rufe von Kindern. Manchmal hörte er Ermahnungen oder Scherze einer Männerstimme. Heute am Sonntag waren die Väter zu Hause.

Er dachte an den Streit mit seinem Vater vor vielen Wochen zurück, als es darum ging, was er nach dem Ende der Schule mit seinem Leben anfangen sollte. Schon zehn Jahre vor Lucas' Geburt hatten die Briten das Gebiet südlich des Königreichs der Zulus als ihre Kolonie Natal annektiert.

›Sie nennen es liebevoll Land der tausend Hügel‹, dachte Lucas.

›Als wäre es ihr Eigentum. Aber immerhin haben sie die allgemeine Schulpflicht eingeführt.‹

In den ländlichen Gegenden war sie jedoch nie ernstlich durchgesetzt worden. In der Gegend um Hermannsburg hatte es die Kolonialverwaltung den deutschen Missionaren überlassen, eine Schule zu bauen, so lange dort auch Englisch unterrichtet wurde. Lucas' Neugier hatte ihn immer wieder nach Hermannsburg getrieben, und so wurde er der erste seiner Sippe, der Lesen und Schreiben gelernt hatte. Seinen Vater hatte das wenig beeindruckt. Für ihn galt es als ausgemacht, dass sein ältester Sohn den Erhalt und die Vermehrung der Rinderherde zum Lebensinhalt machen würde. Er war aus allen Wolken gefallen, als Lucas sich weigerte.

»Du trittst unsere Traditionen mit Füßen! Rinder sind unser Leben. Sie sind alles, was wir haben. Als guter Zulu übernimmst du die Herde und kümmerst dich gefälligst darum. Niemals hätte ich dich auf diese Schule schicken sollen. Dort haben sie dir nichts als Flausen in den Kopf gesetzt.«

Lucas widersprach seinem Vater. »Wofür habe ich Lesen, Schreiben und Rechnen gelernt? Ich kann jetzt Zulu, Englisch, Deutsch und ein wenig Afrikaans, die Sprache der Buren. Ich kann zeichnen. Lieber will ich ein Handwerk lernen und mit Holz arbeiten. Ich will etwas bauen, etwas Nützliches hinstellen wie Baas Heinrich. Ich will nicht deinen Rindern tagein, tagaus auf den Arsch gucken. Ich will meinen Kopf gebrauchen und Geld verdienen.«

Kgabu Nkumalo war wütend auf seinen Sohn.

»Du führst Widerrede gegen deinen Vater? Du willst, du willst? Du tust, was ich dir sage! Das war immer so gewesen, bei meinem Vater und dessen Vater und dessen Vater. So ist das Leben eines Zulu, Basta! Wenn du dich nicht fügst, musst du mein Land verlassen.«

Lucas war zusammengezuckt. Das war die Höchststrafe! Sein Vater drohte den eigenen Sohn fortzujagen! Er fühlte sich gedemütigt und erpresst. Das galt bei Zulus als unwürdig. Er zögerte lange, bevor er sich endlich einem der Ältesten anvertraute.

»Ich respektiere meinen Vater. Aber wenn wir uns weiterentwickeln wollen, müssen wir von den Europäern lernen. Sonst bleiben wir Zulus ein rückständiges Volk. Das kann keiner wollen. Ich schon gar nicht. Ich fühle, dass eine neue Zeit angebrochen ist, und wir Zulus sollten daran teilhaben. Meinst du nicht auch?«

Der Älteste war nachdenklich. Er hatte schweigend zugehört, ohne Lucas zu kommentieren. Beim nächsten Stammespalaver sprach er den Punkt vor der ganzen Runde an und geriet sofort mit Kgabu Nkumalo aneinander.

»Du wagst es, dich in dieser Runde in meine Privatgelegenheiten einzumischen? Verdammt, das geht nur Lucas und mich etwas an!«

Er wusste, wie stur Kgabu Nkumalo sein konnte und erwiderte, das sei sehr wohl eine Stammesangelegenheit.

»Wir können nicht unsere Söhne davonjagen, nur weil sie Lesen und Schreiben lernen und in der neuen Zeit einen Beruf ergreifen wollen. Dies ist sehr wohl etwas, das uns alle angeht. Wir verlieren unsere besten Männer.«

In der großen Runde hoffte er auf Zustimmung von anderen. Sie kamen vorerst zu keinem Entschluss, und so blieb das Thema über drei Monate auf der Tagesordnung. Am Ende hatte ihm der Vater diese Hütte zugewiesen und gesagt, er sollte fortan selber klarkommen. Er würde Lucas zwar nicht von seinem Land jagen, aber er solle sich den Lebensunterhalt selber verdienen. Lucas war erleichtert. Immerhin, er durfte bleiben. Er schnippte mit den Fingern gegen die Reethalme. Die Tropfen fielen auf die Erde und hinterließen runde, dunkle Flecken.

Heinrich Cohrs war der jüngste der Missionare, jünger als Lucas' Vater, aber mit einem Schatz an Kenntnissen und Wissen, der dem jungen Zulu stets freiwilligen Respekt abforderte. Er hatte immer ein Stündchen Zeit. Seine älteren Kollegen waren Institution und strahlten Autorität aus. Sie waren die Männer der ersten Stunde, die Gründer. Heinrich war erst vor gut einem Jahr angekommen. Lucas hatte den feinen Unterschied zwischen ihm und den Alten gespürt. Den Älteren ging man aus dem Weg, Heinrich war nahbar.

Einmal hatte Lucas ihn gefragt, warum er seine Heimat verlassen hatte, um nach Afrika zu kommen. Da schlug Heinrich sein Neues Testament auf und las:

Geht hinaus in die ganze Welt, und verkündet das Evangelium allen Geschöpfen! Wer glaubt und sich taufen lässt, wird gerettet; wer aber nicht glaubt, wird verdammt werden.

Dann erzählte er Lucas die Geschichte dieser Mission.

»Lange vor deiner Geburt waren die ersten Hermannsburger aus Deutschland losgesegelt. Der anfängliche Plan der sechzehn Missionare und Kolonisten, in Äthiopien zu siedeln, war misslungen. Man wollte sie dort nicht. Enttäuscht zogen sie weiter nach Süden und landeten mit ihrem Schiff im Hafen Port Natal. Ihr neues Ziel war jetzt das unabhängige Königreich Zululand. Hier wollten sie sich niederlassen und mit ihrer Mission beginnen. Der mächtige König Mpande verwehrte ihnen den Zugang zu seinem Reich. Diese merkwürdige neue Lehre mit Nächstenliebe und Feindvergebung passte ihm nicht. Er war durch und durch Krieger und beabsichtigte sein Reich weiter auszudehnen. Das ging nun mal nicht ohne Unterwerfung und Gewalt. Wieder mussten die Missionare den Rückzug antreten.«

»Wovon haben die dann gelebt?«

»Am Ende haben sie gehungert. Ihre Ersparnisse waren verbraucht. Bei den Briten fanden sie schließlich Gehör und Duldung. In deren neuen Kolonie Natal durften sie siedeln. Die hatten die Missionsarbeit als ein Instrument staatlicher Kolonialpolitik begriffen. Hier konnten sich Missionsgesellschaften unter staatlichem Schutz betätigen. Im Jahr 1854 kauften sich die Missionare eine Farm nahe der Grenze zum Reich der Zulu und bauten sie zu einem Dorf aus. Zwei Jahre später gründeten sie die Deutsche Schule für ihren Nachwuchs, aber auch für die Kinder der Zulus in ihrer Gemeinde.«

Diese Schule durfte Lucas schließlich nach langem Bitten bei seinem Vater und einem Gespräch mit den Missionaren besuchen. Er entwickelte sich zu einem gelehrigen Schüler und bekam bei der Entlassung ein schönes Zeugnis. Er wurde getauft, konfirmiert und war fortan vollwertiges Mitglied der Hermannsburger Gemeinde.

Lucas gefiel besonders, dass alle gemeinsam in die Kirche gingen, egal welche Hautfarbe sie hatten. Er hatte seinem Vater vor kurzem geholfen, Rinder nach Kranskop zu treiben, um sie zu verkaufen. Dort lebten nur Buren. Bei denen war das ganz anders. Die folgten der Lehre Calvins und legten ein paar Stellen aus den Büchern Mose und Josua für ihre Zwecke aus. Sie teilten die Menschen in Herren und Knechte ein. Und die Knechte hatten in der Kirche der Herren nichts verloren. Lucas fand das schade, weil die Schwarzen schöne, kräftige Stimmen hatten und gut singen konnten. Die Knechte hatten aber kein Geld, um sich eine eigene Kirche zu bauen. Deshalb mussten die Schwarzen in Kranskop ihre Gottesdienste unter freiem Himmel abhalten.

Die Hermannsburger sahen sich bald einem Problem gegenüber. Die Gemeinde wuchs rasch. Zwar war ihre Kirche vier Jahre nach dem Kauf der Farm fertig. Aber schon nach weiteren acht Jahren war sie zu klein geworden. Das Gedränge war nicht mehr zu ertragen. Die Schwarzen auszuschließen kam nicht infrage, so beschloss der Rat der Ältesten, eine neue, größere Kirche zu bauen.

Heinrich Cohrs war Zimmermann von Beruf und gläubiger Christ, Lutheraner. Er war in Niedersachsen aufgewachsen. Mit einem Freund hatte er aus purer Neugier und Interesse das alljährliche Missionsfest in Hermannsburg besucht, dessen Motto lautete ›Die Welt hinter dem Gartenzaun‹. Im Freien unter dem Schatten uralter Bäume hatte er den Vorträgen und Berichten der Missionare gelauscht, die aus aller Welt zum Fest gekommen waren, aus Australien, Neuseeland, Brasilien, Persien und Nordamerika. Sie hatten von ihrer Arbeit und ihren Erlebnissen erzählt, über die Länder, die Menschen, die Landschaften und das Klima. Er war fasziniert gewesen und beschloss, selbst Missionar zu werden. Er bewarb sich beim Seminar und wurde angenommen. Drei Jahre drückte er die Schulbank und lernte Theologie, Rhetorik, Sprachen und Völkerkunde. Nach der Ernennung und dem feierlichen Abschlussgottesdienst harrte er der Dinge, die da kommen sollten. Wohin würden sie ihn senden?

Und dann rief ihn der Seminarleiter zu sich. In Natal brauchten sie dringend einen Zimmermann für den Bau des Dachstuhls und des Turmes ihrer neuen Kirche. Er war ernüchtert. Hatte er drei lange Jahre Missionar gelernt, um doch wieder in seinem alten Beruf zu arbeiten? Wenn er jetzt ablehnte, wie lange würde er auf eine neue Berufung warten müssen? Vielleicht zögen sie einen anderen vor, und er würde ewig warten müssen. Kurz entschlossen sagte er zu. Er packte seine Sachen und sein Werkzeug und schiffte sich in Bremen ein.

Sie holten ihn mit einem Pferdegespann im Hafen von Port Natal ab, denn die Vorsteher der Gemeinde hatten eine Familie mit Sack und Pack erwartet. Eine zweirädrige Kutsche hätte gereicht, der Neue war allein gekommen. Als sie nach drei Tagen in Hermannsburg ankamen, war die Begrüßung eher kühl. Wo sollte der Neue in Natal eine weiße Frau finden und eine Familie gründen? Der Ältestenrat hegte gemischte Gefühle. Der würde sich doch nicht mit einer Schwarzen einlassen? Das war zwar nicht verboten, aber unschicklich. Die Frauen fürchteten, ein solches Beispiel könnte Nachahmer finden, und manche hübsche Zulufrau würde Gefallen daran finden, ihren weißen Männern die Köpfe zu verdrehen. Doch was wollten sie tun? Jetzt war er da. Und er wurde gebraucht. Man würde sehen.

Heinrich begann sofort mit der Arbeit, und Lucas fühlte sich von der Baustelle magisch angezogen. Anfangs lungerte er als neugieriger Zuschauer herum. Irgendwann ergab sich das Erfordernis, einmal kurz mit anzupacken, was sich immer häufiger wiederholte. Lucas brauchte nur abzuwarten, bis Heinrichs Kopf mit einem Nicken signalisierte: ›Fass mal an.‹ Aus dem puren Schleppen von Balken wurde bald das Festhalten des Metermaßes, Hilfe beim Sägen und beim Bohren der Dübellöcher. Als der Dachstuhl aufgerichtet wurde, war Lucas volltags beschäftigt. In den Pausen teilte Heinrich seine belegten Brote und brachte eine Extrakanne Tee mit. Lucas wurde sein wichtigster Helfer beim Aufsetzen der Dachbalken für St. Peter-Paul. Zwischen beiden entstand ein Vertrauensverhältnis.

Kurz vor dem Richtfest betrachteten sie das Werk noch ein letztes Mal kritisch und fanden es gut. Sie saßen entspannt auf einer niedrigen Mauer, als Lucas fragte: »Warum hast du keine Frau aus Deutschland mitgebracht?«

Heinrich zögerte, es entstand eine lange Pause. Lucas biss sich auf die Lippen, er bereute seine indiskrete Frage, aber nun war sie in der Welt.

»Eigentlich war das so geplant. Sie heißt Annelie. Wir waren verlobt und wollten hier in Afrika heiraten. Aber im letzten Augenblick hat sie sich anders entschieden. Da waren meine Sachen schon gepackt und die Passage war bezahlt. Sie mussten mich allein fahren lassen. Wenn

Ihr keinen Zimmermann gebraucht hättet, wäre bestimmt ein anderer gekommen. Die Mission will nicht, dass wir uns einheimische Frauen nehmen. Wir sollen uns vermehren, aber nicht vermischen.«

»Kommt sie nach?«

»Nein.«

»Was ist passiert?«

»Sie hat sich in einen Anderen verliebt, sagte sie. Vielleicht liebte sie mich nicht wirklich, oder sie hatte einfach Angst vor dem Neuen, vor dem Abenteuer Afrika. Ich werde es nie genau wissen.«

Lucas sah ihm an, dass es ihn noch immer schmerzte und wechselte das Thema.

»Ob nun mit Frau oder ohne, du bist als Missionar gekommen, aber sie beschäftigen dich als Zimmermann. Jetzt ist der Dachstuhl fertig. Wirst du nun als Missionar arbeiten? In deinem richtigen Beruf?«

»Wie schön, dass du dir meinen Kopf zerbrichst, Lucas, aber mach dir keine Sorgen. Hier gibt es viel zu tun. Ich habe noch andere Talente. Du wirst sehen.«

Er stand auf. Für ihn war das Gespräch beendet.

»Jetzt feiern wir erst einmal Richtfest. Danach wird das Dach eingedeckt, die Kirche muss innen fertig werden, der Altar aus der alten Kirche muss wieder aufgestellt werden, und das Wichtigste ist: wir bekommen eine gebrauchte Orgel aus Deutschland. Über die mache ich mich her. Die muss wieder klingen! Du wirst deinen kleinen Zulu-Ohren nicht trauen. Wart's ab.«

Lucas trat aus seiner Hütte und holte einen großen Krug Wasser vom Brunnen für seine Morgenwäsche. Heute war Kirchweihe. Die wollte Lucas auf keinen Fall versäumen. Bis zum letzten Tag hatten sie an der Orgel gearbeitet. Heinrich hatte ein stabiles Gerüst aus schweren Balken gezimmert, dann die nummerierten Einzelteile aus den Kisten geholt, ausgewickelt und das Instrument wieder zusammengesetzt. Am längsten hatte das Stimmen der Pfeifen gedauert. Lucas saß seitlich hinter dem Prospekt und trat den Blasebalg auf Kommando, während ein Anderer eine Taste betätigte und Heinrich sich an den Pfeifen zu schaffen machte. Für Lucas war es eine langweilige Arbeit. Sie hatten am Ende nicht einmal Zeit, ein komplettes Stück zu spielen, um das Ergebnis zu prüfen. Die Spannung war groß, wie wohl der erste Choral klingen würde.

Noch mehr freute sich Lucas darauf, die süße Nandi Nkosi dort zu treffen. Familie Nkosi lebte in der Nachbarsiedlung Ahrens, von wo Nandi die sechs Kilometer jeden Schultag zu Fuß zurücklegte. Sie war vor zwei Wochen zu Verwandten in die Hauptstadt Pietermaritzburg gefahren, um sich nach einer Ausbildung umzusehen. Sie beide hatten dieselbe Klasse besucht und das begehrte Abschlusszeugnis bekommen. Jetzt wollten sie einen richtigen Beruf lernen und ihr eigenes Geld verdienen. Das war ihrer beider Ziel. Der Unterschied war, dass Nandis Familie sie dabei nach Kräften unterstützte, obwohl oder gerade weil sie Analphabeten waren. Nandi hatte versprochen, rechtzeitig zurück zu sein. Er hatte heute zwei gewichtige Gründe, seine besten Sachen anzuziehen.

Zwischen Heinrich Cohrs und Lucas entwickelte so etwas wie eine väterliche Freundschaft. Heinrich wusste viel und konnte gut erklären. Lucas erfuhr Dinge, von denen er noch nie gehört hatte. Im Gegenzug musste ihm Lucas alles über sein Land erzählen. Das war 1869. Heute würde man das eine Win-Win-Situation nennen. Eines Tages saßen sie an Heinrichs Küchentisch.

»Ich will dir etwas zeigen.«

Heinrich stellte mehrere Holzkästen auf den Tisch und öffnete sie.

»Dies ist meine Leidenschaft. Du bist der erste Hermannsburger, dem ich sie zeige.«

Die Kästen waren in kleine quadratische Fächer unterteilt, in denen bunte Steine lagen. Jedes Fach war sauber beschriftet. Jaspis, Achat, Amethyst, gelbes und blaues Tigerauge, Azurit, Jadeit, Rosenquarz, Karneol, Malachit, Pyrit und andere.

»Wo hast du die aller her«, fragte Lucas beeindruckt.

»Gesucht, ausgegraben, aus dem Felsen geschlagen, gekauft oder getauscht. Sind sie nicht faszinierend?«

»Und was machst du damit? Das sieht wunderschön aus, aber die Kästen stehen doch nur herum, oder?«

»Ich studiere ihre chemische Zusammensetzung, ihre Herkunft und ihre Entstehung. Ich will die besten Exemplare haben, die es gibt. Die weniger guten werden gegen bessere Steine getauscht, bis ich die beste Sammlung zusammen habe, die Cohrs-Sammlung. Wenn sie vollständig ist, werde ich sie einem Museum vermachen, damit alle sie ansehen können. Aber jetzt werde ich hier auf die Suche gehen. Kommst du mit?«

Von da an begleitete ihn Lucas und lernte, die Halbedelsteine zu finden, zu unterscheiden, zu waschen und zu polieren. Heinrich zeigte ihm Bücher und führte ihn in die geheimnisvolle Welt der Mineralogie ein.

Wochen später kam Heinrich von einem Besuch in Pietermaritzburg zurück. Er hatte einen Mineralogen und Sammlerkollegen getroffen und war völlig aufgeregt, fast euphorisch.

»Lucas, ich muss mit dir reden. Der zeigte mir eine alte Zeitung. In Griqualand in der Nähe des Oranje-Flusses wurden vor zwei Jahren Diamanten gefunden. An der Oberfläche! Farmkinder hatten mit den Steinen gespielt.«

»Ja und? Wir finden unsere Steine doch auch an der Oberfläche.«

»Wir finden Halbedelsteine. Meine ganze Sammlung besteht aus Halbedelsteinen, aber der Diamant ist der König der Edelsteine! Das härteste, klarste und teuerste Mineral der Welt. Und stell dir vor, vor einem Jahr hatte der Schafhirte Swartboy am Nordufer des Oranje auf der Farm von Mijnheer Waterboer einen 83-Karäter gefunden! So groß wie eine Pflaume! Unglaublich! Er hatte den Stein zuerst versteckt, aus Angst, dass er ihn dem Grundeigentümer aushändigen müsste. Er hat gekündigt und ist zur Farm Zandfontein gewechselt. Erst dann wagte er seiner Familie von dem Fund zu erzählen. Sie beauftragten Willem

Piet, einen Freund der Familie, den Stein zu verkaufen. Auf der Farm de Kalk fand er einen Käufer und tauschte den Diamanten für 500 Schafe, zehn Rinder und ein Pferd. Ein lächerlich niedriger Preis, die haben ihn kräftig über den Tisch gezogen, aber für Swartboy war es ein unglaublicher Reichtum.«

»Dann lass uns hier auch nach Diamanten suchen.«

»Da kannst du graben, bis dir die Arme abfallen. Wenn es die hier gäbe, hätten wir längst einen gefunden. So weit ich weiß, wurden die bisher nur in Indien gefunden. Diamanten in Afrika! Mann, ich bin elektrisiert.«

Der Fund hatte sich bald herumgesprochen. Alle Zeitungen berichteten darüber. Von da an ließ das Thema Heinrich nicht mehr los. Er hatte sich mit dem Diamantenfieber angesteckt. Die folgenden Wochen sammelte er alle einschlägigen Berichte, beugte sich über Karten, schmiedete Pläne, verwarf sie wieder und gab darüber die Suche nach Halbedelsteinen in der Umgebung völlig auf. Er vergrub sich in seiner Wohnung und traf auch Lucas nicht.

Endlich, nach Wochen, rief er ihn zu sich. Unter dem Versprechen der Verschwiegenheit erzählte er ihm von seinen geheimen Plänen, selbst nach Diamanten zu suchen. Nur ein paar Jahre. Vielleicht würde er reich zurückkommen.

Für Lucas brach eine Welt zusammen. Er wollte von Heinrich das Handwerk des Zimmermanns lernen. Er wollte so vieles andere von ihm erfahren und die Welt verstehen lernen. Seinem Vater wollte er beweisen, dass sein Weg der bessere wäre; und dass er stolz auf seinen Sohn sein könnte. Und nun wollte sein Lehrmeister fortgehen! Alles hatte so gut angefangen. Und nun? Aus der Traum. Enttäuscht zog er sich in seine Hütte zurück. Nandi kam ihm in den Sinn. Er wollte sie heiraten und mit ihr zusammen Kinder haben. Aber nicht in dieser kleinen Lehmhütte. Er wollte ein richtiges Steinhaus haben. Doch um sie heiraten zu können, musste er vorher die Lobola für ihre Familie aufbringen. Aber wovon? Seinen Vater zu fragen kam nicht in Betracht. Der würde ihn wieder Rinder hüten lassen. Es war ein Teufelskreis.

In der Nacht hatte er einen bösen Traum. In der Mittagshitze war er, auf seinen langen Hirtenstab gestützt, eingedöst. Die Herde graste um ihn herum. Sein Hütehund lag neben ihm, als unerwartet einer der Jungbullen aus der Herde ausbrach und auf ihn zuraste, die Hörner zum Angriff gesenkt, Schaum um das breite Maul, schnaubend und mit donnernden Hufen. Er hatte das Gesicht seines Vaters. Zu spät hatte er das blindwütige Tier bemerkt, um auszuweichen. Er spürte den Stoß der Hörner im Unterleib, wurde hoch in die Luft gewirbelt und saß senkrecht hellwach auf seiner Schlafmatte, mit Schweißperlen auf seiner Stirn. Am Morgen danach ging Lucas nach Hermannsburg hinunter und suchte Heinrich Cohrs.

»Ich komme mit. Du wirst Hilfe brauchen.«
»Wegen deines Vaters? Wegen Nandi?«
»Beides.«
»Eine kluge Frau, eine schöne Frau.«
»Zu jung für dich. Und schwarz.«
»Diese Frau muss man sich leisten können. Und wenn ich ihr in die Augen schaue, sehe ich die Hautfarbe nicht mehr. Die inneren Werte sind es, was zählt, mein Lieber. Das, was zwischen den Ohren sitzt.«

Lucas schwieg und sah Heinrich lange nachdenklich an.
›Sieh an, Heinrich hat sich entschieden. Er hängt seinen Beruf als Missionar an den Nagel. Und er hat ein Auge auf Nandi. Wie komme ich zu Geld für die Lobola, wenn mein Lehrmeister weg ist?‹
»Nimmst du mich mit?«
Heinrich wusste jetzt, dass Lucas es ernst meinte.

Heinrich stellte in den folgenden Monaten die nötige Ausrüstung zusammen. Alle Einzelheiten besprach er mit Lucas und machte ihn zu seiner rechten Hand. Unter den jungen Zulus wählten sie gemeinsam drei verlässliche Helfer aus. Bongani, der kochen konnte, Petrus und Longile. Alles unter strenger Geheimhaltung. Keiner durfte seinen Angehörigen etwas erzählen.

»Ihr helft mir bei der Arbeit, und ich ernähre euch. Die gefundenen Diamanten verkaufen wir. Eine Hälfte des Erlöses teilt ihr euch, die andere Hälfte ist für mich. Regelmäßigen Lohn kann ich euch nicht zahlen. Es geht nicht anders. Seid ihr einverstanden?«

Die drei nickten.

An einem Samstag des Jahres 1871 quittierte er den Dienst beim Rat der Ältesten. Sie versuchten, ihn umzustimmen, denn er war nicht nur er ein guter Zimmermann, er spielte auch die Orgel. Er meisterte die Tücken des Instruments im feuchtwarmen Klima Natals. Noch bitterer würden sie aber seine Konzerte vermissen, die er stets zu festlichen Anlässen gab. Wer sonst spielte im südlichen Afrika Werke von Bach, Telemann, Buxtehude, Scheidemann, Böhm und Pachelbel? Wer sollte den Kirchenchor künftig leiten? Der Rat brauchte dringend Ersatz. Jetzt erst wurde ihnen bewusst, wie wertvoll Heinrich für die Gemeinde war, aber es war zu spät. Heinrich war von seinem Plan nicht mehr abzubringen. Die Neuigkeit verbreitete sich wie ein Lauffeuer.

Die Ausrüstung und die Vorräte hatte Cohrs auf einer Schottschen Karre mit Plane und zwei großen Rädern verstaut und in einer alten, verlassenen Hütte am Ortsrand verborgen. Am Morgen der Abreise spannte er sein gesundes, kräftiges Maultier Max an und stellte den Karren vor Beginn des Sonntagsgottesdienstes auf dem Vorplatz vor St.-Peter-Paul ab. Er spielte noch einmal die Orgel und dirigierte den Chor. Bevor er die Gemeinde in den Tag entließ, verabschiedete Pastor Severin die vier offiziell und wünschte ihnen Gottes Segen.

Die Hermannsburger traten mit gemischten Gefühlen durch das Portal mit dem Spitzbogen ins Freie. Sie standen nicht in einer Traube um den Wagen, sondern hielten Abstand. Sie bildeten einen großen Kreis um die fünf Männer und ihr Gefährt. Missionare verließen die Station, das war für sie nichts Ungewöhnliches. Einige waren versetzt worden, andere kehrten nach Deutschland zurück. Aber keiner war abtrünnig geworden. Einige schüttelten nur die Köpfe, andere warfen Heinrich insgeheim die Sucht nach dem schnöden Mammon vor. Nur wenige bewunderten ihren Mut und wünschten ihnen wortlos Glück.

»Diese Chance hat man nur einmal im Leben«, sagte einer leise.

Aber er meinte wohl:

›Soviel Mut hat man nur einmal im Leben. Ich habe den schon lange nicht mehr‹.

Vielleicht war er neidisch. So eine Gelegenheit hatte er nie gehabt. Jetzt war er in sein Leben eingebunden, in seine Familie, in sein Dorf, seine Kirchengemeinde. Er hatte seinen festen Platz. Den konnte er nicht aufgeben. Die anderen wollten sich auf ihn verlassen.

Nandi trat aus dem Kreis und ging mit schüchtern gesenktem Kopf in die Mitte zu Lucas. Sie hielt ihm einen Strauß Feldblumen hin und küsste ihn scheu vor allen Leuten. Er nahm sie in den Arm und hielt sie lange fest.

»Ich weiß nicht, wann ich wiederkomme. Baas Heinrich weiß es auch nicht. Aber ich komme zurück.«

»Ich warte auf dich.«

Heinrich beobachtete die beiden aus den Augenwinkeln und schnalzte Max zu. Der kleine Treck setzte sich in Bewegung. Heinrich sah die Steinkirche mit dem Wellblech auf seinem Dachstuhl und dem spitzen Turm kleiner werden. Lucas drehte sich noch einmal um. Die Leute standen unbeweglich im Kreis, und in der Mitte, wo die Karre gestanden hatte, stand Nandi allein und winkte ihm lange nach. Auch Heinrich sah zurück.

›Nandi wird auf ihn warten. So ein Glückspilz!‹

Bald verschwand die Kirchturmspitze hinter den tausend Hügeln. Sie waren auf sich selbst gestellt. Ihre Route führte sie quer durch das südliche Afrika. Neunhundert Kilometer. Heinrich Cohrs führte das Maultier, seine Helfer gingen zu Fuß neben dem Wagen her. Noch waren die Wege gut. Um Max zu schonen, legten sie alle zehn Meilen eine Rast ein. Allmählich wurden die Wege schlechter, die Besiedelung immer dünner. In großen Abständen besuchten sie burische Farmer, um frische Lebensmittel zu kaufen oder auf ihrem Gelände zu übernachten. Die Buren waren gastfreundlich. Sie boten Heinrich an, im Haus zu schlafen.

»Maar nie die kaffers nie.«

Aber nicht die Schwarzen. Die mussten draußen bleiben. Heinrich lehnte höflich ab und schlief ebenfalls draußen. Lucas hatte es gehört und dachte sich seinen Teil.

›Warum sollten sie uns besser stellen als ihre Schwarzen? Die hatten ihre eigenen Hütten hinter dem Haus.‹

Sie passierten kleine Dörfer, die erst vor zwanzig, dreißig Jahren gegründet worden waren, wie Greytown, Müden, Weenen, Colenso und querten in Ladysmith den Tugela-Fluss, der in den Drakensbergen entsprang.

Sie waren jetzt zwei Wochen unterwegs. Die Wege wurden noch schlechter, sie waren kaum benutzt und holprig. Der Abstand zwischen den Farmen wuchs. Die Quathlambaberge kamen näher, drohend und scheinbar unüberwindlich. Erst zur Dämmerung erreichten sie die nächste Farm. Am Gatter der Umzäunung hing das Blechschild mit dem ungelenk geschriebenen Namen des Eigentümers: *W van Niekerk*. Heinrich klopfte an der Tür. Sie wurde einen Spaltbreit geöffnet. Aus dem dunklen Innern ragte der Doppellauf einer Schrotflinte, direkt auf Heinrichs Unterleib gerichtet. Darüber schimmerte das Weiß eines Augenpaares.

»Was willst du?«

Eine Frauenstimme. Heinrich sagte, dass er mit vier Helfern auf dem Weg zu den Diamantenfeldern wäre und darum bitte, auf dem Farmgelände übernachten zu dürfen. Die Frau trat heraus, die Flinte gesenkt. Forschend betrachtete sie zuerst ihn, dann seine vier Helfer.

»Kommen da noch mehr?«

»Wir sind zu viert.«

»Sag deinen Männern, sie sollen die leere Hütte dort nehmen. Du kannst hereinkommen, ich mache Kaffee.«

Heinrich gab die Anweisung an Lucas weiter.

»Ich bin gleich wieder da.«

Sie ließ die Tür offen stehen und machte sich am Herd zu schaffen. In der Mitte, über dem Tisch hing eine Petroleumlampe, die ihr bestes gab, um den Raum zu beleuchten. Sie brachte zwei gefüllte Tassen schwarzen Kaffee, einen Teller mit Spiegeleiern für Heinrich und setzte sich ihm gegenüber.

»Willem ist auch dort.«

»Dein Mann?«

»Vor sechs Wochen ist er losgezogen. Ich bin Marijke.«

»Heinrich.«

Er machte sich über die Spiegeleier her. Marijke van Niekerk sah ihm dabei aufmerksam zu.

»Betest du nicht vor dem Essen?«

»Schon erledigt. Ich bete still, wenn der Tischherr das nicht laut und deutlich tut.«

Sie schwieg.

»Vor sechs Wochen, sagst du. Und? Hat er welche gefunden?«

»Er hat mir noch nicht geschrieben. Erzähl von dir. Du bist kein Südafrikaner? Heinrich heißen nur Deutsche, stimmt's?«

Heinrich sah sie an und erzählte. Sie hörte schweigend zu, jedes Wort in sich aufsaugend. Dieser Fremde öffnete ihr ein Fenster in die weite Welt. Das war der Preis für die Spiegeleier und den Kaffee. Und er konnte gut erzählen, sein Afrikaans hatte einen angenehmen Akzent.

»Hast du eine Frau?«

Diesen Punkt hatte er ausgespart. Es tat gut, sich ihr anzuvertrauen, die Gedanken zu ordnen, und erzählte von Annelie. Dabei wurde ihm bewusst, wie viel Distanz er schon gewonnen hatte, wie weit das alles zurück lag. Und nun hatte sich Nandi dazwischen geschoben. Doch das erwähnte er nicht. Marijke war Burin.

Er dachte darüber nach, wie einsam sie sein musste hier draußen, abgeschottet von der Welt. Er hatte das Maisfeld gesehen, die Schafe und ein paar Rinder. Ihre Boys schliefen wohl schon.

›Sie muss eine starke Frau sein, um das durchzuhalten. Für seinen Traum vom Reichtum hatte Willem van Niekerk seine junge Frau auf dieser einsamen Farm zurückgelassen, und sie wartet geduldig auf seine Rückkehr. Heute bringe ich etwas Abwechslung in ihr tristes Dasein, indem ich von der Welt da draußen erzähle.‹

»Warum ist Willem fortgegangen? Hier gibt es doch genug zu tun.«

Sie antwortete nicht, sondern stand auf, räumte das Geschirr ab und fing an zu spülen. Dabei wandte sie ihm den Rücken zu. Nach einer Weile sagte sie über die Schulter hinweg, ohne ihn dabei anzusehen: »Wir müssen die Farm abbezahlen. Die Erträge sind mager, und die Kreditzinsen drücken schwer. Ich bete, dass Willem nichts zugestoßen ist. Ich warte jeden Tag auf Post.«

Mit dem Handrücken wischte sie sich über das Gesicht. Heinrich beobachtete sie schweigend und ein wenig verlegen.

›Ich hätte das nicht fragen sollen. Sie ist verletzlicher als ich dachte.‹

Als sie mit dem Geschirr fertig war, drehte sie sich herum und sah Heinrich lange an. Dann, als gäbe sie sich einen Ruck, holte sie eine Flasche Kapwein und zwei Gläser aus dem Schrank. Sie schob einen Stuhl heran und setzte sich neben ihn an den Tisch. Ihre Schultern berührten sich. Er erzählte, bis die Flasche ausgetrunken war. Sie hatte ihren Kopf an seine Schulter gelegt, suchte Geborgenheit. Sie spürte das Vibrato seiner dunklen Stimme. Diese Nacht schlief Heinrich nicht bei seinen Männern.

Als er am nächsten Morgen aufwachte, war das Bett neben ihm leer. Marijke van Niekerk war bei ihren Farmhelfern, teilte ihnen die Arbeit ein und beorderte Lucas, ihr beim Frühstück zu helfen. Als Heinrich aus dem Schlafzimmer kam, hantierten die beiden in der Küche. Es roch nach Kaffee und gebratenem Speck. Sie hatte den Tisch für sechs gedeckt. Petrus, Longile und Bongani kamen ins Haus und grinsten sich verstohlen an.

Als sie gegessen hatten, ging sie mit nach draußen und beschrieb ihnen den Weg über die Berge.

»Vor achtzig Jahren hatte Napoleon die Niederlande besetzt, das Mutterland von uns Buren. Die Briten, raffiniert wie sie sind, nutzten diese Gelegenheit für sich und besetzten das Kap. Die neuen Herren brachten neue Ideen mit, und britische Siedler. Vielen der Buren passte das nicht. Sie verließen das Kap und wanderten in mehreren Trecks nach Norden und Nordosten. Einer der Trupps hatte das fruchtbare Natal im Auge. Sie mussten recht ratlos am unwegsamen Steilhang gestanden haben, Willems Vater war auch dabei. Ihr Anführer Frans van Reenen hatte nach langem Suchen eine gangbare Stelle entdeckt, um ins fruchtbare Tiefland zu kommen. Es gelang ihnen, und von da an hieß die Stelle Van Reenen's Pass. Im trockenen Hochfeldwinter trieben sie ihr Vieh den steilen Weg hinunter, im Sommer wieder rauf aufs Hochland, wenn unten Hitze und Mücken ihrem Vieh zusetzten. Der steinige Weg windet sich in einer Scharte den Abhang hinauf, die müsst ihr finden.«

Marijke van Niekerk redete und redete, als hätte sie Angst vor der Stille, die nach Heinrichs Aufbruch eintreten würde, als wollte sie den Abschied hinauszögern. Sie erklärte ihm, worauf er zu achten hatte.

»Zweitausend englische Fuß höher dehnt sich das Hochland nach Westen. Dort müsst ihr hinauf. Einen besseren Weg gibt es nicht. Ihr braucht ein zweites Maultier, oder ihr schiebt euren Karren selber. Auf halber Höhe spaltet sich der Weg für eine Meile. Die Rinder nehmen den oberen für den Aufstieg, den unteren für den Abstieg. Ihr müsst euch rechts halten.«

»Danke, Marijke, und Voerspoed. Auf geht's, Männer.«

Lange stand Marijke van Niekerk vor dem Haus und winkte ihnen nach. Die plötzliche Ruhe dröhnte in ihrem Kopf. Sie und Heinrich hatten kaum geschlafen. Trotzdem fühlte sie sich leicht und belebt. Dann war die kleine Gruppe mit dem Karren und dem Maultier hinter einem Hügel verschwunden, und die Einsamkeit kroch wieder in ihr hoch. Und die Angst um Willem.

›Schick mir ein Lebenszeichen! Ich brauche dich.‹

Der Pfad war schwierig. Max schaffte die schwere Ausrüstung nicht allein. Sie griffen in die Speichen und drückten mit den Schultern am Karren, während Cohrs vorn zog und das Maultier führte. Es dauerte den ganzen Tag. Schweißnass kamen sie auf der Hochebene an. Sie gönnten sich einen Tag Ruhe und genossen den Ausblick auf das weite Natal unter ihnen, das sich bis zum Indischen Ozean im Osten ausdehnte. Im Süden sahen sie die blassblaue Silhouette der Drakensberge mit ihren Dreitausendern. Dort lag das Königreich der Sotho.

»Jetzt sind wir in der Transvaalschen Republik. Der direkte Weg zu den Diamantenfeldern wäre quer durch das Bergland«, sagte Heinrich.

»Aber das würde Max nicht schaffen, wegen der dünnen Höhenluft. Damit kommen nur Basutoponys zurecht, aber die kann man nicht vor einen Wagen spannen, weil sie nicht als Zugpferde taugen. Außerdem pflegen die Sothos zu euch Zulus innige Zwietracht, weil der berühmte Shaka Zulu Krieg gegen sie führte. Er wollte sie unterwerfen und versklaven. Sie riefen die Briten zu Hilfe und wurden gerettet. Heute sind sie Teil der Kapprovinz. Ihr wärt in großer Gefahr, nachts abgestochen zu werden.«

Er breitete eine Landkarte auf dem Boden aus.

»Wir ziehen nördlich an Lesotho vorbei über Clarens, Fouriesburg und Ficksburg in Richtung Bloemfontein, der Hauptstadt des Oranje Freistaats. Das müssten wir in drei bis vier Wochen schaffen. Danach sind es noch zwei Wochen bis zu den Diamantenfeldern. Wir haben ein Drittel des Weges hinter uns.«

Heinrich sah sich seine kleine Expedition an.

»Max ist fit, wir sind fit, aber ihr braucht neue Schuhe. Wir müssen zuerst nach Harrismith, einen Schuhmacher suchen.«

Heute wurde Max von Longile geführt. Petrus und Bongani gingen neben ihm her. Heinrich und Lucas hatten sich zurückfallen lassen. Sie betrachteten die Karre, an der hinten an einem kräftigen Haken der bauchige, schwarze und schwere Eisentopf baumelte. Sie hatten ihn unterwegs von einem Buren gekauft. *Potjie* nannten die das Gerät. Die Reste der Mahlzeiten wurden darin für den nächsten Tag aufbewahrt, nichts wurde weggeworfen. Frische Zutaten wurden zerkleinert hinzugefügt und zusammen aufgekocht. Häufig sammelte Longile entlang des Weges essbare Kräuter, die er dem Pott zufügte. Er war Meister des intuitiven Kochens. An abwechslungsreicher Ernährung fehlte es ihnen nicht, keine Mahlzeit schmeckte wie die andere.

»Die Pötte haben die Buren auf ihrem Großen Treck benutzt, habe ich mir sagen lassen«, bemerkte Heinrich.

Lucas nutzte die Gelegenheit für eine persönliche Frage.

»Hast du deinen Beruf als Missionar nun endgültig aufgegeben? Kannst du so einfach mit einer wildfremden Frau in die Kiste steigen? Sie ist schließlich verheiratet.«

»Sie ist verzweifelt. Die Farm gehört praktisch der Bank, und sie hat Mühe, die Zinsen zu bezahlen. Von ihrem Mann weiß sie nichts, er hat nicht ein einziges Mal geschrieben, seit er fort ist. Werde jetzt nicht moralisch, Lucas. Sie hat Angst, und ganz sicher hat sie an ihn gedacht, während ich bei ihr war. Ich bin kein geweihter Priester, und wir als Lutheraner kennen keinen Zölibat. Hätte ich sie wegstoßen sollen? Ich bin auch nur ein gewöhnlicher Mann.

Und was den Missionar angeht, das ist kein gewöhnlicher Beruf, das ist eine Berufung. Den ersten machst du mit dem Kopf, die zweite mit dem Herzen. Ich wurde ausgebildet, Menschen das Evangelium zu verkünden, sie an das Licht unseres Glaubens zu führen, ihnen die ethischen und moralischen Werte des Christentums zu vermitteln. Aber ich stellte fest, unser Hermannsburg ist durchmissioniert. Da gibt es nichts mehr zu missionieren. Unsere Vorsteher sahen in mir den Zimmermann, den Chorleiter, den Musiker, den Organisten. Das war nicht mein Ziel. Die Peter-Paul-Kirche ist nur noch der Verwalter des Glaubens, und ich war der Handwerker für die praktische Arbeit. Ich wäre in keinem Fall dort auf ewig geblieben. Es wurde mir zu eng. Ich stellte mir ein Leben wie das von Robert Moffat vor, der seine eigene Missionsstation in Griquastad aufbaute, zwischen den zerstrittenen Stämmen vermittelte und sie unter dem Zeichen des Kreuzes zu einigen und zu befrieden suchte.«

»Da kommst du ein paar Jahre zu spät. Die Kapverwaltung hat das Heft in die Hand genommen, und Moffat genießt seinen Ruhestand.«

»Den Missionaren folgen immer die Politiker und drängen sie in die zweite Reihe. Dann kommt das Kapital und drängt sie in die dritte.«

»Bist du verbittert?«

»Ja und auch nein. Der Mensch ist nun mal ein Geschöpf Gottes, aber mit widersprüchlichen Eigenschaften. Wahrscheinlich hat Er das in seiner unendlichen Weisheit so gewollt. Mit dieser Frage plage ich mich schon eine Zeitlang herum. Antworten habe ich bis heute nicht. Ehrlich gesagt, die Diamantensuche ist für mich eine Art Flucht. Flucht vor mir selbst, Flucht vor dem geordneten Leben in Hermannsburg, Flucht aus dem täglichen Einerlei. Vielleicht suche ich auch nur das Abenteuer. Annelie hat das möglicherweise gespürt und ist deshalb in Deutschland geblieben.«

»Schreibst du ihr?«

»Denkbar, dass ich das tun sollte. Gute Idee. Dann weiß sie, dass sie richtig gehandelt hat und hat ihren Seelenfrieden.«

›Er liebt sie immer noch‹, dachte Lucas. ›Sie würde sicher gut nach Hermannsburg passen, besser als Heinrich.‹

»Wie auch immer, eins muss ich dir sagen, Lucas. Ich fühle mich auf wundersame Weise frei. Wir marschieren zu Fuß quer durch Afrika auf der Suche nach dem schönsten, härtesten und teuersten Mineral der Welt, auf uns selbst gestellt und niemandem hörig. Schau dich mal um! Wir sind allein in Gottes Natur. Vielleicht werde ich eines Tages wieder Missionar, vielleicht auch nicht.«

Nachdem sie Bloemfontein erreicht hatten, wussten sie, dass sie nicht mehr allein waren.

»Schaut euch diese abenteuerlichen Gestalten an. Die wollen alle dahin, wohin wir auch wollen. Die Stadt ist voll von denen.«

»Wir sehen auch nicht besser aus. Schau dich an, Heinrich.«

Die letzten hundert Kilometer verliefen auf der Verbindungsroute von Transvaal im Norden in die Kapprovinz.

»Dort am Witwatersrand haben sie Gold gefunden. Aber die Funde waren zu wenig für zu viele Pioniere. In die hoffnungslose Stimmung der Goldgräber platzten die Neuigkeiten aus dem Süden. Diamanten! Die erhoffen sich größere Gewinne in kürzerer Zeit.«

Tausende packten ihre Schaufeln und Spitzhacken ein und machten sich auf den Weg. Je näher sie ihrem Ziel kamen, desto voller waren die Wege. Hunderte Gespanne mit Ochsen, Eseln, Maultieren und Pferden waren unterwegs. Abends hockten sie mit Heinrich um ihr Feuer. Oder sie besuchten andere Gruppen, tauschten ihr Wissen und lauschten den ständig neuen Gerüchten. Es kursierten fremde Namen wie Bultfontein, Benaaudheidsfontein, du Toit's Pan, Koffiefontein, Jagersfontein, Kenilworth oder Wesselton, alle lagen im Umkreis von wenigen Meilen.

»Ich habe mich umgehört«, berichtete Heinrich.

»Von allen Fundstätten verspricht eine Farm die besten Ergebnisse. Sie gehört den Brüdern Johannes und Diederick de Boer. Davon reden sie unter vorgehaltener Hand. Dorthin wollen wir auch.«

Endlich hatten sie das Ziel vor Augen.

Die Farmbesitzer sahen dem Treiben der Eindringlinge fassungslos zu. Die Diamantsucher besetzten ihr Land, ohne zu fragen, wühlten scheinbar planlos die Erde um und hinterließen eine Mondlandschaft. Cohrs und seine Männer machten einfach mit. Sie gruben, siebten und sortierten das Geröll in der Hoffnung auf die edeln Steine durch immer enger werdende Siebe. Die Digger arbeiteten wie besessen, aber die Ergebnisse waren mager. Manche hatten Glück, andere gaben nach kurzer Zeit enttäuscht auf und fuhren ärmer wieder nach Hause als sie gekommen waren. Deren Traum war geplatzt wie eine Seifenblase.

Heinrich Cohrs dachte weiter. In den vielen Jahren seiner Suche nach Mineralen hatte er gelernt, Geduld zu haben und zu suchen, was die Natur versteckt hielt. Ursprünglich waren die Preziosen im Gestein eingebettet. Die Verwitterung hatte es mürbe gemacht, es zerfiel in kleine Brocken. Regenfälle und mächtige Ströme hatten die Brocken kilometerweit fortgespült und über das Land verteilt. Vor Tausenden von Jahren. So musste es hier auch gewesen sein.

Es gab keinen Hinweis auf eine ergiebige Stelle. Sie waren abhängig von Bruder Zufall. Er grübelte nach, woher die Steine eigentlich kamen, wo sie entsprossen waren. Wo war Swartboys 83-Karäter entstanden? Wo hatte ihn der Urstrom aufgewirbelt? Dort müsste man suchen! Sollte er dem Lauf des versiegten Flusses in Richtung seiner einstigen Quelle folgen? Nein. Das hätten andere vor ihm schon längst getan. Also weiter im Geröll herumsuchen? Die Chance war eins zu einer Million. Die paar lumpigen Diamanten, die sie bisher gefunden hatten, deckten nicht einmal die laufenden Kosten. Am Ende würden seine Ersparnisse aufgebraucht sein. Nur widersträubend durchdachte er die Alternative der Aufgabe und stellte sich die enttäuschten Gesichter von Lucas, Longile, Petrus und Bongani vor, und das hämische Grinsen der Hermannsburger.

›Habe ich meine Männer in ein sinnloses Abenteuer hineingezogen? Das darf nicht sein! Ich trage Verantwortung für sie. Aber was tun?‹

An einem Samstagabend hatten seine Boys Ausgang. Lucas und Longile waren verschwunden. Heinrich Cohrs spielte mit anderen Gräbern in seinem Zelt Karten, zum Zeitvertreib und um seine trüben Gedanken zu verscheuchen. Spät nachts klopfte Lucas.

»Baas Heinrich, ich muss Sie sprechen.«

»Komm rein.«

Lucas öffnete seine Hand und zeigte ihm drei Diamanten. Wie vom Donner gerührt sprangen alle auf. Der Tisch wurde umgestoßen.

»Wir haben mit anderen Boys getrunken und gezockt. Wir hatten Glück. Diese drei haben wir gewonnen. Die haben noch mehr.«

»Wo?«

»Eine Meile westlich der Colesberg Kopje, die gehört zu der Farm Vooruitzicht, auf der anderen Seite der Straße von Kuruman nach Maggerfontein. Sie nennen den Platz ›New Rush‹. Sie graben in die Tiefe, sie wühlen nicht nur an der Oberfläche. Dort machen sie das völlig anders.«

Cohrs war elektrisiert. Das konnte die Antwort auf seine Fragen sein. Die Diamanten kamen aus der Tiefe! Sie hatten tatsächlich nur im Erosionsmaterial gesucht, das die Flüsse in früherer Zeit über das Land verteilt hatten. Wie hart war das Muttergestein, in dem sie eingebettet waren? Könnte er das mit seiner Ausrüstung überhaupt abbauen? Das musste er sich ansehen!

Er schlief unruhig, stand früh auf und kochte sich Kaffee. Wie jeden Sonntagmorgen las er in seiner Bibel als Ersatz für den Gottesdienst. Er hielt sich streng an diese Gewohnheit. Die nächste Kirche war zu weit entfernt, und sie gehörte den Calvinisten. Andere Fakultät. Doch er war nicht konzentriert. Immer wieder schweiften seine Gedanken hinüber zu ›New Rush‹. Schließlich rief er Lucas und machte sich auf den Weg. Longile schlief seinen Rausch aus. Bongani und Petrus waren nicht in ihrem Zelt.

Sie waren überrascht von der Ordnung im Camp. Straßen führten durch das Lager zwischen den Zelten. Nur die Häuser des Diamantenkäufers und des Mineninspektors waren aus Brettern und Wellblech, richtig mit Vordächern und Veranda. Das Grabungsfeld war sauber abgesteckt und in Claims eingeteilt. Man schürfte nicht einfach drauflos, sondern musste sich einen Claim kaufen. Höchstens einen. Erst dann wurde einem vom Mineninspektor der Regierung das Schürfrecht zugeteilt. Ein Claim maß neunhundert englische Fuß im Quadrat, etwa neun mal neun Meter. Sie gingen einmal um das ovale Grabungsgebiet herum, das aussah wie ein ovales Schachbrett. Der Spaziergang war eine Meile lang. Cohrs war neugierig. Er zählte ungefähr vierhundert Claims.

»Komm Lucas, wir gehen einmal quer hindurch, ich möchte mir die Claims genauer ansehen.«

Es waren zwanzig Claims in der Breite. Auf halbem Wege sprang hinter ihnen ein Schwarzer auf und rief sie an. Sie drehten sich um. Die Klinge eines langen Messers blitzte in der Sonne. Lucas stand zwischen Heinrich und dem breitbeinig dastehenden Angreifer.

»Was habt ihr hier zu suchen? Ich kenne eure Gesichter nicht. Wollt ihr schnüffeln? Oder klauen? Habt ihr einen Claim? Ihr könnt hier nicht einfach rumlaufen«, bellte er in perfektem Englisch.

»Nimm das Ding weg, Mann. Mal gucken ist doch erlaubt, oder.«

Cohrs sprach über Lucas' Schulter hinweg auf den Mann ein und versuchte, ihn zu beruhigen, die Situation zu entschärfen.

»Ihr habt hier nichts zu suchen, also verschwindet.«

Lucas machte eine abschätzige Handbewegung, die der andere als Angriff deutete. Katzengleich sprang er vor und ritzte Lucas am Arm. Die Wunde blutete. Lucas griff blitzschnell zu seinem Messer, aber Heinrich zog ihn zurück.

»Mach keinen Scheiß. Wir haben die Genehmigung vom Inspektor«, log er und fragte, »Wo kommst du so plötzlich her? Was machst du hier allein am Sonntag?«

»Ich war in dem Loch dort, ich bewache unseren Claim.«

»Dann wache mal schön weiter. Wir klauen nichts.«

Ruhig band er sein Halstuch um Lucas' Arm. Als er sich umschaute, war der Schwarze verschwunden. Er ging zurück und fand ihn zwei Meter tief auf dem quadratischen Boden eines Claims hockend. So tief war kein anderer Claim gegraben worden. Augenscheinlich war dessen Besitzer fleißiger als die anderen ringsum. Die schürften noch immer an der Oberfläche.

»Habt ihr was gefunden?«

Die Aggression des Mannes war gewichen. Er wurde gesprächig.

»Wir sind durch das Geröll durch. Hier unten ist der Grund gelb. Dort sitzen sie drin, die Steinchen. Schön regelmäßig. Habt ihr wirklich eine Genehmigung?«

»Willst du sie sehen?«

»Konnte ja nicht wissen, dass ihr eine habt. Tut mir leid, dass ich den Boy gekratzt habe. Sagen Sie meinem Baas nichts. Bitte. Waffen sind in der Mine nicht erlaubt. Wenn das der Inspektor erfährt, zwingt er meinen Baas, mich rauszuwerfen.«

Er kauerte verunsichert in seiner quadratischen Grube.

»Wo kommst du her?«

»Aus Natal. Ich bin Zulu.«

Cohrs antwortete in isiZulu.

»Lucas ist auch Zulu, dem kannst du vertrauen. Ich werde deinem Baas sagen, dass du ein sehr guter Wachmann bist, wenn ich ihn treffe. Lucas wird es überleben. Entschuldige dich bei ihm und schließt Freundschaft. Wir sitzen im selben Boot.«

Er meinte das ehrlich, wenngleich mit einem Hintergedanken.

›Vielleicht verrät der Lucas noch ein paar Geheimnisse.‹

Am nächsten Morgen steckte Cohrs seine Ersparnisse in die Tasche und stellte sich dem Mineninspektor vor.

»Heinrich Cohrs aus Hermannsburg.«

»Den weiten Weg aus Deutschland gemacht? Alle Achtung!«

Heinrich Cohrs stellte den Irrtum richtig. Hermannsburg in Natal. Missionsstation der Lutheraner.

»Schneider. Ich bin auch Lutheraner und in diesem Punkt derzeit heimatlos. Hier gibt's fast nur Anglikaner und Calvinisten. Von eurer Station habe ich noch nie gehört.«

Er bestätigte, was der schwarze Wächter gesagt hatte. Aus genau diesem Grund hatten sie Ordnung in das Chaos bringen müssen und das Grabungsfeld in Parzellen eingeteilt. Cohrs kaufte den Claim eines enttäuschten Iren ziemlich in der Mitte des Grabungsfeldes. Der hatte aufgegeben, weil er in dem verwitterten Geröll an der Oberfläche keine Diamanten gefunden hatte.

»Dem ist die Luft ausgegangen, sein Geld war alle. Am Ende hat er gehungert«, sagte Schneider.

»Man braucht Reserven am Anfang. Ich hoffe, die haben Sie. Fallen Sie ja nicht in die Hände der Kredithaie. Die machen Sie brutal zum Zinssklaven. Und die haben sehr edle Manieren beim Geldeintreiben. Ich habe schon Sachen erlebt …«

Cohrs bedankte sich für den Hinweis. Dann schoss ihm eine Frage durch den Kopf.

»Kennen Sie einen van Niekerk?«

Schneider dachte kurz nach.

»Willem van Niekerk?«

»Genau.«

»Wie kommen Sie auf den?«

Cohrs berichtete von der Übernachtung auf der Farm, ohne dabei Einzelheiten zu erzählen.

»Dann haben Sie vermutlich seine Witwe gevögelt. Kenne doch die Burenweiber. Oben fromm und unten willig. Willem haben sie vor sechs Wochen begraben. War in eine üble Messerstecherei verwickelt. Er konnte einen seiner Kredite nicht zurückzahlen. Es kam zum Streit. Sie haben ihn abgestochen und ausgeraubt. Wie ich sagte, nehmen Sie sich in Acht.«

»Hat jemand seine Frau benachrichtigt?«

»Keine Ahnung. Wahrscheinlich kannte niemand ihre Anschrift. Hier bist du anonym. Niemand interessiert sich. Es gibt bekanntlich keine Meldepflicht. Wer kennt eigentlich die Anschrift Ihrer Familie?«

»Ich habe keine.«

»Eben. So ist das hier. Alles dreht sich nur um die Diamanten.«

Damit war Cohrs zurück beim Thema. Jetzt *musste* er welche finden, denn er war praktisch pleite und wollte die Schicksale des Willem van

Niekerk und des Iren nicht wiederholen. Er besprach sich mit seinen Männern und schilderte ihnen die Lage. Auch die beiden Schicksale. Lucas sprach als erster.

»Ich bin dabei, auch wenn ich eine Zeitlang hungern muss. Wir werden Diamanten finden. Da bin ich sicher. Bei mir geht es um Nandi. Heinrich, du hast ausgesorgt. Dir stehen auf der Farm von Marijke alle Pforten offen. Wie die dir nachgeschaut hat! Aber wir vier müssen da jetzt durch, und es geht nur mit dir, Heinrich.«

Longile sagte scherzhaft, wenn der Hunger zu groß würde, könnten sie immer noch Max aufessen. Ein bisschen zäh vielleicht, aber für ihn als Koch wäre das eine echte Herausforderung.

»Mein Max? Kommt überhaupt nicht in Frage!«

Petrus meldete sich zu Wort.

»Was ist jetzt mit dem Messerhelden, dem Zulu? Am besten wäre, ihr vertragt euch und du lässt dir ein paar Tricks erzählen. Umso eher finden wir Steine, die Heinrich verkaufen kann.«

Heinrich hatte die Unterstützung seiner Männer. Lucas' Verletzung heilte schnell. Doch für den Rest seines Lebens behielt er eine Narbe am Unterarm. Sie hatte die Form eines fliegenden Sturmvogels.

»Die sieht aus wie ein fliegender Albatros«, sagte Heinrich.

»Ich habe die vom Schiff aus beobachtet bei der Reise ums Kap. Die haben im Heckwasser nach Fressbarem gesucht.«

Lucas nutzte den Sonntagnachmittag für einen Brief an Nandi.

›Ihr soll es nicht ergehen wie Marijke van Nierkerk. Nandi muss wissen, dass ich lebe, und dass es mir gut geht.‹

Die Ruhe der Dämmerung hatte ringsum eingesetzt, er hatte die Petroleumlampe angezündet. Nur Gemurmel aus den Nachbarzelten und die Grillen waren zu hören. Er konzentrierte sich auf die Sätze, die er ihr schreiben wollte, ab und zu klickte die Feder ins Tintenglas, dann kratzte die Feder über das Papier. Denkpause. Wieder das Kratzen. Plötzlich raschelte es draußen.

›Longile‹, dachte er, sah aber trotzdem auf.

In der Öffnung des Zeltes stand der breitbeinige Schatten eines Mannes, , eine Hand auf dem Rücken. Die Lampe reichte nicht, um das schwarze Gesicht auszuleuchten. Lucas sprang auf und griff nach dem Messer, bereit sich zu verteidigen.

»He, he, he, ganz ruhig «, sagte der Fremde.

»Ich bin gekommen, um mich zu entschuldigen«

Er streckte die Hände vom Körper. In der einen hielt er eine braune Papiertüte, wie man sie im Laden bekommt, mit zwei Flaschen Bier. Lucas steckte sein Messer weg.

»Lass uns draußen sitzen.«

»Sanele.«

»Lucas.«

»Zeig mal deine Narbe. Tut mir leid, Mann. Sieht aber gut aus. Wie eine Seeschwalbe.«

»Quatsch! Es ist ein Albatros. Sieht doch jeder«, scherzte Lucas.

»Gut gelungen, oder?«

»Nee. Dein Messer ist stumpf.«

Sanele zog sein Messer heraus und prüfte die Klinge.

»Das stimmt überhaupt nicht.«

»Reingefallen.«

Das Eis war gebrochen.

»Du kannst wenigstens schreiben. Das habe ich nie gelernt. Ein Brief an deine Liebste?«

»Nandi in Hermannsburg.«

»Von dem Ort habe ich schon gehört. Ich komme aus Umgeni.«

Unaufgefordert begann Sanele über seine Arbeit zu erzählen, die Anzahl und Größe der Diamanten und wie man sie aus dem Gestein herauslöst. Er war froh, dass sie einen Claim in der Mitte hatten. Am Rand stießen die ersten schon auf Granit und mussten aufgeben. Deren Claims waren von einem Tag auf den anderen wertlos geworden. Jetzt glaubten viele, dass es ihnen genauso ergehen würde. Sie hatten sich auf ein bis zwei Monate eingerichtet. Aber sein Boss wäre schlauer. Der vermutete, dass die Steinchen aus der Tiefe kämen. Deshalb wäre er mit dem Graben so schnell gewesen, um zu sehen, was darunter wäre. Da war aber kein Felsen, sondern ein weicher gelber Boden, den man leicht abbauen konnte. Und der enthielt viel mehr Diamanten als das Geröll. Deshalb musste immer einer das Loch bewachen.

Lucas erinnerte sich, dass Baas Heinreich dieser Theorie ebenfalls nachging, behielt das aber für sich. Er wollte die Quelle sprudeln lassen und Sanele nicht misstrauisch machen. Der erzählte weiter.

»Mein Boss will das Geheimnis für sich behalten, so lange es irgend geht. Er hortet die Steine an einem sicheren Ort und verkauft nur so viele wie nötig, damit der Ankäufer nichts ahnt. Denn der würde es sofort ausplaudern und noch mehr Pack anlocken. Hier wird schon genug geklaut, gesoffen und gehurt, sagt mein Boss. Die Ausländer ficken sogar Schwarze.«

»Wo kommt dein Boss her?«

»Bloemfontein.«

»Bure?«

»Stimmt.«

Lucas dachte sich seinen Teil.

»Wenn er genug zusammen hat, verkauft er. Dann hauen wir ab.«

»Wie viel verdienst du?«

»Sechs Schilling im Monat.«

»Und die Beteiligung an den gefundenen Diamanten?«

Lucas wollte vergleichen. Er wollte wissen, was andere Helfer so ungefähr verdienten.

»Beteiligung? Bist du naiv! Die Steinchen gehören doch dem Baas. Ich werde nur für meine Arbeit bezahlt. Mehr nicht.«

Lucas überlegte.

›Der bekommt regelmäßigen Lohn, aber sechs Schilling ist nicht viel. Da bin ich am Ende besser dran, …wenn Heinrich Wort hält, und wenn wir was finden.‹

Endlich ging Sanele, Lucas konnte seinen Brief zu Ende schreiben. Er schilderte die beiden Begegnungen mit Sanele zwischen den Claims und jetzt vor dem Zelt, und er beschrieb seine Narbe am Unterarm. Ungeduldig wartete er auf Antwort. Nach vier Wochen bekam er den lange ersehnten Brief im Wellblech-Postamt ausgehändigt.

Mein liebster Albatros,

vielen Dank für deinen langen Bericht. Ich freue mich sehr, dass du dir nicht einen Flügel gebrochen hast, dass es dir gut geht, und ich wünsche euch Erfolg. Fliege nicht zu hoch und fliege hoffentlich bald wieder zu deinem Nest hierher zurück. Ich habe gelesen, dass Albatrosse viele Wochen in der Luft bleiben, ohne zu landen, und dabei tausende von Kilometern zurücklegen. Und sie finden ihren Partner immer wieder. Wie gerne flöge ich zu dir, aber nach deinen Schilderungen wäre das kein Platz für mich. Dein Leben ist rau und voller Anstrengungen. Ich weiß, dass du es für uns auf dich nimmst, und ich bin dir dafür sehr dankbar. Kannst du mir einen der Steine mitbringen? Dann haben wir ein Andenken und etwas, das wir unseren Kindern zeigen können.

Ich werde auf dich warten und freue mich auf deine Rückkehr.

Deine Nandi.

Er dachte an Sanele und dessen Boss. Er bewunderte dessen klare und nüchterne Planung, wieder zu gehen, wenn er genug Diamanten gefunden hätte. So dachten die wenigsten. Die meisten konnten nicht genug kriegen.

›Wann würde Baas Heinrich so viel gefunden haben um zu sagen: Wir fahren zurück?‹

Ein Jahr später.

Die ersten Cumuli des Sommers türmten sich strahlend weiß, aber sie waren noch nicht fett genug für ein Gewitter. Nach dem trockenen Winter lechzte die Savanne nach Wasser. Lucas schaute nachdenklich in den Himmel, während er auf den nächsten vollen Ledereimer wartete, den Longile unten im Claim gefüllt hatte. Petrus kurbelte hinter ihm an der Seilwinde. Heinrich Cohrs zerkleinerte das diamanthaltige gelbe Muttergestein des letzten Eimers mit einem Schlegel. Wenn denn ein Diamant dabei war, löste er sich wie von selbst vom tauben Gestein, er ›sprang heraus‹. Dann schüttelte er das zerschlagene Gestein durch Siebe mit Maschen verschiedener Größe. Der Staub klebte ihnen in Nase und Augen und setzte sich in den Atemwegen fest.

Auf dem Sortiertisch wurden die Diamanten herausgesucht. Man musste gute Augen haben. Bis zu vier Steine hatten sie schon in einem Eimer gefunden. Bei Beginn der Dämmerung stellten sie die Arbeit ein, und Heinrich ging zum Wellblechhaus des Aufkäufers. Die Diamanten wurden gewogen und nach ihrer Farbe und der Zahl und Größe der Einschlüsse bewertet. Dann wurde der Gegenwert in britischen Pfund ausbezahlt. Jeder Ankauf musste der Regierung gemeldet werden.

Heinrich Cohrs kaufte überteuerte Lebensmittel und ging bepackt zurück ins Lager. Bongani und Longile kletterten über lange Leitern aus dem Loch und verließen den Claim. Mit Lucas und Petrus gingen sie schwatzend und hungrig zum Lager und zündeten das Feuer für ihr gemeinsames Abendessen, das Longile zubereitete.

»Was gibt es heute?«

»Lamm und Bohnen«, antwortete Cohrs.

»Und für jeden ein Bier,«

»Kalt?«

»Relativ. Für Eskimos relativ warm, für Afrikaner relativ kalt.«

»Relativ herzlichen Dank, Baas Heinrich.«

Longile grinste relativ breit. Einerseits war das Bier nie kalt genug hier. Es sei denn, man ging in die Bar. Dort war es aber dreimal teurer. Doch Schwarze waren von Barbesuchen ausgeschlossen. Die Ausgabe alkoholischer Getränke an Schwarze war überhaupt verboten. Cohrs kümmerte sich glücklicherweise nicht darum. Und Longile war dem Alkohol nicht abgeneigt.

Schneider stammte aus dem Ruhrgebiet und hatte im Kohlebergbau gearbeitet. Dann kamen die Lungenprobleme, und er musste aufhören. Die Ärzte empfahlen ihm dringend einen Klimawechsel. Ein Geologe steckte ihm, dass man in der Transvaalschen Republik in geringer Tiefe Steinkohle gefunden hatte, die man im Tagebau gewinnen konnte, nicht wie in den feuchtwarmen Stollen neunhundert Meter unter der Ruhr. Er bewarb sich beim Bergamt in Johannesburg um den Posten eines Inspektors, aber die waren noch nicht so weit und empfahlen ihn an die Verwaltung der Kapprovinz. Die schickte ihn sprichwörtlich ›in die Wüste‹. Er sollte etwas Ordnung in das Chaos der Diamantenfelder bringen. Widerwillig nahm er das Angebot an. Er verabscheute den zusammengewürfelten, bunten Haufen von Abenteurern, die im Geröll herumgruben, ohne Sachkenntnis und Disziplin aber mit ausgeprägter Gier nach Reichtum. Das waren nicht die Kumpel, die er gewohnt war.

Die Entdeckung des gelben Muttergesteins hatte alles verändert. Er ließ sich Proben des Abraums kommen und analysierte das Gestein. Die hohe Dichte und die Bestandteile sagten ihm, dass es magmatischen Ursprungs sein musste. So etwas hatte er bisher nicht gesehen. Die ovale Form der Fundstätte deutete darauf hin, dass das Basisgestein des äußeren Erdmantels ein Loch haben musste. Fast vierhundert Meter Durchmesser! Das Versiegen der Funde in den äußeren Claims ließ ihn darauf schließen, dass sich dieses Loch in der Tiefe verjünge wie eine Trompete. Wie tief es war, war ihm völlig unklar. Vielleicht reichte es sogar hinunter bis zur glühenden Magmazone unterhalb der kalten, erstarrten Erdkruste. Dort mussten die Diamanten entstanden sein und durch Eruptionen bis an die Oberfläche gepresst worden sein. Doch dass sollten besser die Mineralogen herausfinden. Er hatte Bergbau studiert. Seine Aufgabe war der sichere Betrieb der Mine. Und der verursachte ihm heftige Kopfschmerzen.

Die ehrgeizigen Schürfer trieben ihre Arbeiter zu immer neuen Höchstleistungen an. Ihnen stand die Begierde ins Gesicht geschrieben. Andere ließen es langsam angehen. Wieder andere kamen nur ab und zu in die Mine. Sie hatten ihre Farm zu versorgen und betrieben die Sucherei nebenher. Das Schachbrett war schon längst nicht mehr eben. Es entstanden tiefe quadratische Löcher direkt neben quadratischen Türmen mit senkrechten Wänden. Zum Ein- und Aussteigen wurden Leitern benutzt, über die die schweren Eimer hinaufgetragen wurden. Die ersten Unfälle passierten. Leute stürzten ab und verletzten sich. Schneider ordnete an, jeden Claim seitlich um zweieinhalb Meter zu kürzen. Diesen Streifen abzubauen war fortan verboten. So entstanden sichere Wege quer durch das Grabungsfeld. Auf ihnen trugen sie die leeren Eimer hinein und die vollen wieder hinaus. Bis zu vierzigtausend Menschen arbeiteten in der Mine, von denen mehr als die Hälfte mit dem Transport der Eimer und Kübel beschäftigt waren. Sie liefen in langen Reihen hintereinander her, die eine hinein, die andere hinaus. Der gelbe Boden war weich und zerfiel schnell, so dass die Kanten der Wege abbrachen. Der Abbruch fiel in die Claims. Deren Besitzer hatten jetzt zwar zusätzliches Material gewonnen, doch einige ihrer Leute wurden unter dem herabstürzenden Material verschüttet. Binnen kurzem waren die Wege nicht mehr sicher. Wieder passierten Unfälle. So konnte das nicht weitergehen. Die Mine aus Sicherheitsgründen zu schließen stand außer Frage. Sie würden ihn lynchen.

Er hatte eine Idee. Er setzte sich mit einem Briten zusammen und baute ein solides Gestell an den Rand des Loches. Cohrs kaufte eine Winde, ein langes Seil und eine Seilrolle. Unten im Loch schlug er eine Eisensstange in den Boden und machte die Rolle daran fest. Er legte das Seil darauf und zog es hinauf zur Winde. Longile knüpfte unten im Loch den vollen Eimer an das Seil und Petrus kurbelte ihn hinauf. Das beschleunigte den Transport des gebrochenen Gesteins. Nach und nach kopierten alle Diamantengräber das Prinzip. Bald standen Gestelle rund um das ganze Loch. Hunderte Seile verbanden die Winden mit den Claims. Es sah aus wie ein riesiges Spinnengewebe. Die langen Reihen der Eimerträger waren Vergangenheit. Die Unfälle waren jetzt vorbei.

Schnell entwickelte sich bei den Schürfern so etwas wie Wohlstand. Sie hatten Blut geleckt und richteten sich auf einen längeren Aufenthalt ein. Sie ersetzten ihre Zelte durch Hütten aus Holz oder Wellblech. Das sprach sich herum. Der Zustrom aus dem Kap, von den Goldfeldern und aus Übersee nahm zu. Alle wollten sie am Reichtum teilhaben. Es entstanden wilde Siedlungen und Lager mit ihren bunten Angeboten. Händler öffneten Läden, rustikale Kneipen und schillernde Salons wurden aus dem Boden gestampft. Das horizontale Gewerbe etablierte sich. Die Diamantgräber suchten Zerstreuung, Spaß und Spiel nach ihrer harten Arbeit. Und sie hatten Geld auszugeben, manch einer sehr viel Geld.

Cohrs und Schneider hatten inzwischen Freundschaft geschlossen. Oft saßen sie abends zusammen und diskutierten, wie tief man mit der jetzigen Methode gehen könnte.

»Die Seile könnten nicht unendlich lang werden, sie zerreißen unter ihrem eigenen Gewicht, bevor sie überhaupt noch einen vollen Kübel tragen können. Wir nennen das die ›spezifische Reißlänge‹. Dazu kommt der natürliche Verschleiß, der die Seile schwächt. Kontrolle der Seile und Winden machen wir nicht. Wenn ein Seil reißt, fällt der volle Kübel hinunter und kann einen der Arbeiter verletzen oder erschlagen. Dann ist die Hölle los! Vorher mache ich die Bude dicht. Lange wird das nicht mehr dauern«, sagte Schneider.

Eines Abends unterhielt sich Heinrich Cohrs mit seinen Männern.

»Das bunte Leben da draußen ist nichts weiter als Schall und Rauch. Ihr werdet es nicht erleben, aber wenn die Diamanten ausgegraben sind, und das Loch zu tief ist, wird das alles zerfallen, vielleicht in ein paar Jahren, vielleicht früher. Schneider meint, man könnte einen Schacht neben dem Loch bohren und waagerechte Stollen graben, um an das Kimberlit zu kommen. Aber das wird teuer. Das kann sich nur eine große Gesellschaft leisten. Wenn es sich nicht mehr lohnt, werden sie die Mine schließen. Im besten Fall wird sie ein Museum für die Generationen nach uns. Wer weiß.«

Mit der halbseidenen Welt hatte er nichts im Sinn. Er war fest davon überzeugt, dass der Diamantenrausch nicht ewig anhalten würde und hielt sein Geld zusammen. Sie blieben in ihrem Zelt unter dem alten Kameldornbaum.

Schneider und Cohrs waren besorgt über den Verfall der Sitten. Diebstahl, Betrug, Alkohol, Hurerei und Körperverletzung waren an der Tagesordnung. Als Lutheraner, die sie beide waren, beschlossen sie den Bau einer kleinen Kirche, um den Männern wenigstens sonntags ein wenig Besinnung anzubieten, denn sonntags war die Minenarbeit verboten. Dafür machte sich das Glücksspiel breit, und es wurde viel getrunken. Nicht von ungefähr geschahen denn auch montags die meisten Unfälle.

Cohrs baute die Holzstruktur aus eigener Tasche, Schneider besorgte das Wellblech für Dach und Außenwände. Das Kirchlein war nicht viel größer als ein Wohnhaus, hatte ein steiles Dach, Fenster mit Spitzbögen, und es besaß ein Türmchen über dem Eingang.

Von nun an gab Cohrs seine sonntägliche Bibellesung auf, zog sich saubere Sachen an und organisierte die Gottesdienste. Ein ordinierter Pfarrer ließ sich nicht auftreiben, so füllte der Cohrs die Lücke und predigte selber, abwechselnd in Deutsch, Englisch oder isiZulu. Statt einer Orgel benutzte er ein gebrauchtes Harmonium, das er selber spielte, da ein Organist fehlte. Er entwickelte seine eigene Liturgie und pendelte zwischen Altar, Harmonium und Kanzel auf engstem Raum. Aus einer Konservendose bastelte er eine Spendenbüchse und stellte sie am Eingang auf. Bald konnte er eine kleine Glocke in Auftrag geben.

In den Jahren des Diamantenrausches waren auf dem Gebiet der Farm Vooruitzicht zahlreiche Siedlungen entstanden, ohne dass eine gemeinsame Verwaltung oder Infrastruktur aufgebaut wurde. Im Jahr 1873 verfügte die erhabene Viktorianische Verwaltung des Kaps unter der Leitung des Grafen von Kimberley, dass die bunten Ansiedlungen der Diamantsucher zu einer Stadt zusammengefasst werden sollten. Den Namen hatte er bereits: seinen eigenen. Per Dekret verschaffte er seinem Familiennamen ein Denkmal. Mit ihrer Einwohnerzahl war es nun die zweitgrößte Stadt im südlichen Afrika. Die Krone hatte den immensen Wert der Fundstätte erkannt. Schritt für Schritt drängte sie die Vorherrschaft der pragmatischen Buren zurück und übernahm die Kontrolle. Mit dieser Entscheidung wurden frisches Kapital, englisches Recht und britische Arroganz nach Kimberley gelockt. Die gewohnte calvinistische Ordnung der Buren wurde abgelöst.

Das Tagebauloch war bald fünfundzwanzig Meter tief. Der Boden sah aus wie eine antike, zerfallene Ruinenstätte mit verschieden hohen quadratischen Türmen, alles aus dem diamanthaltigen Muttergestein, das man unter Geologen fortan Kimberlit nannte. Bald darauf erlebten die Diamantensucher eine bedeutsame Überraschung. Die Farbe des Kimberlits wechselte allmählich von gelb nach blau. Und es war hart! Viel härter als der gelbe Boden. Ihre Spitzhacken drangen nicht mehr so leicht ein wie früher. Das blaue Material ließ sich nicht mehr einfach mit Schlegeln zertrümmern, um an die Steinchen heranzukommen. Die ersten Claimbesitzer glaubten, es sei solides Basisgestein und sahen erstaunt das Ende ihrer Diamantensuche gekommen. Sie gaben die Suche auf und verkauften hastig, bevor die Preise verfielen. Heinrich Cohrs legte die Brocken erst einmal auf die Seite und arbeitete sich durch die Reste seines gelben Vorrats. Und, oh Wunder, nach einigen Wochen verfärbte sich das blaue Kimberlit an der Luft und der Sonne nach gelb und ließ sich ebenfalls leicht zertrümmern. Niemand hatte gewusst, dass der gelbe Kimberlit ursprünglich einmal blau gewesen war. In Millionen von Jahren hatten die natürliche Verwitterung und eingedrungenes Wasser das Material gelb und mürbe werden lassen.

»Leute, wir haben ein Problem. Wir ersticken in blauem Gestein und warten darauf, dass es brüchig wird. Wir können uns hier kaum noch rühren. Ich sehe, ob ich irgendwo einen Lagerplatz mieten kann. Max muss das Zeug dorthin schaffen und zurückholen, wenn es mürbe ist. Ich werde dort einen Wachmann postieren, der auf das Zeug aufpasst. Ihr organisiert den Transport, während ich die Winde bediene. Wir arbeiten lieber hart und halten die Kosten niedrig.«

Heinrich handelte sich prompt den Spott seiner Kollegen ein, weil er ›Kaffernarbeit‹ verrichtete oder zu geizig wäre, einen Schwarzen dafür einzustellen. Doch er hatte das mit seinen vier Helfern beredet. Doch die wollten unter sich bleiben und waren dagegen gewesen.

Die nächste Hiobsbotschaft kam von Longile. Wasser! Am Boden des Claims hatte sich Wasser angesammelt, das nicht mehr abfloss. Als sie noch im gelben Boden geschürft hatten, war das kein Problem. Der war porös und konnte es aufsaugen. Es versickerte einfach. Doch der blaue Boden war dafür zu kompakt. Cohrs hörte sich bei anderen Claimbesitzern um und stieß auf eine Gruppe Engländer. Die hatten sich in Port Elisabeth eine Pumpe gekauft, die sie für viel Geld zur Vermietung anboten. Er zögerte. Das war ihm zu teuer. Er ließ es mit den Eimern nach oben fördern.

Eine weitere Änderung wurde angekündigt. Schon seit langem war einigen betuchten Engländern die Regelung des Einzelclaims ein Dorn im Auge gewesen. Die Kapverwaltung aber war dagegen. Sie wollte das Schürfrecht auf einer breiten Basis beibehalten. Doch im Jahr 1874 gab sie nach und hob die Beschränkung auf zehn pro Besitzer an. Bald war die völlige Aufhebung im Gespräch. Dahinter steckten reiche Kaufleute, die Kapitalgesellschaften bilden wollten, um das Geschäft Schritt für Schritt an sich zu ziehen. Ihr Ziel war die Bildung eines Monopols, um die Marktpreise zu diktieren und den Gewinn der Gesellschaft zu maximieren. Dazu mussten sie zuvorderst die Kontrolle über den Abbau gewinnen. Alle Claims sollten einzig der Gesellschaft gehören. Sie planten eine konsolidierte Minengesellschaft. Schneider favorisierte diese Pläne. Einem Betreiber auf die Finger zu schauen war einfacher als hunderten von ihnen. Doch er sympathisierte mit Heinrich Cohrs und hielt ihn über die Entwicklung auf dem Laufenden. Er witterte die Gefahr, dass der seinen Claim am Ende nur noch zu einem Spottpreis hätte verkaufen können oder hinausgedrängt würde. Er informierte seinen Freund rechtzeitig.

Eines Abends saß Heinrich mit seinen vier Männern vor dem Zelt zusammen. Er stellte fünf Flaschen Bier neben die Petroleumlampe. Die hohen, dünnen Zirruswolken wurden von der untergehenden Sonne rot beleuchtet. Über ihnen wölbte sich die Krone des Kameldornbaums, unter dem sie die letzten drei Jahre gehaust hatten. Ringsum war es still. Die Grillen begannen ihr Abendkonzert.

»Männer, meine Tage hier sind vorbei. Ich eigne mich nicht für die großen Kompanien, die bald das Geschäft übernehmen werden. Die kommen mit ihren Anwälten und Kaufleuten und sagen einem, wo es langgeht. Nicht mit Heinrich Cohrs! Ich verkaufe den Claim und die Ausrüstung, packe den Rest und fahre nach Hermannsburg zurück. Genug ist genug. Wer hierbleiben möchte, ist frei das zu tun. Ihr findet immer Arbeit. Es ist eure Entscheidung. Ihr seid freie Männer.«

Die vier hatten glänzende Augen, am meisten Lucas. Sie wollten nach Hause ins Land der tausend Hügel, in ihr grünes Natal. Sie hatten genug von der Halbwüste, dem Staub und dem täglichen Einerlei der Minenarbeit. Sie saßen lange um die Petroleumlampe. Sie ließen die vergangenen drei Jahre Revue passieren und hingen ihren Phantasien nach. Pläne hatte keiner von ihnen, außer Lucas. Der wollte nach Natal zurück, um seine Nandi zu heiraten.

Am nächsten Morgen schliefen sie lange. Nach einem üppigen Frühstück mit Kaffee, Eiern und gebratenem Speck zog Heinrich einen dicken Lederbeutel aus der Tasche und schüttete den Inhalt auf den Tisch.

»Jeder sucht sich einen Stein als Andenken an unsere Arbeit aus, bevor ich den Rest verkaufe. Ihr wisst, dass ihr sie nach den Gesetzen nicht besitzen dürft, also zeigt sie nicht herum. Steckt sie als Notreserve weg. Wenn wir zu Hause sind, zählen wir das Geld und teilen, wie wir das besprochen haben.«

Im Büro des Mineninspektors sah er sich lange um, als wolle er sich die Einrichtung in allen Einzelheiten einprägen. Sie tranken Kaffee wie immer, wenn sie stundenlang zusammengesessen und geredet hatten.

»Schade, dass du uns verlässt, aber es ist der richtige Augenblick. Ich würde es genauso tun. Die Zeiten ändern sich. Sieh dir an, was wir hier hinterlassen, ein riesiges Loch, eine große Stadt, hunderte Gräber, Tausende von Schicksalen, Unglück, enttäuschte Hoffnungen, Blut, Schweiß und kaputte Familien. Und das alles für ein paar hundert Kilo Diamanten! Der alte Jäger und Sammler, der *homo sapiens*, hat sich zu einem merkwürdigen Wesen entwickelt. Nur wenige ziehen reicher fort, als sie gekommen sind, und du gehörst dazu. Respekt, Heinrich! Ich wünsche dir Glück, dir und deinen vier Helfern. Unsere kleine Kirche wird mich an dich erinnern. Sie wird noch lange stehen.«

Sie umarmten sich zum Abschied.

»Seht nur! Max hat es eilig. Zielstrebig zog er die Schottsche Karre in Richtung Osten. Ohne die verkaufte Ausrüstung war sie leichter und bot jetzt Platz für einen Kutscher. Die Männer ruhten sich abwechselnd aus, wenn ihnen die Beine schwer wurden. Nach drei Wochen Reise durch das flache, wellige Grasland der Hochebene standen sie wieder am Van Reenen's Pass. Vor ihnen breitete sich die grüne Tiefebene aus.

Sorgenvoll betrachteten sie den Abstieg, der sich den Abhang wenig einladend hinunterschlängelte. Ihre Karre besaß keine Bremsen. Wenn sie Fahrt aufnähme und vom Weg rollte, würde sie Max in den sicheren Tod reißen. Heinrich suchte einen kräftigen Ast und steckte ihn durch die Speichen. Mit blockierten Rädern rumpelte das Gefährt unsanft den steilen Weg hinunter.

Wenig später kam die Farm der van Niekerks in Sicht. Verstohlen beobachtete Lucas Heinrichs Gesichtsausdruck.

»Willst du hierbleiben? Wir finden den Weg auch ohne dich. Sie ist doch eine hübsche Frau, oder?«

»Sie hat alles, was ein Mann begehrt. Doch auf einer Nacht baust du keine Beziehung auf. Dazu müsste ich sie erst einmal kennenlernen. Außerdem tauge ich nicht zum Farmer. Lass gut sein, Lucas. Wir sind zusammen losgezogen, wir kehren zusammen zurück. Das sind wir uns gegenseitig schuldig. Wir sind am Leben, wir sind gesund und wir waren erfolgreich. Das kann ich nur in Hermannsburg feiern, nicht hier auf dieser einsamen Farm, über der der Geist des toten Willem kreist. Ich würde euch vermissen.«

Als sie am Gatter standen, sahen sie das Schild ›Zu Verkaufen‹. Darunter stand die Adresse eines Maklers in Piertermaritzburg. Aus einer der Hütten stieg Rauch auf. Ihre Boys waren noch da, aber die Fensterläden des Haupthauses waren geschlossen.

»Sie ahnt es, oder sie weiß es«, sagte Heinrich.

Er fischte einen Zettel aus der Tasche, um ihr einen Gruß und sein Beileid darauf zu schreiben, überlegte kurz und steckte ihn wieder ein.

»Das Leben schreitet immer voran. Nach hinten kann man es nur betrachten. Weiter, Leute.«

Nach zwei Wochen kam die Turmspitze der Peter-Paul-Kirche in Sicht. Heinrich Cohrs ließ an einem kleinen Bach anhalten.

»Seht euch mal an! Wir sehen aus wie abgerissene Landstreicher. Wir jagen unseren Leuten einen Schreck ein. Also, Körperpflege und saubere Klamotten. Longile als letzter. Du kochst erst mal Kaffee.«

Er holte den Klapptisch von der Karre und stellte die abgenützten Stühle auf.

»Lucas, die Karre hat einen doppelten Boden, darin ist eine Tasche. Bring die bitte mit.«

Lucas legte eine dicke Ledertasche auf den Tisch.

»Jetzt zähl bitte das Geld. Dann teilst du es wie wir das vereinbart haben. Ihr betretet Hermannsburg als reiche Leute. Legt ein Sparbuch an und verprasst es nicht. An jedem Schein klebt eine Menge Schweiß. Wir waren eine gute Mannschaft. Ich danke euch, Männer. Und nun machen wir uns über die Vorräte her. Longile, koch was Gutes. Wir wollen nicht mit knurrenden Mägen heimkehren.«

Es war Sonntagnachmittag. Der Gottesdienst war vorbei, das Dorf lag ruhig wie im Mittagsschlaf. Pastor Severin hatte sein Pfarrbüro gerade verlassen, um einen Kranken zu besuchen. Sein Blick schweifte über die grüne Hügellandschaft. Mitten im Schritt hielt er inne, drehte sich um und lief zur Kirche. Er öffnete die Tür und zog am Glockenstrang. Alarmiert eilten die Bewohner aus ihren Häusern und rannten auf den Kirchplatz. So klang Feueralarm. Sie sahen sich nach allen Richtungen um, nirgendwo war Rauch. Severin trat aus der Kirche.

»Sie kommen!«

Max kam als erster hinter den Bäumen an der Hauptstraße hervor. Pflichtbewusst zog er die Karre bis zur Mitte des Kirchplatzes und blieb stehen. Dahinter schlenderten die fünf Männer in breiter Phalanx, ihre Arme auf den Schultern des Nebenmannes, Heinrich Cohrs in der Mitte, und pfiffen das Lied vom Wandersmann, als kämen sie gerade von einem Picknick.

»Ihr kommt nicht in Frack und weißem Seidenschal, einen Zylinder auf dem Kopf? Ihr tragt keine Lackschuhe, in denen sich das Sonnenlicht spiegelt? Habt ihr denn keine Diamanten gefunden?«

Severin scherzte. Er kannte seinen Heinrich Cohrs.

»Hauptsache, ihr seid gesund und am Leben. Man liest ja so einiges in den Zeitungen. Willkommen zu Hause.«

Die fünf Männer, Max und die Karre waren umringt. Sie betasteten die Heimkehrer, ob sie es wirklich waren, stellten Fragen, wollten am liebsten auf einmal erfahren, was sie in den vergangenen drei Jahren erlebt hatten. Alle redeten gleichzeitig. Heinrich wurde bewusst, dieses Dorf war immer noch das alte, es war in seiner Zeit stehengeblieben. Jetzt wollten sie Sensationen hören, warteten auf die Abenteuer aus der Welt da draußen. Sie wollten an vermeintlichen Heldentaten teilhaben. Aber sie wurden enttäuscht. Heinrich und seine vier Männer hatten etwas gewagt, hart gearbeitet, sich kühl und nüchtern durchgeschlagen und etwas gewonnen. Doch Angeberei war nicht Heinrichs Sache. Und wie viel Diamanten und Geld sie jetzt besaßen, ging niemand etwas an. Bald gingen die ersten wieder nach Hause, Pfarrer Severin hatte längst den Kranken besucht, und schließlich standen sie mit Max und der Karre allein auf dem Kirchplatz.

Nur Nandi war bei Lucas geblieben und streichelte zärtlich über die rosafarbene Narbe auf der braunen Haut seines Unterarms. Sie hatte ihren Albatros wieder. Heinrich beobachtete sie dabei, erinnerte sich einen kurzen Moment an Marijke van Niekerk, verwarf den Gedanken aber sofort wieder.

Sie hatten mit hunderten anderer Männer auf Gut Glück im Geröll ausgetrockneter Flussbetten herumgewühlt. Durch Zufall entdeckten sie den vulkanischen Schlot mit dem reichen Kimberlit und gruben mit tausenden anderer Männer das größte von Menschenhand geschaffene Loch in die Oberfläche des Planeten, getrieben vom Wunsch nach Wohlstand. Sie erlebten die Grenzen des händischen Abbaus und den beginnenden Übergang zum kapitalintensiven, professionellen Bergbau. Einige hatten ihren Wohlstand vor Ort verprasst, andere hatten durch Krankheit, Erschöpfung, Unfälle oder Verbrechen ihr Leben verloren. Diese fünf hatten ihre Chance genützt und waren gesund an Körper und Geist zurückgekehrt. Aber in ihre alte Umgebung passten sie irgendwie nicht mehr hinein. Sie hatten sich verändert. Jetzt galt es, sich wieder einzugliedern und neu zu beginnen.

Heinrich Cohrs baute sich ein Haus am Rand Hermannsburgs. Sein früheres Haus, das der Gemeinde gehörte, wurde nun vom Kantor bewohnt, den die Ältesten eingestellt hatten. Er widmete sich seiner geliebten Mineralogie und war viel im Lande unterwegs, um seine Sammlung auszubauen. Er entdeckte Fundstätten edler Baustoffe und wurde häufig als Berater für Fassadengestaltungen hinzugezogen. Bongani zog nach Pietermaritzburg und ergab sich dem Alkohol. Er starb jung. Petrus und Longile gingen nach Durban, von ihnen hörte man nie wieder. Lucas heiratete Nandi und baute sich das ersehnte Steinhaus.

Lucas' Tochter Gugu war inzwischen vier, der kleine Zithembe war zwei Jahre alt. Nandi nahm Lucas' Hand und legte sie auf ihren Bauch. Kräftige Fußtritte gegen die Bauchdecke.
»Das wird ein richtiger Krieger.«
»Ich will nicht, dass er ein Krieger wird, und ich will auch nicht, dass du ein Krieger wirst. Geh da nicht mehr hin. Bitte.«
»Ist doch nur Tradition. Zulutradition«, sagte Lucas ablenkend.
Nandi wusste, dass er log. In den Zeitungen verfolgte sie besorgt die politische Entwicklung. Seitdem die Briten Natal als Kolonie annektiert hatten, in der auch Hermannsburg lag, schwelte Streit mit dem benachbarten Königreich der Zulus.
»Die Buren haben König Mpande damals hintergangen. Sie kamen über die Quathlambaberge herunter und er gab ihnen Land. Aber was machten die? Sie riefen die unabhängige Republik von Utrecht aus. Auf dem Boden der Zulu! Der König war außer sich und drohte, sie zu verjagen. Als er starb, schlossen sie sich eilig dem im Westen angrenzenden Transvaal an. Das war Landraub! Bevor Mpandes Nachfolger Cetshwayo im Amt war, besetzten die Briten Transvaal. Nun war das Reich der Zulu fast vollständig von britisch beherrschtem Gebiet umschlossen. Findest du das in Ordnung, Nandi?«
Lucas hatte sich in Rage geredet. Sie zog vor, zu schweigen.

»Ich habe die Engländer in Kimberley kennengelernt. Sie wollen immer mehr, sie sind unersättlich. Sie wollen das fruchtbare Land für ihre Siedler. Wir Zulus sind ihnen ein Dorn im Auge. Sie sind arrogant und schauen auf uns herab und wollen uns in abhängige Arbeit zwingen. Aber ich will kein britischer Untertan werden.«

Cetshwayo dachte strategisch. Er baute eine starke, gut organisierte Armee von Kriegern aus. Und er schaffte sich eine Reservearmee, zu der sich Lucas gemeldet hatte. Er nahm einmal in der Woche an den Übungen teil, mit dem Schild aus Kuhhaut und dem Assegai, dem kurzen Kriegsspeer. Er liebte sein Land und wollte helfen, es gegen die Expansion der Briten zu verteidigen. Ein Konflikt schwelte.

»Ich mache mir Sorgen um dich.« Nandi gefiel das alles nicht.

Die Briten gingen geschickt vor. Sie machten Cetshwayo Vorwürfe, Grenzverletzungen seiner Leute nach Natal und Transvaal zu dulden. Für einen unbedeutenden Zwischenfall an der Grenze forderten sie fünfhundert Rinder als Entschädigung. Sie provozierten Cetshwayo. Er schickte fünfzig englische Pfund. Ein Affront! Einen Monat später, zufällig genau zur Erntezeit, folgte ein uneinhaltbares Ultimatum, das Cetshwayo verstreichen ließ. Nun warf man ihm Starrköpfigkeit vor. Die Briten verlegten Truppen nach Natal. Zusätzlich rekrutierten sie Hilfstruppen von den Sotho und anderen Stämmen, die den Zulu seit alten Zeiten feindlich gesinnt waren. Der Konflikt spitzte sich zu. Cetshwayo machte mobil. Der Zulukrieg stand bevor.

Nur wenige Tage später kam ein Läufer.

»Du musst dich umgehend bei deinem *impi* in Eshowe melden. Späher haben beobachtet, dass britische Truppen von der Mündung des Tugela nach Norden marschieren.«

Lucas war einberufen worden. Er nahm Abschied von Nandi mit dem Ungeborenen, Gugu und Zithembe.

»Komm bitte gesund wieder! Ich brauche dich.«

»Wir sind stark. Wir werden die Rotröcke schlagen.«

Nandi küsste seine Narbe auf dem Unterarm und führte seine Hand zu ihrem geschwollenen Leib. Sie hatte Tränen in den Augen.
»Bis bald, *ubaba*«, imitierte sie die Stimme des Ungeborenen.
Sein Impi wurde einer Armee von elftausend Kriegern zugeteilt. Sie wussten, dass die Briten zum Marschieren wegen ihres Schuhwerks die Landstraßen bevorzugten. Die Zulus zogen barfuß querfeldein nach Süden, den Briten entgegen. Ihre Späher liefen zwei bis drei Kilometer voraus von Hügel zu Hügel. Bei KwaGingindlovu sahen sie die roten Uniformen.
An einer abschüssigen Stelle der Straße bildeten sie ihre bewährte ›Büffelhorn‹-Formation, die König Shaka vor Jahren eingeführt hatte. Zwei ›Hörner‹ sollten den Gegner seitlich umzingeln und aufhalten. Das waren die jungen, noch wenig erfahrenen Kämpfer. Im Zentrum stand der ›Brustkorb‹ als die kampfstärkste Einheit. Sie sollte den Feind frontal angreifen und dezimieren. Dahinter stand die Kampfeinheit der ›Lenden‹. Sie bestand aus den Reservisten. Hierzu gehörte auch Lucas. Ihr Auftrag war, die überlebenden, flüchtenden Gegner zu verfolgen und zu vernichten. Sie vertrauten ihrer körperlichen Stärke, ihren Schilden und Speeren, mit denen sie geschickt umgingen. Sie hatten das wieder und wieder geübt. Sie waren Kämpfer Mann gegen Mann, im Nahkampf unschlagbar. Vor dem Eintreffen der Weißen in Afrika hatten sie das in ungezählten Scharmützeln gegen die Sotho, die Swasi, die Venda und sogar gegen die Xhosa bewiesen. Die Zulus waren ein gefürchteter Gegner. Aber die Weißen hatten Schusswaffen. Cetshwayo gelang, über zwielichtige Händler an solche Donnerbüchsen zu kommen und ein Zehntel seiner Krieger damit auszurüsten. Es waren ältere Modelle, Perkussionsgewehre, Vorderlader, in denkbar schlechtem Zustand. Ihnen fehlten Ersatzteile und die Erfahrung zur Waffenpflege.
Die Briten zählten sechstausend Mann. Sie waren mit modernen Martin-Henry-Gewehren bewaffnet, einem einschüssigen Hinterlader. Sie hatten sich zum üblichen Carré formiert und marschierten bergan, den Zulus entgegen. Die Sonne stand hoch, so dass ihre Augen zum Visieren durch den Helm beschattet waren. Als sie anhielten, um zur ersten Salve anzulegen, duckten sich die Zulus und hielten ihre Schilde schräg über die Köpfe, um die Kugeln abprallen zu lassen. Nach ihren

Erfahrungen brauchten die Briten jetzt eine Gefechtspause zum Laden ihrer Vorderlader, lange genug zum Sturm auf die Briten.

»Lauft, lauft! Lasst ihnen keine Zeit zum Laden!«

Doch die Briten hatten neue Gewehre, Hinterlader mit höherer Schussfolge. Das wurde den Zulus zum Verhängnis. Bevor sie in Distanz zum Nahkampf waren, konnten die Briten noch dreimal feuern. Nach der vierten Angriffswelle hatten sie den ›Brustkorb‹ aufgerieben und brachen durch.

Jetzt stürmten die ›Lenden‹ vor. Ihr Anführer hatte das Desaster des ›Brustkorbes‹ beobachtet. Er trieb seine Leute zur Eile.

Lucas verwundete vier Briten mit dem Assegai. Er stürmte nach vorn, an den Gestürzten vorbei. Er hob seinen Kampfspeer und zielte auf die Kehle des nächsten Briten, der auf ihn zustürmte. Dann fühlte er einen Schlag im Rücken. Blei, das sich durch seine Muskeln mahlte. Er drehte sich um. In der Pulverdampfwolke des letzten Schusses sah er den verletzten Briten auf dem Boden liegen und nachladen. Lucas stieß einen wilden Schrei aus und stieß ihm den Speer in die Brust. Im Fallen löste sich der Schuss ins Nirgendwo. Er ließ sein Gewehr fallen. Auch Lucas fiel schwer verletzt zu Boden. Dann wurde die Welt um ihn dunkel. Der Albatros flog nicht mehr. Er wurde sechsundzwanzig Jahre alt.

Über eintausend Zulukrieger waren in der kurzen Schlacht von KwaGingindlovu gefallen. Als zwei von Lucas' Freunden nach Tagen verwundet zurückkehrten und von seinem Tod berichteten, beschloss Heinrich Cohrs, mit Max und der Schottschen Karre zum Kampfplatz zu fahren, um seinen toten Freund zu bergen. Als er dort ankam, hatten die Briten ihre Toten bereits weggebracht. Sie hatten begonnen, für die gefallenen Zulukrieger ein Massengrab auszuheben. Cohrs stapfte über die Toten hinweg. Gegen den Leichengestank band er sich ein Tuch vor den Mund. Er suchte nach dem Unterarm mit der auffälligen Narbe. Nur daran konnte er ihn erkennen. Sein Kopf und die Schusswunde in seinem Rücken waren mit Fliegen bedeckt. Maden krabbelten auf ihm herum. Er verscheuchte die Fliegen, fegte die Maden mit einem Büschel Gras weg, wickelte ihn in eine Decke und legte ihn auf die Karre. Er fand seinen Schild und den Assegai und legte sie sorgfältig neben ihn, gesammelt, gefasst. Als er aufgestiegen war, die Zügel anzog und Max zuschnalzte, brach er in Tränen zusammen. Er fuhr die ganze Nacht hindurch und kam am nächsten Vormittag in Hermannsburg an.

Wenige Tage nach Lucas' Beerdigung auf dem Friedhof hinter der Peter-Paul-Kirche verendete der betagte Max. Seine letzte Fahrt war zu viel für ihn gewesen.

Sechs Wochen später wurde König Cetshwayo von einer britischen Patrouille entdeckt, gefangengenommen und nach Kapstadt gebracht. Der Widerstand der Zulus war gebrochen. Sein Königreich wurde in kleine Bezirke aufgeteilt und unter die britische Verwaltung Natals gestellt. Achtzehn Jahre später wurde die Annexion offiziell erklärt.

Heinrich Cohrs kümmerte sich liebevoll um Gugu und Zithembe. Er bastelte ihnen Spielzeug aus Holz, alberte mit ihnen herum, machte kleine Ausflüge mit ihnen und sammelte bunte Steinchen. Er fertigte eine Wiege für das Ungeborene an, doch Nandi konnte damit nichts anfangen.

»Was wird das?«

»Da hinein legt man bei uns die kleinen Kinder.«

»Bei uns trägt man die Kinder in einem Tuch auf dem Rücken. Im Haus, während der Feldarbeit, immer. Sie spüren unsere Wärme und fühlen sich geschützt.«

»Dein Kind muss dich doch sehen können, dir zuschauen.«

»Davon verstehst du nichts. Du bist ein Mann und Europäer dazu.«

»Die Welt verändert sich. Du musst mit der Zeit gehen.«

»Was hat sich denn verändert? Die Briten nehmen uns alles weg. Sie bringen Siedler aus ihrem Land. Die nehmen wohl unser Land, aber unsere Tradition nehmen sie nicht an. Was wollen sie dann hier? Uns verändern? Niemals! Sie sind hier nur zu Gast. Eines Tages gehen sie wieder.«

»Soll ich auch gehen?«

»Nein, Heinrich! Du bist doch kein Brite. Du bist einer von uns.«

An diesem Abend waren beide sehr nachdenklich. Heinrich saß in seinem Häuschen, Nandi in ihrer Rundhütte. Das Kind in ihrem Leib trat zweimal kräftig. Sie sehnte sich nach Lucas, nach seiner Wärme, nach seiner Stimme, nach seinen Armen, nach seiner Hand auf ihrem Bauch. Sie zog den Diamant unter der Matte hervor, hielt ihn zwischen den Fingern und weinte.

›Nur einmal zur Probe‹, dachte Nandi.
Sie legte den kleinen Thabisa in die Wiege und stellte sie mitten in die Hütte. Er lachte sie an. Während sie aufräumte, verfolgte er sie mit seinen kleinen, neugierigen Augen und quietschte vergnügt. Nandi trällerte ein Lied. Das Baby strampelte freudestrahlend mit Armen und Beinen. Sie ging zu ihm und kitzelte seinen Bauch. Thabisa lachte. Die Wiege schien ihm zu gefallen.
›Ich werde sie mit lustigen Farben anmalen. Ich bitte Heinrich, mir welche zu besorgen, und ein paar Pinsel.‹
Monate später saß Heinrich auf der Bank vor der Hütte, Thabisa auf dem Schoß. Gugu und Zithembe spielten um ihn herum. Nandi kam heraus und setzte sich neben ihn. Die Sonne näherte sich dem Horizont, die Schatten wurden länger. Sie lehnte ihren Kopf an seine Schulter. Sie fühlte sich geborgen. In ihre Trauer um Lucas mischte sich ein kleines Quäntchen Glück. Zithembe kam mit einem Stein, den er gefunden hatte.
»Was für ein Stein ist das, *ubaba*?«
Nandi schreckte auf.
»Hat er dich eben Vater genannt?«
»Hörte sich so an.«
Nandis Gesicht verriet eine Mischung aus Erstaunen und Freude.
»Das ist nur ein Quarz, mein Sohn, ein kleiner Kiesel. Nicht wertvoll, aber sehr schön geformt.«
»Der kommt in meine Sammlung. Wenn ich einmal groß bin, will ich auch so viele haben wie du.«

Sie küsste Heinrich auf die Wange, stand auf und holte Limonade aus der Hütte. Er betrachtete ihre schlanke, hohe Gestalt.

›Die süße Nandi, so hatte Lucas sie genannt.‹

›Sie ist schön. Eine starke Frau.‹

Vor Gott sind alle Menschen gleich, hieß es bei den Lutheranern. Und sie hielten sich daran, auch hier in Hermannsburg. Allerdings kannte ihre Toleranz klare Grenzen. Gemischte Paare galten schlicht als unschicklich, um es milde auszudrücken. Das war nicht erwünscht. Gott hatte verschiedene Rassen geschaffen. Die Vermehrung diente der Erhaltung, nicht der Vermischung. Das muss sein Wille gewesen sein. Etwas anderes ließ sich aus der Bibel nicht ableiten.

War am Ende die Liebe stärker als die Anpassung an die Norm, wurde das Problem unauffällig gelöst. Das Paar wurde sanft, aber mit Nachdruck davon überzeugt, das Dorf bald zu verlassen. Nicht bei uns! Dies war die ungeschriebene Regel. Heinrich wusste es. Nandi wusste es. Dass Heinrich sich um die Kinder seines toten Freundes kümmerte, wurde als Akt der Loyalität und der Nächstenliebe anerkannt. Das war ein edler Zug. Doch man war wachsam. Man passte auf. Und man war zufrieden, dass sich die beiden an die Regel hielten.

Nandi und Heinrich waren ein eingespieltes Team geworden, wenn es sich um die Kinder handelte. Seine Freizeit war jetzt wunderbar ausgefüllt, die drei Kinder hatten einen Ersatzvater, und Nandi konnte Zeit für sich abzweigen, sich pflegen oder zwischendurch etwas lesen. Sie sprachen nie darüber. Aber in ihrem Innern waren sie sich sicher, jeder für sich allein, Lucas würde es gut finden, könnte er es sehen. Mit der Zeit wurde sein Schatten schwächer, das Gefühl seiner Gegenwart verringerte sich. Schleichend kroch das Verlangen heran. Sie berührten sich, fast unbeabsichtigt zuerst, dann häufiger, bewusster. Eines Tages nahm Heinrich sie in die Arme. Sie umschlang seinen Hals, sah zu ihm auf, ließ ihn wieder los und befreite sich.

»Wenn die Kinder reinkommen … Sie könnten sich verplappern.«

»Ich wollte dir zeigen, was ich für dich empfinde.«

»Ich fühle dasselbe wie du. Aber ich möchte freiwillig von hier weggehen, nicht hinausfliegen.«

Nandi war getauft. Sie war Christin. Aber die Botschaft der Kirche war oft abstrakt. Und Pastor Severin konnte sie nicht fragen. Der hätte Verdacht geschöpft. Also besuchte sie heimlich eine Sangoma, eine Heilerin und Wahrsagerin. Lucas war jetzt bei den Ahnen. Sangomas konnten die Verbindung zu ihnen aufnehmen. Sie bat die Seherin, die Ahnen nach ihrer Zukunft zu befragen.

Sangomas, ganz gleich ob Frau oder Mann, sind kluge Leute. Bevor sie sich zu einer Aussage bewegen lassen, erforschen sie geschickt und dezent das Umfeld des Fragenden. Mit einer einzigen Sitzung war das nicht getan. Das konnte sich über Wochen hinziehen, je nachdem wie schnell ihnen die Situation klar wurde. Sie fragten sich schlau. Ihr Ruf hing immer davon ab, wie zuverlässig die Diagnose war, und wie wirksam die verabreichte Medizin oder der Rat der Ahnen. Danach richtete sich auch der Preis, der am Ende zu zahlen war.

Nandi erschien zu ihrer letzten und entscheidenden Sitzung in der kleinen verräucherten, schmuddeligen Hütte der Sangoma. Die hockte auf einem Kuhfell, in ihr rituelles Gewand gekleidet.

»Ich werde heute mit den Ahnen sprechen. Ich werde heute die Knochen befragen.«

Sie schien geistig abwesend, wie in Trance oder unter dem Einfluss ihrer geheimnisvollen Drogen. Ihr Gesicht war durch Perlenschnüre verdeckt, hinter denen sie ihre mysteriösen Formeln murmelte. Ihr Oberkörper neigte sich rhythmisch nach vorn und hinten. Mehrere Räucherkerzen verbreiteten betäubende Düfte. Ein paar dicke Kerzen flackerten. Dann fasste sie einen abgegriffenen Beutel und schleuderte seinen Inhalt vor sich auf eine Matte. Es waren Knochen, bunte Steine, Münzen, Kronenkorken, eine vertrocknete Affenhand, Knöpfe und der Rückenwirbel eines Rindes. Dann ergriff sie einen kurzen Stock und deutete die Lage der Gegenstände zu einander, fortwährend vor sich hinmurmelnd.

Dann sammelte sie alles wieder ein und stopfte es in den Beutel. Sie schlug mit einer schnellen Kopfbewegung die Perlenschnüre nach hinten und sah Nandi unter schweren Lidern aus halb geöffneten Augen an. Sichtlich erschöpft, Schweißtropfen auf der Stirn. Sie sprach wie aus einer anderen Welt.

»Du hast einen lieben Menschen verloren. Die Ahnen sagen, es geht ihm gut. Er ist weit fortgereist, und er kommt nicht wieder. Es ist nicht deine Schuld. Die Ahnen haben auch gesagt, du sollst die Trauer jetzt beenden. Deine Arbeit ist nun getan. Das Leben wartet auf dich. Du bist jung, du bist schön. Es wird gut werden, aber du musst dich klug entscheiden.«

Nandi war benommen von den Gerüchen in der Hütte, von dieser geheimnisvollen Stimmung, in der Widerspruch ein Sakrileg bedeutete. Verwirrt zahlte sie den vereinbarten Preis und ging. Sie wusste nicht, was sie davon halten sollte. Sie hatte klare Antworten auf ihre Fragen erhofft. Alles war so unklar wie zuvor. Sie würde selber entscheiden müssen.

›Kein Wort von einem neuen Glück. Kein Hinweis auf einen Mann mit heller Haut. Kein Rat, wie ich mich verhalten soll. Nicht ein Wort über Heinrich. Die Ahnen müssen ihn doch gesehen haben!

... du musst dich klug entscheiden. Wie denn!?‹

»Ich möchte dich nicht verlieren. Ich möchte dich für immer bei mir haben. Ich möchte deine Frau sein. Aber ich liebe meine Kinder, Lucas' Kinder. Ich wünsche mir, dass sie hier aufwachsen und zur Schule gehen. Das ist das Beste, das ich ihnen geben kann, das wir ihnen geben können. Schließlich sind es jetzt ja auch deine Kinder. Wenn sie ihre eigenen Wege gehen, ziehen wir beide von hier fort. Wir werden uns lieben, aber keiner darf es erfahren. Ist das Opfer zu groß, das ich von dir verlange?«

Heinrich schien nicht überrascht. Er sah sie lange an.

»Ich habe auch viel nachgedacht. Ohne Ergebnis. Gestern stellte ich mir zum ersten Mal die Frage, was Lucas wohl an meiner Stelle machen würde? Aber ich bin nicht er. Ich würde die Frage immer in meinem Sinne beantworten. Was ich dir jetzt erzähle, wirst du seltsam finden, ein bisschen verrückt. Lache mich bitte nicht aus. Ich war ein paar Kraals weiter und habe mit einem Sangoma gesprochen. Hier kann ich ja niemanden fragen.«

Nandi horchte auf, aber sie blieb äußerlich gelassen, ließ sich nichts anmerken.

»Aha! Du warst bei einem Sangoma? Hätte ich dir nicht zugetraut. Wie war's? Was hat er gesagt? Erzähl mal!«

»Viel Brimborium. Hab fast nichts verstanden. Dann der Gestank in der Hütte! Ich war wie benebelt. Nur einen Satz habe ich mir gemerkt. Ich soll mich klug entscheiden.«

»Ist ja interessant.«

»Jetzt machst du dich über mich lustig.«

Heinrich bereute, es ihr erzählt zu haben.

»Und wie hast du dich entschieden?«

»Im Sinne der Kinder. Ist besser, sie bleiben mit uns zusammen, bis sie erwachsen sind.«

»Das willst du wirklich?«

»Lucas würde das auch so wollen.«

Sie ging auf ihn zu und warf die Arme um seinen Hals, küsste ihn. Dann flüsterte sie ihm ins Ohr, dass auch sie eine Sangoma besucht hatte. Er hielt sie an den Schultern und schob sie von sich.

»So machen wir das! Wozu diese Wahrsager doch gut sind. Die und ihre Knochen.«

»Die Affenhand hat auf dich gezeigt. Affen täuschen sich nie! Dafür sind sie nicht intelligent genug.«

Sie lachten befreit.

»He, Nandi, lies das mal.«

Heinrich hatte die Tageszeitung aufgeschlagen.

»Die haben den größten Diamanten gefunden. In der Jagersfontein-Mine hundert Kilometer südlich von Bloemfontein, nicht weit von Kimberley. Fast tausend Karat! Ein Riesenkerl. Der ist Millionen wert. Ein farbiger Arbeiter hat ihn wohl klauen wollen. Aber sie hatten ihn schon lange in Verdacht. Er ahnte etwas, bekam kalte Füße und hat den Fund schließlich gemeldet. Sie gaben ihm fünfhundert Pfund, dazu ein Pferd mit Ausrüstung und haben ihn kurzerhand rausgeworfen. Jetzt

liegt der Diamant im Tresor und heißt ›Excelsior‹. Da hat der Junge noch mal Glück gehabt. Hätte er versucht, den auf dem Schwarzmarkt zu verkaufen, wäre er sofort verhaftet worden. Der Stein ist einmalig und viel zu auffällig. Den Hehler hätten sie gleich mit eingesperrt.«
»Wirklich? Zeig mal.«
Nandi studierte den Bericht. Sie hatten ihn sogar abgebildet.
›Sechs mal fünf Zentimeter! Und zweieinhalb dick. Mein Stein ist höchstens einen Zentimeter groß. Und der ist schon ein Vermögen wert. Zu gern wüsste ich, wie viel. Vielleicht fünfhundert Pfund? Man könnte lange davon leben. Aber ich verkaufe ihn nicht.‹

2

Während der Schulferien hatten Heinrich, Nandi und Thabisa einen Ausflug nach Durban unternommen. Fasziniert bestaunte der Junge eine Dampflokomotive, an die gerade Güterwaggons für die Pendelfahrt zwischen Hafen und Stadt angekoppelt wurden. Der Lokführer grinste dem Jungen jovial zu.
»Na, willst du mal raufkommen?«
Thabisa schaute Heinrich bittend an.
»Darf ich?«
Er half Thabisa die Eisenleiter hinauf.
Für den Jungen wurde es ein Erlebnis der besonderen Art. Seitdem war es Thabisas Traum, nach seinem Schulabschluss bei der Eisenbahn zu arbeiten. Zuhause baute er die Loks aus dem Gedächtnis nach, aus Draht, den er von kaputten Weidezäunen klaute. Richtig mit Dampfkessel, Führerstand, Rädern mit Antriebsstangen und einem Tender für die Kohlen. Er wollte Lokführer werden. Nandi und Heinrich sahen sich besorgt an, sagten aber nichts, um ihn nicht zu enttäuschen.
Seit Kindertagen hatte er mit Heinrich Halbedelsteine gesammelt und kam viel in seiner Umgebung herum. Doch zunehmend dehnte sich seine Neugier auf die Dinge jenseits der tausend Hügel von Natal aus, und allmählich erlahmte auch sein Interesse an den Mineralen. Er wollte die Welt entdecken. Dazu käme ihm der Beruf des Lokführers gerade recht. Nicht zwischen dem Hafen von Durban und der Stadt. Auch nicht bei den privaten Eisenbahnen, die es seit 1859 in den Häfen Kapstadt, Port Elisabeth und East London gab. Nein! Ihn interessierten die Überlandstrecken.

Im letzten Schuljahr wurde Thabisa von einem Klassenkameraden geheimnisvoll auf die Seite gezogen.
»Sag mal, deine Mutter und Heinrich ... Läuft da was? Na, du weißt schon.«
Er machte eine eindeutige Geste. Thabisa reagierte blitzschnell. Der vorwitzige Frager rannte mit einer blutigen Nase nach Hause. Danach

war Ruhe. Doch dann stellte sich Thabisa diese Frage selbst. Er war auf etwas gestoßen worden, an das er bis dahin gar nicht gedacht hatte. Mit der Neugier des Heranwachsenden begann er, Heinrich und Nandi heimlich zu beobachten.

So lange er sich erinnern konnte, hatte Nandi Heinrichs Haushalt besorgt, gewaschen, gebügelt, geputzt wie eine ganz normale Maid, seine Hausangestellte. Alle Haushalte hatten eine Maid, manche zwei, wenn mehrere Kinder zu versorgen waren. Während Nandi in seinem Haus arbeitete, kümmerte sich Heinrich um die Geschwister. Es war eine perfekte Arbeitsteilung, Nandi in Henrichs Haushalt und Heinrich in Nandis Hütte. Niemand schöpfte Verdacht. Wenn er nachts hin und wieder aufwachte, war Mutter aber nicht zuhause. Als er sie am nächsten Morgen fragte, bekam er die Antwort, sie hätte Bekannte besucht oder eine Freundin, und es wäre spät geworden.

›Ganz schön raffiniert‹, dachte sich Thabisa.

›Aber sie haben den Schein gewahrt, und das ist gut so.‹

Nachdem Gugu und Zithembe geheiratet hatten und ausgezogen waren, wurde es ruhig in Nandis Hütte. Sie lebte mit Thabisa allein. Gegen Ende seiner Schulzeit bat ihn Heinrich, beim Anbau eines Schlafraumes an sein Haus zu helfen.

»Das wird Mutters Zimmer, wenn du deine eigenen Wege gehst.«

Mehr hatte Heinrich nicht gesagt. Es klang so endgültig, dass er keine Fragen stellen mochte. ›Seid ihr ein Paar‹, oder so. Thabisa war es recht, ihm gefiel es, er freute sich für seine Mutter, und er freute sich für Heinrich. Mit spitzbübischer Genugtuung fühlte er sich wie ihr Komplize. Die Tarnung war perfekt. Aber wie lange würde sie halten? Es gab ja noch die Welt da draußen mit vielen wachen Augen und den flüsternden Lästermäulern. Er beschloss, Heinrich doch zu fragen.

»Wollt ihr eigentlich ewig in Hermannsburg bleiben? Ich meine, du und Mutter …? Ich bin kein kleiner Junge mehr.«

Er sah Thabisa lange an.

›Es ist soweit. Zeit für die Wahrheit.‹

»Bevor dich Andere fragen …«

»Haben sie schon. Aber ich habe ihnen das Maul gestopft.«

»Ich habe Nandi von Anfang an gemocht. Aber sie war Lucas' Frau. Lange nach seinem Tod wurden wir ein Paar. Da konntest du schon laufen. Wir wollen zusammenbleiben, aber nicht hier. Wir ziehen in eine Stadt«, antwortete Heinrich.

»Kimberley kommt nicht in Frage, von der britischen Hochnäsigkeit habe ich genug. Johannesburg auch nicht, die Buren mögen Ausländer nicht. Und gemischte Paare schon recht nicht. Bleiben Durban oder Kapstadt. Wir haben darüber geredet. Mal sehen. Wir wissen es noch nicht.«

Kurz nach seinem Schulabschluss begeisterte ihn eines Tages eine Zeitungsmeldung. Die Briten planten eine Bahnverbindung zwischen Kapstadt und Kairo! Das war etwas! Eine Bahnlinie durch den ganzen Kontinent! Er wollte dabei sein und schrieb mit Heinrichs Hilfe eine Bewerbung als Lokführer. Der wagte es nicht, Thabisa die Hoffnung zu nehmen, obwohl er voraussah, was kommen würde. Die Antwort war niederschmetternd. Der Beruf des Lokführers war nur den Weißen vorbehalten. Schwarze durften nicht einmal Heizer werden. Thabisa war bitter enttäuscht. Doch im zweiten Teil des Briefes würdigten sie seinen ausgezeichneten Schulabschluss und seine Sprachkenntnisse. Man wollte ihn kennenlernen, und bestellte ihn zu einem Vorstellungsgespräch nach Durban. Dort wurde er zwei Männern vorgestellt.

»Du interessierst dich für die Mafikeng-Linie?«, fragte der Ältere auf Afrikaans. Schwarze wurden grundsätzlich geduzt.

»Ja, Menheer.«

»Wir wollen sehen, wie gut du rechnen kannst.«

Der Angestellte schob Thabisa einen Zettel mit Aufgaben in Geometrie hin, die er zügig löste. Die beiden Männer sahen sich den Zettel an und nickten zufrieden.

Der Andere sprach ihn auf Deutsch an und stellte sich als Frank Mendel vor.

»Ich bin der Leiter des Vermessungstrupps. Ich glaube, ich kann dich gebrauchen, du kannst bei mir arbeiten. Wir treffen uns in vier

Wochen in Kapstadt, hier sind die Adresse, und dein Ticket für das Postschiff.«

Thabisa hatte seinen Sachen gepackt. Es war Zeit, sich von Nandi und Heinrich zu verabschieden.

»Wo finde ich euch wieder?«

»Wir werden wohl nach Kapstadt gehen. Du wirst uns dort suchen müssen. Machs gut, mein Junge, und pass auf dich auf.«

Thabisa umarmte seine Mutter und Heinrich und machte sich auf den Weg zur Bushaltestelle in Ahrens, um das Postschiff in Durban zu erreichen.

»Willkommen an Bord! Ich habe deine Bewerbung gelesen. Leider wirst du in den vor uns liegenden Monaten keine einzige Lok zu sehen bekommen. Wir bewegen uns mit Packtieren vorwärts, die unsere Ausrüstung schleppen, und wir schlafen in Zelten. Den Bautrupps werden wir Wochen voraus sein. Zu unserer Truppe gehören zwanzig Helfer, die meisten sind Xhosa, ihr werdet euch wohl vertragen. Von denen kann dir keiner das Wasser reichen. Du wirst also sehr eng mit mir zusammenarbeiten. Ich zeige dir die Karten, in die du die Trasse einzeichnest, und ich werde dir die Messinstrumente erklären. Ist alles kein großes Geheimnis. Du kannst mich übrigens Frank nennen.«

Sein Händedruck hatte die Zartheit eines Schraubstocks.

»Die flache Strecke bis Paarl ist schon ausgesteckt, danach müssen wir uns durch die Berge mogeln. Die Steigungen werden wir so gering wie möglich und die Strecke so kurz wie möglich halten. Ich bin die Gegend abgeritten. Bei Gouda führt ein Tal durch die Winterhoekberge nach Tulbagh, und dahinter erheben sich die Witzenberge bis zu 2200 Meter hoch. Hinter Wolseley nehmen wir den Mitchell's Pass. Danach geht es ziemlich flach weiter über de Aar, Kimberley und Vryburg bis Mafikeng. Wir bleiben gerade außerhalb der Burenrepubliken Oranje Freistaat und Transvaal.«

»Und der Rest bis Kairo?«

»Das kann dauern. Noch ist Bechuanaland keine britische Kolonie, und dann sind da die Deutschen mit ihren Kolonien Südwestafrika und Ostafrika. Wenn die das Gebiet dazwischen einnehmen, ist der Weg versperrt. Also abwarten.«

»Wir arbeiten doch für die Briten. Wie siehst du das als Deutscher?«

»In die Politik misch ich mich nicht ein. Ich habe hier einen Job, und den führe ich aus. Fertig. Ach so! Noch was für meinen wissbegierigen Kollegen: Aus Kostengründen hatten sie die schmale Kapspur gewählt, drei Fuß sechs, denn Holz für Schwellen ist knapp und teuer. Noch Fragen?«

»Hattest du vorhin Kimberley gesagt?«

»Ja, warum?«

»Nur so.«

›Kimberley!‹, dachte Thabisa. ›Dieses Zauberwort. Hier hatten Lucas und Heinrich nach Diamanten gesucht. Würde ich vielleicht auch einen finden? Ganz zufällig? Mal sehen.‹

Thabisa lernte schnell, mit den Messinstrumenten umzugehen. Bei den einfachen Berechnungen nahm er Mendel viel Arbeit ab, und sie kamen gut voran. Der schwierigste Teil durch die Berge nordöstlich von Kapstadt lag lange hinter ihnen, sie arbeiteten jetzt in der Karoo, der Halbwüste im Innern, und sie näherten sich Kimberley.

Ihr Lager bestand aus achteckigen Zelten mit spitzen Dächern. Mendel und Thabisa schliefen allein, Mendel zwischen seinem Schreibtisch und den Regalen mit den Unterlagen und Karten, Thabisa bei den Instrumenten. Die anderen Helfer teilten sich je ein Zelt zu viert. In einem weiteren Zelt nahmen sie ihre Mahlzeiten ein.

Thabisa war nach dem Abendessen in die Savanne spaziert, um die Stille zu genießen. Seine Augen waren auf den Boden geheftet. Ab und zu scharrte er im Geröll. Vielleicht hatte sich ein Diamant darunter versteckt. Das flache Licht der untergehenden Sonne beleuchtete die hochstehenden Zirruswolken am dunklen Himmel. Die flachen Kronen der Kameldornbäume ragten dunkel in die Dämmerung. Vom Zeltlager wehte der Duft der Holzfeuer herüber. In das entfernte Brummeln der Stimmen mischte sich das Knirschen von Schritten. Mendel war ihm gefolgt und brachte eine Flasche Kapwein und zwei Gläser. Sie setzten sich auf einen umgestürzten Baumstamm.

»Was hat dich nach Afrika verschlagen, Frank Mendel? Dein Land ist weit weg von hier.«

Thabisa war neugierig. Wie er hatten viele andere im Trupp ihre Heimat verlassen. Für ein Jahr, für zwei, für immer? Was waren ihre Gründe? Heinrich hatte sein Land auch verlassen. Dessen Gründe kannte er. Die Mission. Aber dann ging er nach Kimberley. Nicht um zu missionieren, sondern um reich zu werden. Anscheinend zogen Frauen nie in die Fremde. Jedenfalls nicht allein wie er und Heinrich und Mendel und all die anderen. Das interessierte ihn. Jetzt wollte er wissen, was Mendels Gründe waren.

»In meinem Land wollen sie die Pferde und Dampfmaschinen durch elektrischen Strom ablösen. Das ist sauberer und leiser. Doch dafür bracht man viel Kupfer, und das findet man bei uns nicht.«

»Warum baut ihr dann Dinge aus Stoffen, die ihr nicht habt?«

»Gute Frage. Jeder will die neuen Dinge haben, weil sie besser sind. Wenn Stoffe fehlen, muss man sie suchen und holen. Von dort, wo es sie gibt. Und wer sie findet, kann damit viel Geld verdienen. So einer war Adolf Lüderitz. Der war Tabakhändler und hatte Beziehungen ins Ausland. Er hatte gehört, dass es in Afrika viel Kupfererz gibt. Zum Beispiel weiter nördlich im Kongo. Doch da saßen schon die Belgier. Er wollte weiter südlich suchen und landete in der kleinen Bucht Angra Pequenha am Atlantik, die die Portugiesen entdeckt hatten. Für den Abbau von Kupfererz hätten sie 'ne Menge Gleise gebraucht. Das war was für mich!«

»Wofür braucht man so viel Kupfer?«

»Für Kabel, Motoren und Oberleitungen für die Straßenbahnen.«

»Habt ihr keine Kohle? Heizt ihr die Loks mit Strom?«

»Nein. Die Straßenbahnen fahren mit Elektromotoren. Den Strom kriegen sie von einem Draht über dem Wagen.«

»Verstehe. Aber warum bist du dann hier?«

»Die Suche blieb erfolglos. Lüderitz fand nichts. Sein Geld war alle, und er geriet in finanzielle Schwierigkeiten. Am Ende verkaufte er das Gebiet an die Deutsche Kolonialgesellschaft, die gehört der Regierung.«

»Fuhr dieser Lüderitz nach Deutschland zurück?«

»Nein. Er suchte mit seinem faltbaren Kanu nach einem Naturhafen an der Mündung des Oranjeflusses. Aber er kehrte nicht zurück. Seine Leiche wurde nie gefunden. Wahrscheinlich ist er ertrunken. Zu seinen Ehren gaben sie der Bucht seinen Namen, Lüderitzbucht. Aus dem Gleisbau wurde also nichts. Ich stand ohne Arbeit da. Aber zurück nach Deutschland wollte ich auch nicht. Ich hätte dagestanden wie ein Verlierer, ein Versager. Man hätte mich ausgelacht. Und Afrika ist zu schön. Diese Weite! Dieser hohe Himmel! So heuerte ich bei den Briten an. Und du?«

»Gibt nicht viel zu erzählen. Als mein Vater so alt war wie ich, hat er in Kimberley nach Diamanten gegraben. Im Zulukrieg erschossen ihn die Briten. Vier Monate vor meiner Geburt.«

»Tut mir leid. In zwei Wochen erreichen wir Kimberley. Ich habe viel vom Großen Loch gehört. Das sollten wir uns ansehen.«

Thabisa fand die Kirche enttäuschend klein und hässlich dazu. Ein Kirchlein aus Wellblech! Nicht größer als ein Wohnhaus. Mit einem Türmchen und einer kleinen Bimmel als Glocke. Unglaublich. Beinahe rührend. Sie stand ebenerdig. Er verglich sie mit der robusten, aus Feldsteinen gemauerten Peter-Paul-Kirche, ihrem wuchtigen Turm und der schweren eisenbeschlagenen Eichentür im Portal. Der Besucher schritt eine Treppe mit vier Stufen hinauf, bevor er in das Haus des Herrn eintrat. Die drei Fuß Höhe über dem Erdboden fand er wichtig. Sie erhoben einen.

»Warum hatten sie diese Kirche so winzig gebaut? Hier wurden doch Diamanten geschürft. Hier muss, verdammt noch mal, viel Geld gewesen sein!«

Thabisa hatte so ziemlich alles über seinen Vater gehört. Nandi hatte ihn in einer Weise geschildert, dass er sich ihn lebhaft vorstellen konnte. Sie sagte, er wäre ihm sehr ähnlich, im Aussehen und in der Art. Thabisa war ihr Lieblingskind. Heinrich war sein Taufpate. Was Nandi ausließ, ergänzte er mit seinen Erzählungen. Von der Suche nach Diamanten, und wie sein Vater ihm beim Bau der kleinen Kirche half. Frank Mendel beobachtete Thabisa von der Seite.

»Ich sehe, du bist enttäuscht von der Kirche. Du musst fragen, wie viele Lutheraner es hier gab. Viele waren es sicher nicht. Die Engländer haben ihre eigene Kirche. Die Buren sind Calvinisten. Die gehen nicht in lutherische Kirchen. Wenn sie überhaupt sonntags in die Kirche gehen und nicht in die nächste Kneipe. Was nützt eine Riesenkirche, wenn sie nicht einmal halb voll ist? Wenn die gemeinsam singen, kommst du dir verloren vor, besonders wenn du den Ton nicht halten kannst. Du gehst einfach nicht wieder hin. Die haben damals praktisch gedacht. *Small is beautiful.* Sei doch stolz auf deinen Vater und Heinrich. Auch eine kleine Kirche ist eine Kirche. Ist schon in Ordnung.«

Thabisas Stimmung wurde ein wenig versöhnlicher.

›Mendel hat Recht. Ich darf nicht einfach zwei Dinge miteinander vergleichen. Alles hat seine Ursache, seine Berechtigung.‹

»Wo ist Heinrich eigentlich abgeblieben?«

»In Hermannsburg natürlich. Er hat sich nach dem Tod des Vaters um uns gekümmert. Um meine Schwester Gugu und meinen Bruder Zithembe. Er war unser Ersatzvater, obwohl er kein Zulu war. Die Mutter hat immer streng darauf geachtet, uns in unserer Tradition zu erziehen. Und ihn gleich mit. Er hat viel von ihr gelernt.«

»Hatte der keine Familie?«

»Nö. Der war allein. Das heißt, auch wieder nicht. Er hatte ja uns.«

»Wie muss ich das verstehen?«

»Er hat uns jeden Tag besucht. Er hat mit uns gespielt, gebastelt, später Hausaufgaben gemacht. Was man eben so macht. Ganz normal. Ihm verdanke ich, dass ich hier bin. Ich hatte eine tolle Kindheit.«

Mendel schwieg nachdenklich.

›Ah, ja? Ganz normal? Und wenn es dunkel wurde?‹

Er zog vor, keine aufdringlichen Fragen zu stellen.

›Es geht mich nichts an, was meine Landsleute nachts in Afrika so treiben. Privatsache. Aber die Ordnung? Und die Moral?‹

Das Konzert der Grillen hatte sein *Crescendo* erreicht.
Thabisa war erleichtert, dass Mendel nicht nachbohrte. Die Antwort wäre klar gewesen.
›Das sind unsere Familienangelegenheiten, die gehen dich einen frischen Kuhfladen an.‹
Eins wollte er von Frank wissen:
»Hast du Frau und Kinder?«
»Nein.«
›Eben‹, dachte Thabisa.

Sie hatten ein Jahr gebraucht, um die Bahnstrecke zu vermessen und hatten Mafikeng erreicht, kurz vor der Grenze zu Bechuanaland. Die Briten hatten das Land der Barolong, einem Stamm der Tswana, vor gut dreißig Jahren zu ihrem Schutzgebiet erklärt, um zu verhindern, dass die Deutschen eine Landbrücke zwischen dem Atlantik und dem Indischen Ozean bildeten und das Kap im Süden von den nördlichen Kolonien trennen konnten. Britische Söldner hatten die kleine Stadt Mafikeng gegründet, den ›Platz der Steine‹ in der Sprache der Tswana. Von hier aus verwalteten sie das weite, flache und trockene Bechuanaland. Transvaal war nicht weit weg. Dort war Gold gefunden worden. Viel Gold. In Bechuanaland war nichts als Savanne und dürre Steppe. Dort wollten sie keinen Sixpence investieren. Es diente nur als Sperre gegen die Deutschen.

Die Stimmung war angespannt, in Europa wie auch im südlichen Afrika. Die beiden Kolonialmächte wachten mit Argusaugen über die kolonialen Ambitionen der jeweils anderen. In Kapstadt beobachtete die britische Verwaltung die ständige Benachteiligung ihrer Landsleute in den Goldfeldern durch die burische Regierung von Transvaal. Dies benutzten sie schließlich geschickt als Vorwand, die Subjekte der Krone schützen zu müssen. Sie rüsteten auf und verlegten Truppen an die Grenze von Transvaal. Sie fassten sogar die Annexion der burischen Republik ins Auge. Die Buren erfuhren davon und forderten die Briten ultimativ auf, die Truppen innerhalb von zwei Tagen von der Grenze zurückzuziehen. Das Ultimatum verstrich, doch die Truppen blieben. Wenige Tage später erklärte sich der Oranjefreistaat mit Transvaal solidarisch. Sie schlugen los. Der Burenkrieg hatte begonnen.

Die Buren waren modern bewaffnet und mit dem Gelände bestens vertraut. Und sie konnten sich frei bewegen. In ihrer Farmerkleidung waren sie gut getarnt, während die englische Infanterie in militärischer Formation und in auffälligen, roten Uniformen marschierte. Sie gaben wunderbare Ziele ab.

Nach drei Tagen war Mafikeng von achttausend Buren belagert. Die Bahnlinie und alle Telegrafenleitungen wurden getrennt. Der Bautrupp saß fest. Sie waren von der Außenwelt abgeschnitten. Am folgenden Tag begann der Beschuss mit Gewehren und dem ›Long Tom‹, einer Feldkanone. Einige Zelte des Bautrupps wurden von Querschlägern durchlöchert. Zum Glück war keiner der Männer verletzt worden. Zur Sicherheit wurden die Weißen eilig im Hotel untergebracht. Die Schwarzen wurden irgendwie verteilt. Thabisa wurde in ein winziges Zimmer im Anbau für die Hausbediensteten einer englischen Familie einquartiert.

Noch während des Feuers rannte der Bürgermeister an die Stadtgrenze, wild mit den Armen fuchtelnd.

»Ich bin unbewaffnet.«

Die Buren stellten das Feuer ein.

»Wollt ihr euch ergeben? Wo ist die weiße Fahne, Bürgermeister?«

»Seid ihr wahnsinnig, auf Frauen und Kinder zu schießen?«

»Wir schießen auf die englischen Soldaten. Euer Pech, wenn die sich unter den Röcken der Weiber verstecken.«

»Schon mal was von der Genfer Konvention gehört?«

»Die feigen britischen Soldaten sollen rauskommen. Dann erledigen wir das Mann gegen Mann.«

»Und dann jagt ihr die Zivilisten in die Wüste. Ich trau euch nicht.«

Langsam kam der General der Buren näher. Schlapphut. Gewehr im Arm. Sie verhandelten und vereinbarten Waffenruhe von sechs Uhr abends bis acht Uhr morgens, ebenso jeden Sonntag. Eilig kam der Bürgermeister zurück, um die Sicherung der Gebäude zu planen. Frank Mendel und Thabisa halfen, die außen liegenden Fenster und Türen mit Brettern zu vernageln. Die Soldaten schichteten rund um die Stadt einen Wall von Sandsäcken auf. Alle fünfzig Meter errichteten sie ein Gefechtsnest.

Thabisa hatte plötzlich viel bezahlte Freizeit. Alle hofften auf ein baldiges Ende, aber die Belagerung sollte sieben Monate dauern. In dieser Zeit wurden über zweihundert Weiße und vierhundert Barolong verletzt oder getötet. In den Brunnen war ausreichend Wasser, die Lebensmittel wurden streng rationiert. Der Kommandeur führte ein Besatzungsgeld ein, das er in Holzschnitt bei der städtischen Druckerei herstellen ließ.

Mafikeng war für den Verlauf des Krieges strategisch unbedeutend. Niemand hatte eine Ahnung, warum sich die Buren hier festgebissen hatten. Nun war das eben so. Der britische Kommandant machte eine Tugend daraus und verwickelte sie mit seinen Soldaten in regelmäßige Scharmützel. Er band sie raffiniert an Mafikeng, so konnten sie nicht anderswo kämpfen.

Die drei Hausmädchen seines ›Gastgebers‹ waren hübsche, quirlige und lustige Griquas, die den ganzen Tag schnatterten. Sie sprachen Afrikaans und Englisch und konnten lesen und schreiben. Sie hatten eine hellere Haut als Thabisa, waren kleiner und schlank gebaut. Sie waren hellauf begeistert von dem neuen Gast, der in einem der Zimmer neben ihnen schlief und warfen dem hübschen, gut gebauten Zulu verliebte Blicke zu.

»Wo kommst du her?«

»Hermannsburg in Natal.«

»Du bist Zulu. Ich komme aus Griqualand Ost, aus Kokstad.«

»Ah, Natals Nachbarn im Süden. Tag, Schwester. Warum redet ihr immer Afrikaans?«

Sie schaute sich vorsichtig um und antwortete hinter vorgehaltener Hand.

»Nur, wenn wir unter uns sind. Afrikaans ist unsere Muttersprache. Die Herrschaft mag das nicht. In ihrer Gegenwart müssen wir uns in Englisch unterhalten.«
»Kannst du isiZulu?«
»Ein bisschen. Ich bin Ellen, das sind Rosie und Maggie.«
Ellen ließ einen langen Redeschwall in Zulu über Thabisa ergehen. Sie erzählte ihm, dass ihre Sippe aus Piketsburg stammte, nördlich von Kapstadt, und vor mehr als dreißig Jahren über die Drakensberge bis nach Natal gewandert wäre, um dort eine neue Heimat zu finden. Sie fühlten sich am Kap von den Briten schlecht behandelt. Die Griqua entstammten den Beziehungen zwischen den Khoikhoi und Nama und europäischen Einwanderern, meist Niederländern und fühlten sich mit den Buren verwandt, weil sie ein bisschen weißes Blut in den Adern hatten. Den Briten waren sie deshalb suspekt und wurden von oben herab behandelt.
»Und wie heißt du?«
»Thabisa.«
Rosie und Maggie kicherten über den Namen. Sie fanden ihn etwas rückständig, folkloristisch. Alle Griqua waren getauft und führten durchweg christliche Namen.
»Du trägst ja keinen Lendenschurz mit nichts drunter.«
Sie kicherten noch mehr.
»Das könnte euch so passen!«

Am nächsten Morgen schlich sich Thabisa vor acht Uhr hinter die Sandsäcke und beobachtete die Buren in ihren Schützengräben und Stellungen. Er sah, wie sie umhergingen, ihre Gewehre luden und miteinander redeten. Dann brachten sie sich in aller Ruhe in Position. Er merkte sich genau, wo sie lagen und schob zwei Sandsäcke ein Stück auseinander, gerade so weit, um hindurchsehen zu können. Punkt acht fiel der erste Schuss. Thabisa zog einen Handspiegel aus seiner Tasche, hob ihn über die Oberkante der Sandsäcke und reflektierte die Sonne in Richtung eines Buren. Geblendet schoss der auf halber Entfernung in den Sand. Dessen kurze Pause zum Nachladen nutzte Thabisa und visierte den nächsten an. Der schoss in die Luft. Am nächsten Morgen kamen andere und ahmten ihn nach. Sie hatten einen Heidenspaß. Tags darauf setzten die Buren Scharfschützen ein, die durch rußgeschwärzte Gläser zielten und sich einen Sport daraus machten, auf die Spiegel zu schießen. Nach einer Woche waren die Handspiegel von Mafikeng ein Haufen Scherben.

Thabisa setzte seine Beobachtungen durch den Schlitz weiter fort. Die Buren lagen in flachen Gräben. Davor hatten sie Reisig und Gräser zur Tarnung aufgeschichtet. Er überlegte, wie man mit Benzin gefüllte Weinflaschen und einer brennenden Lunte hinüberwerfen könnte, um die Tarnung zu entzünden. Er erschrak. Neben ihm kullerte ein Ball. Ein Junge kam gelaufen, um ihn zu holen. Die anderen Kinder warteten in Sicherheit hinter dem Haus, wo sie gespielt hatten. Thabisa sprang auf, packte das Kind, warf es auf den Boden und deckte es mit seinem Körper zu. Er wartete auf die nächste Feuerpause. Dann griff er ihn und rannte los. Er hörte das Geschoss nicht, aber er fühlte den Streifschuss. Es hatte sein Hemd zerfetzt. Er fühlte warmes Blut am Arm. Sein eigenes? Das des Jungen? Keine Zeit zum Nachsehen. Geduckt lief er mit im Zickzack hinter das Haus und hielt dem Jungen eine Standpauke. Der war unverletzt. Das Lokalblättchen brachte die Geschichte mit Foto. Als Mutmacher. Thabisa trug den Arm in einer Schlinge. Für einen kurzen Tag war er der Held von Mafikeng.

Regelmäßig schrieb er an seine Mutter und Heinrich, in der Hoffnung, sie würde sie in Hermannsburg noch erhalten. Er hatte Zeit und Muße genug. Die Belagerer ließen Briefe durch, die sie für harmlos hielten. Sie öffneten die Post und prüften sie genau. Sorgfältig hatte er vermieden, über den Krieg und Mafikeng zu berichten. Er wollte nicht, dass sie sie abfingen. Doch eine Antwort bekam er nie. Was war los? Lag es an den Belagerern? War etwas passiert? Waren sie fortgezogen? Er begann, sich Sorgen zu machen.

Es war eine kalte Winternacht. Morgen würde wieder Raureif auf den Dächern liegen. Leise öffnete sich die Zimmertür. Thabisa griff rasch zum Messer und sprang aus dem Bett. Ellen schlüpfte flüsternd herein.
»Ich bin's, Ellen.«
Sie kroch in sein Bett.
»Nicht, was du denkst. Ich will nur ein Stündchen mit dir kuscheln und mich aufwärmen. Es ist saukalt draußen.«
Er hatte noch nie ein Mädchen im Bett gehabt, außer Gugu, als sie noch Kinder waren. Das hier war anders.
›Sie fühlt sich gut an. Warm, weich und fest‹, dachte er.
Sie lag da, fest an ihn gepresst, den Kopf an seiner Schulter.
»Tut es weh?«
»Nicht der Rede wert. Hat mich nur ganz leicht gestreift.«
»Die Buren sind doch bescheuert. Hier gibt es nichts zu holen. Kein Gold. Keine Diamanten. Nur Schafe, magere Rinder auf der Weide und Mais auf den dürren Feldern.«
»Die Tommies wollen an das Gold. Die Diamanten haben sie schon. Und sie wollen Macht. Eigentlich wollen sie alles.«
»Die Buren sind aber in der Überzahl.«
»Ich habe gehört, die Engländer bringen Truppen aus Übersee.«
»Das kann Wochen dauern«, sagte Thabisa.
»Dann habe ich dich noch lange für mich.«
Sie kicherte.
»Schreibst du Briefe nach Kokstad an deine Familie?«
»Ja, ab und zu. Warum?«
»Bekommst du Antwort?«
»Ja, glaubst du, meine Eltern schreiben mir nicht?«
»Ich kriege keine.«
Lange lagen sie nebeneinander und schauten an die Zimmerdecke.
»Ich fühle mich wohl bei dir, so sicher.«
Sie drehte ich zu ihm und küsste ihn auf die Wange.
»Bis morgen.«
So leise, wie sie gekommen war, schlüpfte sie wieder hinaus.

Die englischen Truppen kamen von Norden aus Rhodesien heran und von Süden aus der Kapkolonie. Das Gefecht war kurz und heftig. Dann war die Belagerung Mafikengs vorbei. Den Soldaten wurden Orden verliehen, viele wurden befördert. Es gab große Feiern. Eine für die Offiziere, eine für die Mannschaften, eine für die Bürger und eine für das Gesinde.

Ellen wurde von allen Mädchen beneidet, weil der große, gut aussehende Thabisa den ganzen Abend mit ihr sang und tanzte und nicht von ihrer Seite wich. Ellen und er verdrängten den Gedanken, dass er bald wieder an der Bahnstrecke arbeiten musste und mit jedem Tag ein paar Kilometer weiter weg sein würde.

›Nicht dran denken! Nicht heute!‹

Das Fest dauerte bis in die frühen Morgenstunden. Ellen blieb den Rest der Nacht bei Thabisa, niemand würde sich um sie kümmern, die Herrschaften hatten selbst ausgiebig gefeiert. Die Sonne weckte ihn. Das Bett neben ihm war leer. Ellen hatte die Kinder angekleidet und machte mit ihnen einen Spaziergang, damit die Herrschaften ausschlafen konnten. Thabisa schlug die Decke zurück und erschrak für einen Moment. Da waren drei kleine runde Blutflecken im Laken. Dann erinnerte er sich. Wie sagen die Engländer? *She lost her cherries.*

Entspannt und hundemüde suchte er Frank Mendel. Der machte ein langes Gesicht.

»Guten Morgen, Frank. Warum so mürrisch? Hast du gestern keine abgekriegt?«

»Quatsch nicht und setz dich. Die ersten Telegramme kamen wieder durch. Nimm dir Kaffee und lies.«

Es kam von der Eisenbahngesellschaft in Kapstadt und war schon ein halbes Jahr alt. Für die Dauer des Konfliktes wurde der Bau neuer Strecken ausgesetzt. Man wollte den Friedensschluss abwarten und dann neu planen. Sie sollten sich umgehend bei der Verwaltung in Kapstadt melden. Der Text war kurz, knapp und deutlich.

»Schöne Scheiße. Ich wollte die Arbeit zu Ende bringen und ›meine‹ Bahnstrecke abliefern. Jetzt bleibt sie unvollendet in der Luft hängen. Am Ende kommt ein anderer und streicht die Lorbeeren ein. Mann, bin ich sauer! Aber noch können wir hier nicht fort wegen möglicher Überfälle durch die Buren. Bei Kimberley kämpfen sie noch. Doch das Blatt wird sich wenden. Die Briten bekommen die Oberhand. So bald die Strecke wieder frei ist, fahren wir los. Du kannst dich noch ein bisschen mit deiner Kleinen amüsieren.«

»Was machen wir in Kapstadt?«

»Wir bekommen einen neuen Einsatz, oder auch nicht. Wer weiß.«

Mendel klang entmutigt. Aber Thabisa ließ sich nicht beeindrucken. Er war in guter Stimmung und freute sich auf die Bahnfahrt ins Kap. Achthundert Meilen. Danach würde er weitersehen. Vielleicht bauten sie die Bahnlinie ja doch weiter.

Jetzt kamen auch Zeitungen durch, die Mendel gierig las, auch wenn sie Wochen und gar Monate alt waren. Er wollte sich nach der langen Nachrichtensperre ein umfassendes Bild machen.

Im zweiten Kriegsjahr hatten die Briten gewaltige Verstärkungen ans Kap gebracht. Sie hatten die Buren in mehreren Schlachten besiegt. Die Städte Kimberley, Bloemfontein und Pretoria waren eingenommen worden Transvaal und der Oranjefreistaat wurden zu Kronkolonien erklärt. Doch die Briten hatten nicht mit der zähen Ausdauer der Buren gerechnet. Anstatt sich an den Tisch zu setzen und einen Frieden auszuhandeln, zogen sich die Buren in die Weite des Landes zurück, das sie so gut kannten. Sie begannen einen langen Guerillakrieg, der den Briten hohe Verluste zufügte. Dieser Art der Kriegführung waren die regulären Truppen nicht gewachsen. Das Empire forderte Resultate. Die Truppenführung am Kap befand sich in einer Sackgasse, aus der sie nur mit drastischen Gegenmaßnahmen wieder herauskommen konnte. Sie griff zum Mittel der ›verbrannten Erde‹ und ordnete an, die Farmen zu zerstören und Ernten und Vorräte der Buren zu vernichten. Danach wurden die Frauen, Kinder und Alten in Konzentrationslager gesperrt. Das war neu in der Kriegsführung! Diesen Begriff gab es nie vorher. Die Zustände in den Lagern waren katastrophal. Epidemien breiteten sich rasch aus. Tausende kamen jämmerlich um.

»Hast du das gelesen? Die Briten haben Stacheldraht aus den USA importiert und als Weidezaun deklariert. Sie verwenden ihn nicht nur als Wälle um die Konzentrationslager, sondern auch zur Sicherung der Bahnstrecken und der achttausend Blockhäuser entlang ihrer Trassen vor Sabotage. Viertausend Meilen! Um die Buren davon abzuhalten, nachts die Barrieren heimlich zu durchschneiden, hängen sie kleine Glöckchen in die Drahtwendeln. Und sie sind auch noch stolz darauf!«

Endlich waren die Strecken sicher. Der erste Zug traf in Mafikeng ein. Die ganze Stadt war auf den Beinen. Fahnen und Girlanden schmückten das Bahnhofsgebäude. Das Messing der Blaskapelle blitzte im Sonnenlicht. Trauben von Menschen bildeten sich auf dem Bahnhof, um die Ankommenden zu begrüßen und in die Stadt zu begleiten. Ihre Stimmen kämpften gegen die schräge Musik der Bläser. Plötzlich war der Bahnsteig leer. Die Kapelle packte ihre Instrumente ein. Vor den Gepäckwagen stapelten sich Kisten mit Versorgungsgütern, die in der Stadt dringend erwartet worden waren.

Frank Mendel stieg als erster in einen der leeren Waggons und verstaute seine Geräte. Ellen, Rosie und Maggie standen mit Thabisa am Einstieg. Plötzlich kamen die Eltern des kleinen Jungen, der zu Begin der Belagerung seinem Ball nachgelaufen war, im Laufschritt aus dem Bahnhofsgebäude.

»Wir haben eben erfahren, dass ihr wegfahrt. Noch mal vielen Dank.«

Ihr Junge rannte auf seinen kurzen Beinen hinterher und übergab Thabisa den Ball zum Geschenk und sah seine Eltern dabei fragend an.

›Muss ich meinen schönen Ball wirklich hergeben?‹

Gern tat er es nicht, aber es war wohl ihre Idee, denn sie nickten ihm aufmunternd zu. Thabisa sah sein trauriges Gesicht. Er zückte einen Stift, malte einen fliegenden Albatros auf das Leder und schrieb seinen Namen darunter. Dann gab er den Ball dem Jungen zurück.

»Der gehört dir.«

Der schrille Pfiff der Lokomotive mahnte zum Einsteigen. Ellen umarmte Thabisa und küsste ihn lange.

»Schreibst du mir?«

»Klar doch. Wir sehen uns wieder.«

Maggie nahm Ellens Hand und führte sie an Thabisas Kopf.

»Man soll Holz anfassen. Dann werden hohle Versprechungen wahr.«

Rosie kicherte.

Die ersten drei Tage ihrer Fahrt waren zeitraubend. Mit Spiegeln signalisierten die Wachsoldaten den Zug von einem Blockhaus zum nächsten weiter, wenn die Luft rein war. Heliograph nannten sie das System. Thabisa dachte an die Blendung der Buren. Der Zug fuhr nur bei Tageslicht. Jeden Tag koppelte die Lok vom Zug ab, um Wasser und Kohlen zu fassen, eine weitere Verzögerung unter afrikanischer Sonne. Ohne Fahrtwind wurde es heiß in den Waggons. Nachts, wenn der Zug in einem geschützten Bahnhof stoppte, wurde es bitterkalt. Auf den unbequemen Bänken fanden sie kaum Schlaf. Aber sie fühlten sich sicher.

Nach sechs Tagen hatten sie Kapstadt erreicht und meldeten sich im Büro der Eisenbahngesellschaft. Sie wurden angewiesen, zu warten und sich einmal in der Woche zu melden. Arbeit wartete genug auf sie, aber der nächste Einsatz hing vom Ende des Krieges ab. Keiner wusste, wann das sein würde. Die Buren ließen sich einfach nicht kleinkriegen. Frank Mendel entwickelte rege Betriebsamkeit. Er ging zum Konsulat des Deutschen Reiches, brachte ausgelesene deutsche Zeitungen mit und nahm Kontakt mit seinen Freunden in Lüderitzbucht auf. Thabisa unternahm Spaziergänge durch die Stadt.

Kapstadt war durch die Diamanten wohlhabend geworden. Hier lebten jetzt hunderttausend Menschen. Nicht weit vom alten Kastell befand sich der riesige Hauptbahnhof, nicht weit davon das Rathaus mit seinen klassizistischen Säulen. In den Straßen bemerkte er zwischen den Pferdedroschken eine Straßenbahn und die Oberleitung, die sie zwischen den Häusern gespannt hatten. Jetzt wurde ihm klar, wofür man so viel Kupfer brauchte. Die St. Georg-Kathedrale der Anglikaner war gerade fertig gestellt. Er sah die Moschee der malaiischen Muslime und die Synagoge der Juden. Im Hafen sah er den verwirrenden Wald der Masten und Rahen der Frachtensegler. In den Straßen spazierten elegante Damen in langen Kleidern und breitkrempigen Hüten. Die Herren neben ihnen trugen Anzüge. Auf ihren Bäuchen blitzen goldene Uhrketten. Sie trugen schwarze, unpraktische Hüte in Zylinderform. Thabisa war verblüfft. Dies war eine andere Welt! Er war tagelang zwischen Stacheldraht gefahren, in banger Erwartung eines Angriffs der Buren. Hier spürte man davon nichts.

Eines Abends ging er mit Frank in den Distrikt Sechs nicht weit vom Hafen. Hier wohnten freigelassene Sklaven, Immigranten, Arbeiter, Künstler, Händler und Musikanten, Menschen aller Hautfarben aus vielen Ländern. Es war ein buntes, lärmendes, lustiges Viertel, erfüllt von lautem, sprühendem Leben. Hier wandelten keine vornehmen Herren in Zylindern oder Damen in langen weißen Kleidern. Dies war eine andere Welt. Thabisa war fasziniert, Frank Mendel war entsetzt.

»Das ist ja wie Sodom und Gomorra!«

Er liebte die Ordnung. Dies war nicht sein Platz. Die Häuser waren kreativ dekoriert, aber bautechnisch weit unter seinen Ansprüchen. Menschen aller Rassen lebten hier frei miteinander. Gemischte Paare waren ihm unbehaglich. Thabisa dachte an das nüchterne, gesittete Hermannsburg, an Mafikeng in der dürren Savanne, und er dachte an Ellen. Würde es ihr hier gefallen? Er war sich sicher. Hier würde sie sich wohlfühlen.

»Ich habe Hunger.«

Thabisa hielt Ausschau. Mendel verzog seine Miene.

»Glaubst du etwa, hier bekommst du was Genießbares zu essen?«

Thabisa sah sich um. Bars und billige Kneipen gab es reichlich. Er suchte lange nach einem respektablen Restaurant. Schließlich wurde er fündig und deutete auf ein Schild am Ende der Gasse. Über ihnen ragte der breite Koloss des Tafelbergs in den Nachthimmel.

»Schau mal, dort! Da gehen wir hin.«

»Da kriegst du mich nicht hinein«, protestierte Frank.

»Lass uns wenigstens mal reinschauen.«

Ein großes Plakat versprach ›*Speisen nach Original Zulu Rezepten*‹.

Am Türrahmen lehnte eine schwarze Tafel mit den Angeboten des Tages in Kreide, handgeschrieben:

Schafsköpfe
Mopane Würmer
Mogodu
Ochsenkutteln
Geschmorte Rinderhaxe mit Bohnen und Mais
Springbok
Lammkeule
Xai-Xai Hühnchen

»Mann, wie zu Hause!«

»Ohne mich!«

»Komm jetzt! Ich lade dich ein. Wir reden mit dem Koch. Der macht dir bestimmt was für deinen Gaumen. Ich *muss* wieder essen wie zu Hause«

Die Decke war mit dunklen Holzstämmen und Reet im Stil einer Rundhütte dekoriert. An den Wänden hingen Assegais und Schilde aus Kuhhaut. Das Lokal war voll, das Geschäft schien gut zu laufen. Eine Bedienung in traditioneller Tracht führte sie zu einem freien Tisch.

»Können wir mit dem Koch reden? Mein Gast ist nicht vertraut mit der Zulu-Küche.«

»Selbstverständlich! Ich rufe die Chefin.«

Sie verschwand hinter einem bunten Vorhang aus Glasperlen in Richtung Küche. Minuten später teilte sich der Vorhang, die Chefin erschien im Türrahmen. Dann ein Schrei.

»Thabisa!«

»Mama!«

Heinrich kam hinter ihr aus der Küche.

»Ubaba!«

Die Gäste schauten erschreckt auf. Herzliche Umarmungen. Tränen der Freude. Tausend Fragen auf Zulu. Frank Mendel stand hilflos da und sah sich die Szene distanziert an. Er musterte den Weißen.

»Das ist Frank, mein Chef. Wir können alle deutsch reden.«

»Sie sind Heinrich?«

»In voller Länge.«

Mendel zog eine Augenbraue hoch.

›Hab ich's mir doch gedacht. Der und Thabisas Mutter.‹

Heinrich mochte er auf Anhieb. Aber dass der mit einer Schwarzen zusammenlebte, missbilligte er und blieb reserviert.

»Ihr esst in der Küche,« bestimmte Nandi.

»Da habe ich euch bei mir.«

Frank Mendel verzog das Gesicht. Er erinnerte sich an die Speisekarte draußen und ahnte schlimme Gerüche. Heinrich hatte es bemerkt.

»Ich koche Ihnen etwas konventionelles, Frank. Es muss ja kein Schafskopf sein. Es wird Ihnen schmecken. Lassen Sie mich machen. Ich verstehe Sie, ich habe auch meine Zeit gebraucht.«

Thabisa flüsterte Heinrich etwas zu. Nach ein paar Minuten stand ein exquisiter Rotwein aus Franschhoek auf dem Tisch.

»Hugenotten. Französische Weintradition. Malbec.«

Er goss Heinrich einen Schluck ins Glas.

»Probieren Sie den mal!«

Das war der Durchbruch. Der Wein war vorzüglich, ganz nach Mendels Geschmack. Er begann aufzutauen und sich allmählich wohl zu fühlen.

Zur gleichen Stunde gute tausend Kilometer nördlich von Kapstadt. Johnny Coleman zog die Zügel seines Ochsengespanns an. Er fluchte leise. Vor einer Stunde hatte sich dieser beige-graue Schleier vor die Sonne gezogen bis sie ganz verschwand. Der kalte Wind frischte auf und entwickelte sich zum Sturm. Für ihn war das nichts Neues, er hatte das kommen sehen. Aber heute war der Sturm stärker als sonst. Es ging leicht bergab, gut für die Ochsen. Er hoffte, die letzten zehn Meilen bis Lüderitzbucht zu schaffen, ohne so kurz vor der Rückkehr noch Sand vom Pfad schaufeln zu müssen. Der Leitochse kannte den Weg und stemmte sich in die Zugriemen. Noch schützten sie die letzten Hügel vor dem Südweststurm. Noch ein paar hundert Yards und sie würden das flache Küstenvorland erreichen. Der letzte hohe Hügel war kaum zu erkennen. Tonnen von Flugsand waren vom Sturm aufgepeitscht. Es stach und schmerzte, wenn die winzigen, schnellen Körner auf die Haut trafen. Es wurde kalt. Dann steckte sein Ochsengespann fest.

Fluchend zog er den Schal übers Gesicht, schnappte die Schaufel und sprang vom Wagen. Doch diesmal war es anders. So viel er auch schaufelte, der Flugsand war schneller. Er bekam die Räder nicht frei. Bald waren auch die Ochsen bis zum Bauch im Sand gefangen. Der Sand war schneller als er schaufeln konnte. Coleman gab auf. Er warf die Schaufel auf den Wagen, hängte sich den Riemen der Wasserflasche über die Schulter und stapfte los, um Rettung zu holen. Je näher er Lüderitzbucht kam, desto weniger Sand war unterwegs. *Er war jetzt sicher, aber er sorgte sich um seine Ochsen.*

Schon seit Jahren hatte er regelmäßig Lebensmittel, Getränke und Dinge des täglichen Bedarfs vom Burenstädtchen Keetmanshoop im Landesinnern die zweihundert Meilen bis nach Lüderitz gebracht. In all der Zeit hatte er keinen solchen Sandsturm erlebt. Das Gehen im weichen Flugsand fiel ihm schwer. Seine Gedanken schweiften in die Vergangenheit zurück. Er kannte sie genau. Er war von Anfang an dabei gewesen. Während er sich gegen den Sturm ankämpfte, ließ er die Geschichte in seinen Gedanken Revue passieren.

Lüderitz' Landung in der kleinen Bucht war jetzt siebzehn Jahre her. Er hatte dem Führer der Orlam, Josef Frederiks II aus der Siedlung Bethanien eine Fläche von vierzig mal zwanzig Meilen abgekauft. Für hundert Pfund in Gold und zweihundert Gewehre. Im Vertrag hatten sie versäumt zu erwähnen, *welche* Meilen gemeint waren. Frederiks ging natürlich von der englischen Meile aus, eine andere Meile kannte er nicht. Woher auch. Lüderitz meinte die preußische, hätte sich aber denken können, dass die in diesem Teil der Welt keiner kannte. Die preußische war aber fast fünf Mal so lang wie die englische Meile. Ein Versäumnis? Absicht? Als sie dann die gekaufte Fläche absteckten, war fast das ganze Stammesgebiet weg. Die Orlam fühlten sich betrogen. Im Archiv der Hauptstadt Windhoek konnte man fortan und für alle Zeiten über den ›Meilenschwindel‹ lesen. Ressentiments bildeten sich gegen die raffigen Deutschen.

Auf den drei kleinen Felseninseln an der Einfahrt zur Bucht hausten schottische und englische Walfänger. Die waren über die Eindringlinge nicht erfreut und baten London um militärischen Schutz und um die Vertreibung der Landnehmer. Auch Lüderitz bat in Berlin um Schutz seiner Erwerbung. Widerwillig entsandte Bismarck ein Kanonenboot, um Stärke und Entschlossenheit zu zeigen. Denn noch war die Existenz von Bodenschätzen nicht erwiesen, derentwegen man die Stimmung zwischen den Ländern aufs Spiel setzen sollte. Gleichzeitig verhandelte er auf der Ebene der miteinander verwandten Herrscherhäuser einen Kompromiss. Nach Ankunft des kleinen Kriegsschiffes pflanzten sie am Strand eine Ersatzfahne der Reichskriegsmarine auf. Von da an stand Lüderitz' Erwerbung unter dem Schutz des Deutschen Kaisers. Die Walfänger blieben, aber die preußischen Meilen auch.

Der kleine Ort träumte vor sich hin. Dass man keine Bodenschätze gefunden hatte, war das eine. Es gab nicht einmal Wasser. Entweder stießen die Bohrungen auf Granit, oder sie lieferten Brackwasser. Das dringend benötigte Süßwasser musste umständlich und teuer auf dem Seeweg von Kapstadt herangeschafft werden. Die ungeliebte Siedlung lag der Kolonialgesellschaft schwer auf der Tasche. Aber aufgeben wollte man nicht. Jetzt nicht mehr. Die Briten würden das sofort als Schwäche deuten und das Land in Besitz nehmen.

Coleman sah die ersten Häuser von Lüderitzbucht. Er trommelte ein paar Männer zusammen und führte sie zu seinem Gespann. Der Sturm hatte jetzt nachgelassen, so schnell, wie er begonnen hatte. Die Ochsen konnten sie nur noch tot ausgraben. Sie waren unter dem Sand erstickt, gleich neben dem letzten hohen Hügel. Von diesem Tage an nannten ihn die Deutschen die Kolmannskuppe.

Frank Mendel hatte das Abendessen gut überstanden, die Gerüche waren viel besser als erwartet, und der Wein war vorzüglich. Thabisa zog ins Gästezimmer und verbrachte viel Zeit mit Nandi und Heinrich. Mendel zog es vor, jeden Tag im Hafen spazieren zu gehen. Er war fasziniert von der Atmosphäre. Er sah sich die Barken und Schoner an, studierte die Takelage und fragte nach dem Woher und Wohin der Frachtschiffe. So ging das Tag für Tag. Allmählich wurde die neue Atmosphäre zur Gewohnheit. Doch an seiner Situation hatte sich noch immer nichts geändert, ein neuer Auftrag war nicht in Sicht. Frank Mendels Stimmung sank unter den Nullpunkt.

Wochen später entdeckte er den Küstensegler, der Süßwasser nach Lüderitzbucht transportierte. Mendel kam mit dem Kapitän, der an der Reling stand, ins Gespräch. Der lud ihn in seine Kajüte ein. Er erzählte von Coleman und dem tragischen Tod der Ochsen und dass sie endlich über eine Eisenbahn nachdachten. Eine richtige Trasse in Kapspur bis nach Keetmanshoop in fünftausend Fuß Seehöhe. Knapp zweihundert Meilen lang. Den Unterbau für das Gleis sollte eine Baufirma herstellen, die Schutztruppe würde dann die Schienen verlegen. Aber noch hätten sie keinen Vermessungsingenieur gefunden. Frank Mendel wurde hellhörig.

›Das passt! Da will ich hin. Endlich wieder richtige Arbeit. Seit fünf Monaten hocke ich nun schon am Ende des Kontinents fest, am *anus mundi* sozusagen. Im Norden dehnt sich das weite, aufregende Afrika, im Süden nichts als Meer. Und ich warte geduldig auf Abruf. Doch der Ruf kommt nicht, weil dieser blöde Burenkrieg sinnlos weitergeht. Immer noch. Kein Ende in Sicht. Diese verdammte Untätigkeit. Und dann dieser Mischmasch der Rassen. Mir gehen die herablassenden Briten, die muslimischen Malaien, die schlitzohrigen Mischlinge und diese ungebildeten Schwarzen auf die Nerven. Und dazu die Gefahr, sich mit dieser grässlichen Seuche anzustecken. Ich halte das nicht mehr aus. Ich schiffe mich ein. Ich will nach Lüderitz.‹

Gerade war in den ärmeren Vierteln von Kapstadt die Beulenpest ausgebrochen. Frank Mendel war überzeugt, dass die Seuche auf die miserablen hygienischen Verhältnisse zurückzuführen war. Viele Schwarze zogen aus dem Umland unkontrolliert nach Kapstadt in der Hoffnung, Arbeit zu finden. Sie bauten sich Behelfsunterkünfte aus allen möglichen Materialien. Sie hatten Läuse. Sanitäre Anlagen gab es dort nicht. Ratten machten sich breit. Nein! Hier wollte er nicht länger bleiben.

Die britische Kolonialverwaltung war total überfordert, sie hatte die Situation nicht unter Kontrolle. Anstatt das Problem an der Wurzel zu packen, wurden die Symptome bekämpft. Sie nutzte die Seuche als Vorwand zur Einführung der Rassentrennung. Sie schuf Wohngebiete nur für Schwarze und siedelte sie einfach um. Ein Gebiet hieß Ndabeni. Es lag östlich des Tafelbergs und war den Südoststürmen schutzlos ausgeliefert. Der heftige *South Easter* war den Kapstädtern verhasst. Das andere Gebiet lag am Hafen, in unmittelbarer Nähe vom Lärm der Niethämmer, dem Verbrechen und der Prostitution. Nichts sollte sich wirklich verbessern. Die Bewohner dieser Gebiete waren sich selbst überlassen. Hygiene, Bildung und das Gesundheitswesen wurden nach wie vor vernachlässigt.

Er sprach mit Thabisa und malte ihm eine düstere Zukunft aus. Auch er würde unter diese Regelung fallen. Er hörte Mendel aufmerksam zu. Würden die Engländer eines Tages auch ihm vorschreiben, wo er in seinem Land zu wohnen hatte? Was würden sie in Natal tun? Er fühlte sich unwohl bei dem Gedanken. Frank Mendel brauchte nicht viel, um ihn zu überzeugen, mit ihm nach Lüderitzbucht zu kommen. Thabisa hatte gespürt, dass Mendel unzufriedener wurde, je länger sie hierblieben. Sie waren ein gutes Team gewesen, und so sollte es wieder sein. Sie packten Mendels Vermessungsinstrumente ein und buchten Passagen auf dem nächsten Segler.

An der Hafenausfahrt machte der Schlepper los, der Kapitän ließ Segel setzen. Der frische Wind kam aus Südwest, und das Schiff machte einen langen Schlag von der Küste weg, um dann vor dem Wind nach Norden zu segeln. Es versprach, eine ruhige Reise zu werden. Mendel zog sich einen Deckstuhl heran und begann zu lesen. Er hatte einen Stapel der neuesten Zeitungen gekauft. Seine Stimmung stieg, je näher sie Lüderitzbucht kamen. Dann wendete der Schoner und steuerte auf Backbordbug den Hafen an. In Lee der Haifischinsel war der Wind weg. Der Skipper ließ die Segel reffen und sich von einem Ruderboot an seinen Liegeplatz schleppen. Sie kannten ihn hier. Er brachte regelmäßig das kostbare Süßwasser. Und als Schotte hatte er stets eine Kiste Whisky an Bord.

Thabisa war seit dem Bau der Bahnlinie im Landesinnern mit der Savanne und der Halbwüste vertraut. Aber diese Gegend bedurfte der Gewöhnung. Sie war trostlos und lebensfeindlich. Weit und breit wuchs kein einziger Baum. Nur Felsen und Sand. Kein Grashalm, so weit er blicken konnte. Die Bucht war schmal und eng. Um im Hafen die Strömung zu reduzieren, hatten sie begonnen, den offenen Spalt zwischen der Haifischinsel und dem Festland zuzuschütten. An der kurzen Pier lag eine Handvoll Fischerboote. Dahinter standen ein paar Hütten. Die Siedlung bestand aus wenigen Wellblechhäusern, wie er sie in Kimberley gesehen hatte. Ein Haus war aus Steinen gemauert, wahrscheinlich das Büro des Ortsvorstehers. Der Kontrast zu Kapstadt war dramatisch.

›Was wollen die Deutschen hier? Warum waren sie aus ihrem Land an diesen beklagenswerten Ort gekommen? Rohstoffe haben sie keine gefunden. Aber warum bleiben sie dann hier? Jetzt wollen sie sogar eine neue Bahnlinie bauen. Wohin? Gut zweihundert Meilen bis nach Keetmanshoop. Keetman war ein Bankier, hatte Mendel erzählt. Was war seine Hoffnung? Hier gibt es nichts, außer ein bisschen Fisch. Alles musste herangeschafft werden.‹

Er war ratlos. Er war entschlossen, das herauszufinden. Mendels erster Weg führte zum Steinhaus. Freudestrahlend kam er zurück.

»Ich habe den Auftrag!«

Sie begannen mit dem Einmessen der Bahnhofsgleise. Dann führten die ersten Kilometer der Trasse nach Südosten durch ebenes, sandiges Gelände. Rechts und links waren die Felsen vom Wind freigeblasen. Vor ihnen ragte der flache Rücken der Kolmannskuppe aus dem Sand. Kaum zehn Meter hoch, aber genug, um den Sandsturm zu verwirbeln. In ihrem Windschatten hatte sich Flugsand angesammelt. Hier waren Colemans Ochsen im Sand versunken und elend erstickt. Thabisa schauderte. Mendel ließ eine Probegrabung schaufeln, um den Untergrund auf seine Tragfähigkeit zu untersuchen. Sie stießen auf einen grausigen Fund im tiefen Flugsand. Sie legten zwei Leichen frei. Sie waren im trockenen Sand gut erhalte. Die Augen starrten aus ihren Höhlen, die Münder weit offen. Es waren Geologen, die seit Jahren vermisst wurden. Sie hatten wahrscheinlich in einem Sandsturm die Orientierung verloren, waren im weichen Flugsand versunken und erstickt. Sie standen aufrecht, die Arme weit von sich gestreckt. Der Sand hatte sie gnädig begraben und unauffindbar gemacht. Ganze zwei Stunden Fußmarsch von Lüderitz! Sie wurden auf dem Friedhof zur letzten Ruhe gebettet.

›Was für ein Land im Gegensatz zu meinen grünen Hügeln.‹

Weiter landeinwärts erreichten sie den Grasabladeplatz. Hier wurde Klee gelagert, um die Ochsen ein letztes Mal zu füttern, bevor sie die lange Wüste durchqueren mussten. Mendels Höhenmesser zeigte knapp siebenhundert Fuß. Zum ersten Mal sah Thabisa sichelförmige Wanderdünen, die unendlich langsam von Südwesten herankrochen. Nur einen Zoll am Tag. Mendel vermaß eine weite Schleife, um die zulässige Steigung der Lokomotiven einzuhalten. So wissenschaftlich er seine Messungen durchführte, stets deckte sich seine Streckenführung wie zufällig mit dem Trampelpfad der Ochsen. Er war überrascht, wie sicher die Zugtiere die günstigsten Steigungen erspürt hatten und brauchte ihnen eigentlich nur zu folgen.

Mendel war passionierter Sammler. Er hatte seine Leute gebeten, ihm alles Interessante zu geben, was ihnen in dieser Einöde auffiel. Vertrocknete Echsen, Geckos, Schädel von Nagern, Schlangenhäute, Pflanzenreste, Samen oder bunte Steinchen. Er war davon überzeugt, dass die Landschaft durch riesige Mengen von Wasser gestaltet worden war, das aus dem Landesinnern ins Meer strömte. Das sagten ihm die breiten Erosionstäler, die von früheren Flüssen ausgespült worden waren. Dies musste in grauer Vorzeit einmal fruchtbares Land gewesen sein. Davon war er überzeugt, und dafür suchte er Beweise. Thabisa beteiligte sich an der Suche. Kenntnisse von Mineralien hatte er genug, dank Heinrich. Aber Mendel war auch hinter Pflanzenresten und Tierskeletten her. Das war Neuland. Wenn er die Funde abends sortierte, lauschte Thabisa seinen Erklärungen. Jedes Mal gab es eine Menge zu lernen.

Eines Tages hob er ein besonderes Steinchen auf. Es war weiß und durchsichtig und hatte die gleiche Form wie der Stein, den seine Mutter so liebevoll hütete. Ihr Andenken an Lucas. Nur kleiner. Wenn er jetzt nur Heinrich fragen könnte! Der hätte sofort gewusst, was das war.

»Frank, das könnte ein Diamant sein.«

»Du spinnst! Du weißt doch, wo die vorkommen. Erinnere dich an das große Loch, das wir in Kimberley gesehen haben, und was du von Heinrich gelernt hast. Das kann nur Quarz sein. Als Achat liegt das Zeug tonnenweise an der Küste.«

»Schon möglich. Aber Heinrich hat mir erzählt, sie hätten im Geröll der trockenen Flussbetten welche gefunden, bevor sie das große Loch gruben.«

Thabisa war sich sicher. Auch die Form stimmte überein.

»Diamanten sind das härteste Mineral der Natur. Härter als Glas. Versuch mal, das Glas deiner Taschenuhr zu ritzen. Quarz würde das nicht schaffen.«

Mendel nahm den Stein fest zwischen die Finger und versuchte es. Und dieser Stein hinterließ einen deutlichen Kratzer. Er war härter als das Glas! Mendel wurde nachdenklich.

›Hat Thabisa Recht? Wo einer ist, da sind noch mehr.‹

Mendel schlief unruhig. Einen echten Diamanten hatte er noch nie in den Fingern gehalten.

›Wo kommen die Dinger her? Wie kamen sie in die Wüste?‹

Am nächsten Tag fand Thabisa noch zwei und gab sie Mendel. Sie hatten alle die gleiche auffällige Form von zwei Pyramiden, die mit ihren Grundflächen aneinander klebten, ein Oktaeder.

›Unglaublich! Wenn das wirklich wahr sein sollte, muss ich mir Schürfrechte sichern. Ich muss der Erste sein. Ich muss das mit Thabisa zusammen machen und ihn vergattern, den Mund zu halten. Das muss so lange geheim bleiben wie möglich.‹

Nach weiteren sechzig Meilen hatten sie den höchsten Punkt der Strecke erreicht, fünftausend Fuß über dem Meer. Sie waren auf dem Inlandplateau angekommen. Hier oben gaben die Nebelwolken auf dem Weg von der Küste ihre Feuchtigkeit ab. Auf weiten Grasflächen wuchsen vereinzelt Akazien und Aloen. Die grau-beige Trostlosigkeit hatte ein Ende. Nun ging es leicht bergab bis Keetmanshoop.

Eine Inspektion wurde angekündigt. Ein junger Marineleutnant und ein Angestellter der Kolonialgesellschaft überzeugten sich vom Stand der Vermessung, prüften die Steigungen, die Kurvenradien und die genaue Länge der Strecke. Die Bahnlinie musste schnellstens gebaut werden. Die Nama waren aufsässig, ein Aufruhr war bald zu erwarten. Truppen, Material und Munition mussten ins Landesinnere gebracht werden. Sie hatten nicht genügend Schienen und Schwellen eingeplant, weil sie gehofft hatten, Mendel würde den Pfad der Ochsengespanne abkürzen. Der Leutnant versprach, einen Transport, der für die Kolonie Togo bestimmt war, nach Lüderitzbucht umzuleiten.

Vor ihrer Abreise zeigte Mendel den beiden die Steine.

»Und die Erde ist eine Scheibe, wie? Haben Sie den Wüstenkoller oder hat Ihnen die Sonne das Hirn überkochen lassen?«

Der Leutnant lächelte überheblich, während er das sagte. Mendel wurde ärgerlich.

»Ich glaubte bisher, die Herren Offiziere vom alten Adel pflegen zu denken, bevor sie reden. Mit gebührendem Respekt, Herr Leutnant! Schwenken Sie einfach Ihre Signalfähnchen und halten die Kolbenringe an ihren Ärmeln blank. Mineralogie gehört bestimmt nicht zu Ihren Stärken. Überlassen Sie das den Fachleuten. Wir mischen uns ja auch nicht in Ihre Seekriegführung ein.«

Der Angestellte dachte weiter. Er kannte sich ebenso wenig aus wie der Leutnant. Sollte dieser Mendel aber Recht haben, wäre das für seine Gesellschaft eine Einnahmequelle. Bisher war die Kolonie ein absolutes

Verlustgeschäft. Er erfüllte Mendels Bitte, die Steine in einem Labor in Berlin vertraulich untersuchen zu lassen.

Mehrere Wochen vergingen. Dann kam das Telegramm. Es waren wirklich Diamanten! Mendel war unruhig. Er übertrug Thabisa die Arbeit, packte seinen Koffer und fuhr mit dem nächsten Schiff nach Deutschland. Er kratzte seine Ersparnisse zusammen, lieh sich Geld von Verwandten, bat Freunde um Darlehen und verkaufte, was er in Deutschland entbehren konnte. Dann fuhr er nach Berlin und ließ sich von der Kolonialgesellschaft Schürfrechte für Edelsteine übertragen. Sein Claim entsprach der Fläche von fast neun mal neun Kilometern!

Zurück in Lüderitzbucht beendete er die Vermessungsarbeiten und quittierte zusammen mit Thabisa den Dienst. Nun begannen sie mit den Vorbereitungen der Diamantensuche. Aus dem Landesinnern, vierhundert Meilen entfernt, kamen interessante Nachrichten. Dort hatte man weitere diamanthaltige Schlote entdeckt. Mendel fragte sich, ob sich die Diamanten von denen an der Küste unterschieden. Heinrich würde es wissen, aber der saß in Kapstadt. Dorthin zu fahren, um ihm die Steine zu zeigen, kostete zu viel Zeit.

Thabisa berichtete aus dem Gedächtnis, was ihm Heinrich über den Weg der Diamanten erzählt hatte. Mendel rollte eine Landkarte auseinander und zeichnete die Lage der Schlote mit einem dicken Stift ein. Wenn Heinrichs Theorie von der Erosion durch Wasser stimmte, konnten die Diamanten aus dem Inland nur durch einen Fluss ans Meer gespült worden sein, den Oranje. Der mündete zweihundert Meilen weiter südlich in den Atlantik. Wie kamen sie dann von dort bis nach Kolmannskuppe? Seine Erklärung war der Benguelastrom, der aus der Antarktis kam und westlich am afrikanischen Kontinent vorbei nach Norden floss. Der könnte die Steine entlang der ganzen Küste verteilt haben. Der Beweis war, dass Thabisa außer den drei Diamanten auch Muscheln und die leeren Panzer kleiner Krebse gefunden hatte, viele Kilometer im Inland. Doch wie kamen sie dorthin?

›Die Steine müssen lange auf dem Meeresgrund gelegen haben. Dann musste sich der Kontinent angehoben haben‹, sinnierte Mendel.
»Die Diamanten sind deutlich schwerer als gleichgroße Sandkörner. Also müssten in Meeresnähe oder sogar unter Wasser noch viel mehr und viel größere zu finden sein«, meinte Thabisa.
»Man müsste hinabtauchen, um das herauszufinden.«
»Hätte, wüsste, sollte, müsste. Alles Spekulation.«
Sie beschlossen, diese Erkenntnis für sich zu behalten.
Mendel traf eine Entscheidung.
»An der Bahntrasse hast du sie gefunden. Sie kommen aber vom Oranje im Süden. Also machen wir die Bahnlinie zur Nordgrenze des Claims. Die Kolmannskuppe ist die nordöstliche Ecke, von dort an wird es felsig. An der Luvseite der Kuppe stellen wir das Basislager auf, da pfeift zwar der Wind ungebremst, aber es lagert sich kein Flugsand ab. Wir arbeiten uns nach Süden vor in die Richtung, aus der sie stammen. Sie kommen uns fast entgegen. Wir müssen sie nur noch einsammeln.«
Seine Augen leuchteten. Er war voller Tatendrang.
»Dieses Gebiet stecken wir ab.«
Sie kauften sich zwei Pferde, dreihundert Eisenstangen und einen Vorschlaghammer. Dann ritten sie einmal um Mendels Claim und schlugen alle hundert Meter eine Stange in den Sand. Sie stellten Zelte auf und eine kleine Hütte aus Wellblech. Sie legten einen Vorrat an Lebensmitteln und Trinkwasser an. Etwas abseits hoben sie eine Grube aus und stellten eine Feldtoilette auf. Dann ritten sie ins Landesinnere. In Bethanien warben sie fünf Orlam an, in der Siedlung Aus und in Karas zehn Arbeiter der Nama. Sie verhandelten die Wochenlöhne und die Rückkehr der Leute an den Wochenenden.
»Frank, warum tust du das alles? Das kostet eine Menge Geld, und du weißt nicht, wie viele Steine wir finden werden. Du hast eine Menge für den Claim bezahlt. Vielleicht endest du wie Adolf Lüderitz.«
»Dies ist die einmalige Chance, reich zu werden. Ich habe keine Lust, bis ans Ende meiner Tage Bahnstrecken zu vermessen. Hast du keine Ziele? Keine Vision? Was willst du machen? Wir haben unsere

Arbeit abgeliefert, jetzt bauen sie die Strecke. Wir sind überflüssig. Warum fragst du? Was hast du vor?«

»Ich gehe nach Natal zurück. Da ist es besser. Grüne Hügel, die Freunde, die Familie, keine Sandstürme und nicht dieses kalte, graue Einerlei von Sand und Felsen. Dort werden auch Eisenbahnen gebaut. Ich finde Arbeit.«

Mendel erschrak. Er hatte nicht nur seinen gesamten bescheidenen Besitz in dieses Vorhaben gesteckt, er hatte sich ziemlich verschuldet. Allein würde er das nicht schaffen. Er brauchte Unterstützung.

»Thabisa, bleib hier. Du hast das Auge für Diamanten. Du hast viel von Heinrich gelernt, was ich nicht weiß. Ich brauche dich hier. Du musst die Leute anlernen und anleiten. Ich mache dir einen Vorschlag. Von allem, was wir finden, bekommst du zehn Prozent.«

Thabisa blieb.

Die Methode war so einfach wie erfolgreich. Bei Sonnenaufgang wurde ein Streifen markiert. Thabisa hatte ihnen einen Diamanten als Muster gezeigt und ihnen erklärt wie sie den lockeren Sand mit einer Handschaufel eine Spanne tief aufgraben und durchsuchen mussten. Die Leute legten sich in einer Reihe auf den Bauch oder knieten im Sand und begannen die Suche nach den Steinen. Alles, was wie ein Diamant aussah, wurde in einen Beutel gesteckt und am Ende der Schicht bei ihm abgeliefert. Thabisa überwachte die Arbeit und machte Stichproben. In der unbarmherzigen Mittagshitze wurde die Arbeit unterbrochen, und die Männer hatten Pause. Danach wurde bis zum Sonnenuntergang weitergesucht.

Bald stellte Thabisa fest, dass die Beutel unterschiedlich voll waren. Er nummerierte sie und merkte sich die zugehörigen Namen der Männer und die Stellen, an denen sie gesucht hatten. Er nahm an, dass die Diamanten im Gelände nicht gleichmäßig verteilt waren. Er wollte herausfinden, wo die Konzentration höher war und dort tiefer graben lassen. Doch es kam anders. Er fand heraus, dass die Ergebnisse der Namas immer deutlich besser waren als die der Orlam. Er nahm sie sich einzeln vor und erklärte noch einmal, wie sie suchen sollten. Das half.

›Jetzt haben sie es endlich geschnallt. So dumm kann man doch gar nicht sein‹, dachte er.

Allabendlich saßen die beiden Männer in ihrer kleinen Arbeitshütte. Bei gutem Wetter glühte das Wellblech von der Sonne, und drinnen war die Luft zum Schneiden. An stürmischen Tagen rüttelte der Wind an den Blechplatten, Flugsand drang durch alle Ritzen, und die Laterne flackerte im Windzug, wenn draußen der Wind heulte. Doch die Arbeit musste getan werden. Der Tagesfund durfte nicht in der Hütte bleiben. Sie sortierten taube Steine aus, klassierten die Diamanten nach Größe, wogen sie und brachten sie zum Gebäude der Kolonialgesellschaft. Dort wurden sie in den Tresor geschlossen.

Die Ergebnisse waren besser als erwartet. Endlich konnte man gute Nachrichten nach Berlin melden! Bis dahin war das Abenteuer Südwest nur ein riesiger finanzieller Aufwand in den Büchern des Reiches gewesen. Die Nachricht über Diamanten schlug ein wie eine Bombe. In Windeseile sprach sich der Erfolg Mendels herum, im Reich und in der Kolonie. Auf zahllose Menschen wirkten die Berichte der Gesellschaft wie eine Einladung.

In kurzer Zeit stürzte Lüderitzbucht ins Chaos. Aus dem ganzen Land strömten die Sucher in den kleinen Ort, vom Abenteurer bis zum seriösen Mineralogen. Von Beruf waren sie Farmer, Bäcker, Schuster oder Friseure. Väter ließen ihre Familien zurück, Seeleute verließen ihre Schiffe, Anwälte ihre Kanzleien, Kaufleute ihre Geschäfte. Sie kamen zu Fuß, zu Pferde, auf Ochsenwagen oder Kamelen. Mit jedem Schiff aus Europa kamen neue Diamantensucher nach Lüderitzbucht. Manche waren bettelarm, andere hoch verschuldet. Sie hatten mit ihrem letzten Geld die Passage bezahlt. Wieder andere waren betuchte Draufgänger, die das Abenteuer suchten.

Der Sturm auf die kleinen Steine war losgebrochen. Der Diamant ist ein Faszinosum. Hell, hart, klar, rar, funkelnd, kostbar. Er verheißt

Reichtum, Macht und Ansehen. Von Frauen getragen erzählt er von Verehrung, Liebe, Zuneigung, Ergebenheit, Hörigkeit, bisweilen Hass. Er suggeriert die Aussicht, vom Habenichts zum Millionär zu werden. Für die Bezauberung der Diamanten wurde manches aufs Spiel gesetzt, wurden Entbehrungen und Gefahren leichtfertig in Kauf genommen. Es wurde gelogen, verraten, betrogen und gemordet.

Mendel hatte Mühe, fremde Sucher von seinem Claim fernzuhalten. Er musste Wachen aufstellen. Neue Claims wurden südlich von seinem eröffnet. Er musste dulden, dass die Schürfer durch sein Gebiet zogen, um an ihre Felder zu gelangen.

Nach einigen Wochen stellte Thabisa fest, dass die Suchergebnisse wieder uneinheitlich wurden. Er führte genau Buch. Wieder fanden die Orlam viel weniger als die Nama. Aber nur freitags, bevor sie für das Wochenende nach Hause fuhren. Er ließ die Männer sich ausziehen und untersuchte ihre Kleidung. Nichts! Er beobachtete sie heimlich bei der Suche und lüftete das Geheimnis. Sie hatten die fehlenden Steine verschluckt. Er stellte ihren Wortführer zur Rede. Der entstammte der verzweigten Familie des Oberhauptes, Josef Frederiks II. Seine Antwort kam ohne Umschweife, klar und deutlich. Er war sich seiner Sache sehr sicher. Und die Steine in seinem Magen waren es auch.

»Ihr habt uns damals mit euren preußischen Meilen beschissen, jetzt bescheißen wir euch. Die Steinchen stammen aus unserer Erde. Da scheißen wir sie wieder hin.«

Der Anführer der Orlam grinste dabei.

Thabisa war vom Büro der Kolonialgesellschaft informiert worden, dass die Nama seit einiger Zeit auch Diamanten ablieferten und dafür kassierten. Er besprach sich mit Mendel und machte ihm einen simplen Vorschlag.

»Die Steinchen stammen aus unserer Erde. Da kommen sie wieder hin«, hat er gesagt.

»Will heißen, die schlucken sie am Freitagmorgen und am Samstag kacken sie die auf ihre Erde. Wir müssen dafür sorgen, dass die Steine in unser Latrine landen. Einverstanden?«

Am Freitagnachmittag nach dem Ende der Mittagspause wurden sie gezwungen, einen Löffel Rizinusöl zu schlucken. Wer sich weigerte, brauchte am folgenden Montag nicht wieder zu erscheinen. Mendel ließ zusätzliche Latrinen aufstellen, um dem synchronen, kollektiven Bedürfnis zu entsprechen. Die Wirkung war in jeder Beziehung durchschlagend. Das Verschlucken fand ein jähes Ende, das Auswaschen des Latrineninhalts erübrigte sich.

Frank Mendel und Thabisa versuchten, sich an die Apparate und Geräte zu erinnern, die sie beim Besuch der Mine in Kimberley gesehen hatten. Sie waren mit der händischen Suche unzufrieden und sannen auf Verbesserungen. Stundenlang malten sie Skizzen auf Papier, verwarfen sie wieder, machten neue. Bald tauchten auf ihrem Claim die ersten Siebe, Trommeln und primitiven Waschanlagen auf. Feldgleise wurden gelegt, um den Sand mit Loren direkt an die Sortieranlagen zu schaffen.

Trotzdem war Mendel mit der Entwicklung auf dem Diamantenfeld nicht zufrieden. Es gab heftigen Streit um Wegerechte. Neue Claims wurden eher willkürlich abgesteckt, manche überschnitten sich. Es kam deswegen zu Schlägereien. Die Suche geriet außer Kontrolle. Aber auch die Einrichtungen von Lüderitzbucht waren überfordert. Das Wasser wurde knapp. Lebensmittel konnten nicht in ausreichender Menge herangeschafft werden. Die Unterkünfte waren überbelegt. Einige teilten sich ein Zimmer zu viert oder zu fünft. Die Ladenpreise schossen in die Höhe. Es gab nicht genug Polizisten, einige von ihnen suchten selbst nach Diamanten. Die öffentliche Ordnung lag danieder. Das Gesundheitswesen war den Anforderungen nicht gewachsen, das Hospital hoffnungslos überfüllt. Die Zahl akuter Sonnenbrände hatte stark zugenommen. Die Opfer versuchten, sich mit Meerwasser zu kühlen, was ihre Leiden nur verschlimmerte. Die sanitären Anlagen waren überlastet. Seuchen konnten jeden Tag ausbrechen. Die ganze Situation war Frank Mendel zuwider.

»Thabisa, ich brauche ein schlagkräftiges Argument, diesem Chaos ein Ende zu machen. Ich brauche die Zustimmung des Kolonialamtes. Nimm dir ein paar Männer und grabe ein tiefes Loch, am besten bis auf das Basisgestein. Den Aushub untersuchen wir auf Diamanten und führen genau Buch.«

»Ich glaube, ich weiß worauf du hinaus willst. Bisher suchen wir nur an der Oberfläche und verlassen die Gegend wieder. Alles, was tiefer liegt, bleibt dort unten liegen, stimmt's?«

»Kluges Kerlchen. Wenn sich bewahrheitet, was ich voraussetze, können wir ziemlich genau ausrechnen, wie viel uns verloren geht.«

»Aber dann brauchst du riesige Maschinen, viel Kapital, und du musst die Claims enteignen.«

»Nicht enteignen. Konsolidieren nennt man das. Die Besitzer der Claims werden Anteilseigner einer Gesellschaft. Und die bekommt ein Management, das entscheidet, wie künftig die Diamanten gewonnen werden.«

Mendel hatte seinen Vorsprung genutzt. Er besaß von allen den größten Claim und die längste Erfahrung. Seine Darlehen waren abgelöst, die Schulden bezahlt. Er hatte für sich und Thabisa ein kleines Vermögen angehäuft. Mendel hatte den Überblick über das gesamte Suchgebiet und über die Verfahren der Schürfer. Und er kannte deren Schwächen. Vieles musste sich dringend ändern.

Zu dieser Zeit besuchte der Staatssekretär des Reichskolonialamtes in Berlin die Diamantenfelder und wurde Zeuge der Zustände. Sein Interesse galt dem Anteil des Staates an den Gewinnen. Die Ausfuhr über den Hafen von Lüderitzbucht war in die Höhe geschnellt, von mehreren zehntausend Mark im ersten Jahr auf zweistellige Millionenbeträge in den Folgejahren. Zur geeigneten Besteuerung der einzelnen Verkäufer ließen sich diese Angaben aber nicht benutzen. Es mangelte schlicht an prüfbaren Steuererklärungen und einer potenten Finanzverwaltung vor Ort. Nicht einmal die örtliche Stelle der Kolonialgesellschaft wusste einen Ausweg. Mendel bat den Staatssekretär um ein Gespräch.

Am Morgen nach diesem Gespräch bat er Thabisa in die Hütte.
»Nimm dir Kaffee. Wir müssen reden.«
Mendel rückte Stühle an den Sortiertisch.

»Der Staatssekretär hat verstanden. Deine Ergebnisse der Grabung sprechen eine klare Sprache. Du weißt von Heinrich, dass in Kimberley nur der nackte Fels zurückbleibt. Das wird auch hier geschehen. Wir haben einen Beschluss gefasst. Wir gründen die Germania Diamanten Gesellschaft. Die Besitzer der Claims werden Anteilseigner. Die Größe der Anteile richtet sich nach der Größe und ihrer Ergiebigkeit. Wer schludrig gearbeitet oder zu wenig deklariert hat, wird bestraft. Die Schürfrechte gehen an die Gesellschaft über. Kein Diamantsucher darf das Gelände künftig betreten, es sei denn, er ist Angestellter der GDG. Die kann mit ihrem Kapital Anlagen kaufen und die Diamantensuche mechanisieren. Es wird geordnet zugehen. Das ist die gute Nachricht.

Die schlechte Nachricht ist: Du bist kein Claimbesitzer. Ich wollte dir einen Teil meines Claims übertragen, aber das lassen die in Berlin nicht zu, obwohl du den ersten Diamanten überhaupt hier gefunden hast. Auf Schwarze werden keine Schürfrechte übertragen. So einfach ist das bei denen. Außerdem bist du Südafrikaner, Ausländer, Bürger des British Empire. Zwischen diesen beiden Ländern steht es nicht zum Besten. Bleibt noch der Ausweg, dass du die deutsche Staatsbürgerschaft annimmst und Angestellter der GDG wirst. Die Gesellschaft würde dich gern einstellen.«

»Als was? Als Arbeiter an der Schaufel? Der nur die Anordnungen seines weißen Bosses zu befolgen hat? Nein danke. Bei dir ging es mir gut. Ich konnte selbständig arbeiten. Als Landvermesser wie auch als Diamantensucher. Du hast mir vertraut. Aber wer kommt nach dir? Ich habe doch gesehen, wie die mit uns umgehen. Ich fühle mich als freier Mann und werde Lüderitzbucht als freier Mann verlassen.«

»Es ist deine Entscheidung. Aber ich kann sie verstehen. Bist du jetzt sauer?«

»Sauer trifft es nicht. Ich bin verbittert. Da kommen die Weißen in unser Land, bereichern sich an unseren Rohstoffen und drängen uns zur Seite. Zu allem Unglück bringen sie auch noch ihre Streitlust mit und fechten sie hier aus. Siehe Zulukrieg, in dem mein Vater fiel. Siehe Burenkrieg, in dem auf mich geschossen wurde. Das ist zum Kotzen. Es ist unser Land, verdammt noch mal!«

»Ihr habt nichts aus eurem Land gemacht. Wir haben Kenntnisse mitgebracht, viel Geld, und haben hart gearbeitet.«

»Wir Ureinwohner haben euch nicht darum gebeten. Ihr seid hier nur zu Gast. Aber Ihr seid schlechte Gäste. Wir bekommen nicht einmal ein Mitspracherecht. Alles entscheidet ihr über unsere Köpfe hinweg. Das wird sich eines Tages rächen. Warts ab.«

»Du solltest mir nicht drohen, Thabisa.«

»Ich drohe nicht dir persönlich. Du bist eine rühmliche Ausnahme. Du hast deine Kenntnisse mit mir geteilt. Du hast mich klüger gemacht. Aber auch kritischer. Du hast mir die Augen geöffnet. Ich sage das nur voraus. Ganz allgemein.«

»Gut. Lass das die Zukunft entscheiden. Was machen wir jetzt? Noch verfüge ich über meinen Claim. Aber nicht mehr lange. Auch ich werde nur Anteilseigner sein. Wahrscheinlich machen die mich zum Direktor, und du stündest unter meinem Schutz.«

»Nein, nein. Lass mal. In so einer Gesellschaft haben zu viele etwas zu sagen. Da kommen die Kaufleute, die Juristen, die Ingenieure und die Manager. Ich bin ein kleines Licht, und ich werde es bleiben. Lieber bin ich frei.«

Gut. Ich kann das verstehen. Hier sind die Aufzeichnungen über unsere Funde. Du bekommst deine zehn Prozent. In Steinen. Du musst sehen, wie du sie fortschaffst. Lass dich nicht vom Zoll erwischen. Nicht hier und nicht in Kapstadt, oder wo du auch immer hinfährst. Bis die GDG gegründet ist, suchst du weiter auf eigene Rechnung. Was du findest, gehört dir. Danach ist es Diebstahl. Ich gebe dir fünfhundert englische Pfund obendrein, damit kommst du eine ganze Zeit aus. Ich möchte, dass wir als Freunde auseinandergehen. Bist du mit dieser Lösung zufrieden?«

»Du warst immer fair zu mir, Frank. Und ich denke, auch dieses Angebot ist fair. Viel mehr wirst du im Augenblick gar nicht machen können. Lieber trennen wir uns jetzt im Guten, als dass ich von all den Wichtigtuern schlecht behandelt werde, denen meine braune Haut nicht gefällt.«

Die Gründungsverhandlungen der GDG waren zäh und langwierig. Es lagen mehrere Vorschläge auf dem Tisch, die stürmisch diskutiert wurden. Zwischen der Kolonialgesellschaft, dem Kolonialamt, dem Gouverneur aus Windhoek, dem Rat von Lüderitzbucht und der GDG in Gründung wurde heftig gerungen. Mendel war als Sprecher der Gesellschaft benannt worden. Die bisherigen Schürfrechte wurden eingezogen und ihr übertragen. Nach Ausschüttung einer Dividende von sechs Prozent an die Anteilseigner erhielt der Fiskus ein Drittel des Reingewinns als Ertragssteuer. Außerdem standen dem Deutschen Reich der Ausfuhrzoll und die Gebühren für die Bergaufsicht zu. Für die Finanzbehörde waren die Diamanten das einträglichste Kolonialprodukt. Die deutsche Kolonie Südwestafrika begann sich zu rechnen.

Am Tag nach der Vertragsunterzeichnung erklärte die Gesellschaft einen sechzig Meilen breiten Streifen an der Küste vom Oranje bis zum 26. Breitengrad zum Diamanten-Sperrgebiet. Das unerlaubte Betreten wurde mit fünfhundert Pfund Strafe oder mit einem Jahr Gefängnis geahndet. Mendel erhielt eine Anstellung als Direktor und Anteile am Gewinn. Thabisa schiffte sich nach Kapstadt ein.

Der Hafen von Lüderitzbucht wurde kleiner, wurde allmählich von der trostlosen Landschaft verschluckt. Die Baustelle der halb fertigen Felsenkirche auf dem Diamantberg ragte noch lange aus dem Grau in den Himmel. Die neugotischen Fenster waren noch leere Höhlen, die bunten Glasfenster, die der Kaiser persönlich gestiftet hatte, waren noch nicht montiert. Der Turm war zur Hälfte hochgemauert. Thabisa stützte sich auf die hölzerne Reling am Heck des Dampfschiffes und träumte in die schäumenden Wirbel der Schiffsschraube.

›Diamanten verändern die Menschen, und die Menschen verändern die Welt! Sie hinterlassen Wunden. Jeden Quadratmeter haben sie durchwühlt auf der Jagd nach den Steinen, die sie für kostbar halten. Als Erinnerung bleibt eine Kraterlandschaft. Stürme werden sie gnädig mit Flugsand zudecken. Aber am meisten verletzen wir uns selbst. Kein Flugsand deckt diese Verletzungen zu. Sie bleiben. Die Gier nach

Reichtum macht uns zu wilden Ameisen. Jetzt fahre ich mit dem Schiff davon. Die Entfernung lässt alles mit der ewigen Wüste verschmelzen. Künftige Generationen werden die Zeugen unseres Wirkens bestaunen, kopfschüttelnd, schaudernd, und mit einem Fünkchen Neid, dass sie nicht selber dabei waren. Ich war dabei. In meinem kleinen Kopf wird es lebendig bleiben.‹

Er war glücklich, dieses merkwürdige Land ohne Wasser, das sie Durstland nennen, zu verlassen. In seine Reisetasche hatte er sich einen unsichtbaren doppelten Boden einnähen lassen und seinen Anteil an den Diamanten darin versteckt. Ein Vermögen. Er freute sich jetzt schon auf Distrikt Sechs, auf seine Mutter, auf Heinrich und auf ein Abendessen nach Zulu-Art.

Möwen kreisten über dem Kielwasser, ewig auf der Suche nach Fressbarem, das die Wirbel an die Oberfläche brachten. Hoch über ihnen segelten zwei große Vögel im Seewind. Hin und wieder stürzte einer im Sturzflug hinunter und fischte eine Sardelle. Im Steigflug würgte er sie mit ruckendem Kopf in den Kropf hinein. Futter für die Brut. Die breit ausladenden Schwingen waren kantig geformt.

›Albatrosse‹, dachte Thabisa.

Er hatte bisher noch nie einen gesehen, aber sie sahen genauso aus, wie Heinrich sie beschrieben hatte. So soll die Narbe am Unterarm ausgesehen haben, an der er seinen Vater auf dem Schlachtfeld unter den Toten entdeckt hatten.

›Albatrosse sind ihr ganzes Leben mit ihrem Partner zusammen‹, hatte er erzählt.

›Nur wenn einer stirbt, suchen sie einen neuen.‹

›Auch wenn sie durch starke Stürme oder widriges Wetter für viele Wochen voneinander getrennt sind, erkennen sie sich wieder, suchen ihren alten Horst und brüten aufs neue.‹

Er dachte an Ellen. Während seiner Zeit mit Frank Mendel hatte er oft an sie gedacht. Ob sie …?‹

›Bei uns Menschen ist das anders‹, hatte Heinrich gesagt.

Das Schiff näherte sich der weiten Tafelbucht. An Backbord glitten die weißen Fischerkaten von Bloubergstrand vorbei. Vor ihm stand der Tafelberg im Morgennebel. Breit und mächtig, eingerahmt vom Devil's Peak zur linken und dem Lion's Head zur rechten. Die Spitzdächer der Speicher schälten sich aus dem Dunst. Hinter ihnen krochen die Villenviertel der Weißen bis unter die Steilwand des flachen Berges.

Seit seinem Besuch vor sieben Jahren hatte sich Distrikt Sechs sehr verändert. Es sah sauberer aus, geordneter. Die behelfsmäßigen Häuser waren durch neue ersetzt worden, die Straßen waren befestigt, es gab ein Abwassersystem. Die Atmosphäre war noch immer die eines Künstlerviertels, wenngleich weniger überschäumend und laut. Noch eine Straßenecke, und er würde vor der Speisekarte in isiZulu stehen.

›Was werden sie heute anbieten? Mir läuft jetzt schon das Wasser im Mund zusammen.‹

Er beschleunigte seine Schritte.

›Hab ich mich in der Straße geirrt? Hier war es doch!‹

Auf der Tafel standen ganz andere Gerichte als damals.

Bobotie
Bredie
Sosaties
Samoosas
Buriyani
Sambals

Er ging hinein. Sie hatten neu dekoriert, völlig anders. Orientalisch. Es gab keinen Alkohol, aber viele Sorten Tee aus Asien. Er fragte nach dem Inhaber. Ein Malaie kam und wollte ihm einen Tisch anbieten.

»Nein, nein. Ich suche meine Mutter. Nandi.«

»Ah! Nandi und Henry. Nette Leute.«

»Ich bin ihr Sohn. Thabisa.«

»Welche Freude! Sie haben viel von Ihnen erzählt. Sie waren in der deutschen Kolonie, nicht wahr? Wir haben uns sehr gemocht. Sie haben aufgegeben, seitdem Nandi nicht mehr hier wohnen durfte. Sie wollte nicht mehr Henry's Maid spielen. Alle respektierten sie als Ehepaar ohne Trauschein. Sie hätte nach Ndabeni ziehen müssen, weil sie schwarz ist. Aber Henry darf da nicht wohnen, weil er doch weiß ist.

Verrückt! Sie sagten, sie wollten nach Durban. Aber dort herrschen die gleichen Gesetze seit dem Ende des Burenkrieges. Tut mir leid. Mehr kann ich Ihnen nicht sagen. Aber warten Sie mal. Ich gebe Ihnen Briefe mit, die an sie gerichtet sind. Wir wussten ja nicht, wohin wir sie ihnen nachschicken sollten. Wir haben sie für die beiden aufgehoben, falls sie mal reingeschaut hätten.«

Nach ein paar Minuten kam der Malaie mit Thabisas fünf Briefen zurück. Er ließ sich ein paar Samoosas einpacken und ging hinunter in den Hafen, stierte ins Wasser.

›Ausgestoßen im eigenen Land! Warum? Mutter hat niemandem etwas zuleide getan. Wofür wird sie bestraft? Und wofür Heinrich? Sie dürfen nicht wie ein Ehepaar zusammenleben? Das ist doch verrückt! Sie sind Bürger dieses Landes, sie machen ihre Arbeit, sie zahlen ihre Steuern. Und trotzdem werden ihre Rechte beschnitten? Wohin führt das? Wohin geht die Reise?‹

Der strenge South Easter war in der Stadt kaum zu spüren. Sie lag geschützt wie in einer Schüssel unter dem Tafelberg. Der Wind trieb eine dünne Wolkendecke über den flachen Berg, die sich an der Kante auflöste. Die untergehende Sonne tauchte sie in rötliches Licht. Die Kapstädter sagen, der Berg hat sein Tafelleinen aufgelegt. Plötzlich fühlte Thabisa sich allein. In dieser großen Stadt und überhaupt. Auf einmal stellte er fest, dass er keine Freunde hatte. Seine Kollegen und er hatten gemeinsame Ziele verfolgt, den Eisenbahnbau und die Suche nach Diamanten. Das waren keine wirklichen Freundschaften, eher Zweckbündnisse. Die Diamantensucher waren Einzelkämpfer und lebten nur für ihren ersehnten schnellen Reichtum. Für Privates hatten sie weder Zeit noch Muße. Selbst in Mafikeng, wo es keine Reichtümer zu finden gab, war er damals nur Gast auf Zeit. Obwohl sie Schicksalsgenossen waren, eingeschlossen von den Buren ringsum. Er dachte an Ellen. Auch ihr hatte er Briefe geschrieben, aber nie Antwort erhalten.

›Ist ihr etwas zugestoßen? Hat der Hausherr die Briefe abgefangen? Lebt sie überhaupt noch? Hat sie inzwischen einen anderen? Das hätte sie mir geschrieben. So war das abgemacht. Aber ein Brief kam nie.‹

Mafikeng war lange her. Er hatte sich vorgestellt, vorerst hier zu bleiben bei Mutter und Ubaba. Er hätte bei ihnen wohnen können. Platz hatten sie genug. Sie hatten ihn ausdrücklich eingeladen, das zu tun. Die Stadt mit ihrer Umgebung gefiel ihm. Er hätte sich in aller Ruhe eine angenehme Arbeit suchen können. Doch jetzt? In einem dieser schwarzen Wohngebiete mit Schmutz, Verbrechen, Lärm, Nutten und Zuwanderung wollte er nicht wohnen.

Er ging in die Stadt, die Adderly Street entlang und am Bahnhof vorbei. An der Darling Street drehte er einer plötzlichen Eingebung folgend um, ging zum Bahnhof zurück und löste eine Fahrkarte nach Mafikeng.

»Dass du dich hier noch mal blicken lässt! Du hast Nerven.«
»Bei uns sagt man erst mal Guten Morgen. Was ist los? Warum so streitsüchtig?«
Thabisa war Maggie über den Weg gelaufen.
»Wenn du Ellen suchst, kommst du zu spät. Die ist seit Jahren weg.«
»Und wo ist sie hin?«
»Was interessiert dich das?«
»Komm schon.«
»Zu ihren Eltern nach Kokstad. Mehr weiß ich nicht, nicht mal ihre Adresse.«
»Warum hat sie nicht auf meine Briefe geantwortet?«
»Weil sie die nie bekommen hat. Ich habe sie aufbewahrt. Wohin sollte ich die denn schicken? Als dein erster kam, war sie schon fort.«
»Was ist denn passiert?«
»Du Arsch hast sie geschwängert. Als es rauskam, haben sie Ellen gefeuert. Wer will schon eine Maid mit Kind, he? Das Zimmer musste sie räumen. Sie hatte keine Bleibe mehr. Wenn man ein Kind erwartet, braucht man ein Zuhause, eine Höhle, eine Wurfbox. Aber davon habt ihr Männer keine Ahnung. Ihr steckt ihn rein, zieht ihn wieder raus, und dann nach mir die Sintflut. Sie ist mit deinem Andenken nach Kokstad gefahren zu ihrer Familie. Hat sie jedenfalls gesagt. Keine Ahnung, wie es ihr geht und ob sie überhaupt noch lebt. Sie hat sich nie

gemeldet. War ihr wohl peinlich. Wenn sie es geschafft hat, geht dein kleiner Bastard bestimmt schon zur Schule.«

Fast hätte er ihr eine runtergehauen, aber er beherrschte sich.

»Nett, dass du gefragt hast, wie es *mir* geht. Meine Antwort wäre: Jetzt nicht mehr so gut wie vorhin. Kokstad sagst du? Ich fahre da hin. Ich werde sie finden. Sie und unser Kind.«

»Das meinst du nicht ernst, oder?«

»Wenn ich es sage.«

Maggie wurde versöhnlicher.

»Bist vielleicht doch nicht so ein blödes Arschloch wie ich dachte.«

›Ich hätte ihr doch eine runterhauen sollen.‹

Er überlegte.

»Hast du Zeit für einen Kaffee?«

»Zeit schon. Aber hier gibt es keine Cafés für Schwarze. Und in die für Weiße dürfen wir nicht mehr rein. Neue Regelung.«

»Gut. Ich kaufe uns eine Limonade, dann hocken wir uns dort auf die Mauer. Du wartest hier.«

»Nein. Du wartest hier. Ich hole schnell deine Briefe. Die kannst du gleich mitnehmen.«

Zehn Minuten später war sie zurück.

»Ist das wirklich wahr?«

»Was wahr?«

»Dass es mein Kind ist?«

»Jetzt pass auf, was du sagst! Ich kenne meine Ellen. Die krabbelt nicht zu irgendeinem Kerl ins Bett. Die war noch Jungfrau. Auf dich war sie voll und ganz abgefahren. So habe ich die noch nie erlebt. Sie hat zwar rumgeflirtet, aber immer nur flatterhaft. Hat den Kerlen die Köpfe verdreht. Aber die Beine blieben zu. Bei dir hat sie gefunden, was wir alle suchen. Wenn sie richtig gerechnet hat, muss es euch nach dem Befreiungsfest passiert sein. Als du weg warst, hat sie Rotz und Wasser geheult. Sie verdient deinen Respekt und ein bisschen mehr Gegenliebe.«

»Was glaubst du, wieso ich hier bin?«

»Hättest du sie nicht besuchen können?«

»Weißt du, wie weit das ist von Lüderitzbucht bis hier?«

»Wo liegt das denn?«

»Am Atlantik. Über sechshundert Meilen Luftlinie von hier, aber es gibt keine Straße. Und fünfzehnhundert über Kapstadt.«

»Ich kann ja nicht alles wissen.«

»Stimmt. Man könnte ja fragen.«

»Ja, Mister Neun-mal-klug. Und wie viele Weiber hast du in der Zwischenzeit flachgelegt?«

»Das geht dich zwar nichts an, aber so viele.«

Mit dem Daumen und dem Zeigefinger machte er eine Null.

»Ich will dir ausnahmsweise glauben, obwohl es mir schwerfällt.«

»Warum bist du so? So negativ? So aggressiv? Was ist passiert?«

»Na was wohl. Ich habe mich verliebt. In einen Weißen. Er hat mir alles versprochen. Vorher. Dann ist es passiert. Danach kannte er mich nicht mehr. Sie haben es mir so gründlich weggemacht, dass ich keine Kinder mehr kriegen kann. Du hast danach gefragt. Spar dir jeden Kommentar!«

Thabisa zog vor zu schweigen.

»Jetzt muss ich gehen. Hier, deine Briefe. Wenn du wahrmachst, was du vorgibst, ziehe ich das mit dem Arschloch zurück. Du musst mir unbedingt schreiben. Kriege ich keine Post, bleibst du es. Grüße sie herzlich von mir.«

»Freche Göre! Ich schreibe dir, ob ich sie finde oder nicht. Den Ausdruck lasse ich nicht auf mir sitzen«, rief er ihr hinterher.

Maggie war schon außer Hörweite.

›Das ist der Tiefpunkt. Mutter und Ubaba sind verschwunden, Ellen ist weg, und ich habe ein Kind. Nandi ist seit acht Jahren Großmutter, und sie weiß es nicht! Ich fühle mich beschissen.‹

Im Bus grübelte Thabisa über sein Leben.

›Mein Entdeckerdrang ist fürs erste befriedigt. Ich brauche nicht zu hungern. Ich brauchte nicht einmal zu arbeiten. Das Geld von Mendel und die Steine reichen für eine lange Zeit. Doch ich fühle mich leer. Wie ein Baum ohne Wurzeln, wie ein Mensch ohne Familie, ohne Freunde. Ich will ein Zuhause. Ich muss Ellen finden.‹

In Pretoria musste er in den Bus nach Durban umsteigen. Viele Stunden später sah er das Schild Van Reenen's Pass. Die Schotterstraße führte in weiten Windungen die Quathlambaberge hinab. Er erinnerte sich an Heinrichs Erzählung von Max und dem Karren.

›Ich werde ihn suchen, wenn ich Ellen gefunden habe.‹

In Pietermaritzburg verließ er den Bus und suchte den Anschluss nach Kokstad. Fünf Stunden holperte das klapprige Fahrzeug über eine ruppige Nebenstrecke. Staub drang durch alle Ritzen und legte sich auf alles. Es war Abend, und er nahm sich ein Zimmer im einzigen Hotel der Kleinstadt, um den Staub abzuwaschen und am nächsten Morgen frische Sachen anzuziehen. Die Stadt lag direkt am Umzimhlava-Fluss, östlich der Drakensberge und war sauber und gepflegt. Hier lebten hauptsächlich Griquas mit der gleichen hellen Hautfarbe wie Ellen.

›Hier kennt bestimmt jeder jeden‹, dachte Thabisa und fragte den Inhaber des Hotels nach der Adresse.

»Jager heißen hier viele. Etwas genauer sollte es schon sein ... Ellen, sagen Sie? Meinen Sie die mit dem schwarzen Jungen? Die wohnt in der Baker Street.«

Der Mann war hilfsbereit, aber die Frage gab im einen Stich.

›Sie nennen Ellen *die mit dem schwarzen Jungen*. Das klang abfällig. Was wird sie durchgemacht haben? Wird sie geschnitten oder gehänselt wegen des schwarzen Jungen? Zumindest weiß ich jetzt, dass ich einen Sohn habe. Trotzdem habe ich ein mulmiges Gefühl. Oder kommt das vom Kaffee?‹

Dann stand er vor dem Gartentor in der Baker Street mit dem Namen Jager. Ungelenk hielt er einen Strauß Blumen in der Hand. Er wusste nicht, was er sagen sollte.

›Hallo, hier bin ich‹ oder ›wie geht es dir‹ oder ›es tut mir leid‹.

Alles klang so hilflos. Minutenlang überlegte er. Die Tür ging auf.

»Wir haben keine Arbeit. Sieh zu, dass du weiter ...«

Ellen schluckte.

»Thabisa?«

Zögerlich und verhalten kam sie zur Pforte.

»Was suchst du hier?«
»Dich.«
Er hielt ihr den Strauß hin, und die Briefe.
»Und unser Kind.«
»Was ist das?«
»Maggie hat die Briefe aufbewahrt.«
»Du warst in Mafikeng?«
»Da komme ich gerade her. Ich habe dich gesucht. Sie lässt dich grüßen.«
Ellen öffnete die Gartenpforte und trat auf die Straße.
Sie nahm die Briefe und sah sich die Poststempel an. Dann ihn.
»Da war ich schon weg.«
»Ich wusste nicht, dass du …«
»Dass ich schwanger war? Willst du deinen Jungen holen? Willst du ihn mir wegnehmen?«
Sie sah in von der Seite an.
»Es ist unser Junge. Ich will dir nichts wegnehmen, was auch dir gehört.«
»Wir leben bei meinen Eltern. Sie haben mir sehr geholfen. Es geht uns gut. Mir und dem Jungen. Brauchst dir keine Sorgen zu machen.«
»Ist er da? Kann ich ihn sehen?«
In der Haustür erschien ihre Mutter.
»Ellen, ist er das?«
Ellen antwortete nicht. Sie nickte weinend.
Ihre Mutter drehte sich um und rief ins Haus.
»Johannes! Dein Papa ist gekommen.«
Der Junge kam aus dem Haus und blieb neben ihnen stehen. Er schaute Thabisa keck in die Augen.
»Hast du deine Gleise endlich fertig gebaut?«
Er schaute den Jungen lange an.
»Ja. Die Gleise sind fertig.«
»Du siehst genauso aus, wie Mama dich beschrieben hat.«
»Geh schon mal rein, Johannes. ich komme gleich nach.«
»Kommt der mit?«
»Nein.«

Johannes trollte sich.

Ellen fasste sich und sagte, »Ich habe ihn auf den Namen Johannes Thabisa Jager taufen lassen.«

»Johannes gefällt mir.«

»Und was jetzt?«

»Ich möchte mit dir reden. Und ich habe dich vermisst.«

»Abends im Bett, wenn du einen Steifen hattest.«

»Nein! Nicht das. Dich! Dich und dein verdammtes Lachen.«

»Mit mir reden? Nicht heute, nicht jetzt. Wie lange bleibst du in Kokstad?«

»So lange du willst.«

»Neu anfangen. Mit dir. Wenn du willst.«

Sie sah ihn lange an.

»Wie soll das gehen? Du kommst gestern aus heiterem Himmel hierher und willst mit mir neu anfangen? Nach all den Jahren?«

Sie schnippte mit den Fingern.

»Einfach so?«

»Na ja, nicht einfach so.«

»Wir sind eine Familie, meine Eltern, ich und Johannes. Uns geht es gut, dem Jungen geht es gut. Das kann ich nicht einfach aufgeben. Mir ist das Risiko zu groß, dass du eines Tages wieder fort bist. Ich kann nicht jedes Mal wieder in das Nest meiner Eltern zurückschlüpfen. Das täte auch Johannes nicht gut.«

»Ich hatte eine Arbeit zu tun, und dann noch eine in diesem Kaff Lüderitzbucht zusammen mit Mendel. Die sind erledigt, und es hat sich gelohnt. Ich habe eisern gespart. Ich möchte uns ein Haus kaufen und mit dir zusammenleben.«

Ellen sah ihn fragend an.

»Ich wollte wissen, wie es euch geht. Ich freue mich, dich zu sehen. Als Maggie mir sagte, dass wir ein Kind haben, wurde mir plötzlich ganz anders. Ich weiß auch nicht, warum. Frag nicht weiter.«

»Frag *mich* mal! Als ich es nicht mehr verbergen konnte, standen wir auf der Straße, mein Bauch und ich. Und alle sahen mich scheel an.«

»Diese Woche werde ich noch in Kokstad bleiben. Wenn du willst, sehen wir uns. Danach gehe ich nach Durban. Ich suche meine Mutter und Ubaba.«

»Den Weißen? Diesen Heinrich, von dem du erzählt hast?«

»Ja.«

»Ich denke über alles nach, was du gesagt hast. Komm bitte erst übermorgen, ich brauche Zeit.«

Nachdenklich ging Thabisa durch Kokstads Straßen. Als sie vor ihm gestanden hatte, war ihm klar geworden, wie viel sie ihm bedeutete, was er dort in Mafikeng zurückgelassen hatte. Und dann war Johannes aus dem Haus gekommen!

›Was wird der Junge über mich denken? Kann ich Ellen wieder für mich gewinnen? Und wenn ja, was wird dann? Wo werden wir leben? In Hermannsburg auf keinen Fall. Das war der Ort meiner Kindheit, zu klein und zu eng mit der Mission verknüpft. Ellen würde sich wie alle Zulufrauen um die Feldarbeit kümmern müssen. Aber das ist nicht ihre Sache. Würde sie als stolze Griqua mit den Zulufrauen auf dem Acker Rüben hacken? Niemals. Ich kann lesen, schreiben und rechnen und wurde von Mendel zum Landvermesser ausgebildet. In Hermannsburg gibt es nichts zu vermessen. Das Land ist bereits aufgeteilt. Durban wächst und dehnt sich aus. Da ist Arbeit für mich.‹

Da war noch ein Grund. Während der stundenlangen Zugfahrt nach Mafikeng und der Busfahrt nach Kokstad vermisste er den Anblick des Meeres. Kapstadt und Lüderitzbucht waren nicht miteinander zu vergleichen, aber eins hatten sie gemeinsam, die unendliche Weite des geheimnisvollen Ozeans, das Rauschen der an die Felsen gischtenden Brecher und das Flüstern der im Sand ausrieselnden Wellen. Außerhalb Durbans gab es endlos lange, menschenleere Strände, und Durban selbst war ein wuseliger Handelshafen, in dem Schiffe aus der ganzen

Welt ihre Ladung löschten. Dort wollte er hin. Genau das würde er Ellen vorschlagen.

Zwei Tage später ging er wieder zu ihr. Ellen hatte schon auf ihn gewartet und sich herausgeputzt. Zu dritt gingen sie durch Kokstad, sie kauften einen Fußball für Johannes und kickten lachend zu dritt auf einer Parkwiese herum. Als sie sich verausgabt hatten, lungerten sie im Gras. Ellen und Johannes wollten alles wissen. Thabisa musste erzählen. Das waren Geschichten nach dem Geschmack des Jungen. Er lauschte mit offenem Mund und stellte immer wieder Fragen. Am Abend luden ihn Ellens Eltern zum Essen ein. Ellen verkündete, sie würde mit Thabisa tanzen gehen und wohl erst zum Frühstück zurück sein. Die Eltern nahmen es schmunzelnd zur Kenntnis.

»Tanzt euch keine Blasen an die Füße«, warnte Ellens Vater mit schelmischem Augenzwinkern.

Mit dem Frieden von Vereeniging war der grausame Burenkrieg zu Ende gegangen. Die Briten hatten zweiundzwanzigtausend Soldaten im Kampf verloren, die Buren sechstausendfünfhundert. Aber mehr als sechsundzwanzigtausend burische Zivilisten hatten durch den Krieg ihr Leben verloren. Die meisten Frauen, Kinder und Alte, die in den Konzentrationslagern an Seuchen starben. Die annektierten Republiken Transvaal und Oranjefreistaat wurden völkerrechtlich Teile des British Empire. Nun waren Diamanten und Gold endgültig unter englischer Kontrolle. Den beiden Staaten wurden eigene Regierungen zugestanden, sie verwalteten sich selbst. Acht Jahre später entstand gemeinsam mit der Kapkolonie und Natal die Südafrikanische Union. Afrikaans war jetzt neben Englisch offizielle Amtssprache. Eine große Mehrheit der Buren fand sich damit ab, nun Bürger des Britischen Weltreiches zu sein.

Thabisa war allein nach Durban gefahren und suchte nach einem Stadtteil zum Wohnen, möglichst nahe am Hafen. Schon in Kapstadt hatte ihm das bunte Treiben gefallen. Die Menschen aus aller Welt mit ihren vielen Sprachen, die geheimnisvollen Ballen und Kisten, die sie aus- und einluden, die Schiffe und ihre Matrosen. Hier war das ähnlich. Nur der mächtige Berg fehlte, der die Stadt vor dem South Easter schützte, die Luft reinigte und alles sauber fegte. Solche Stürme gab es hier nicht. Da draußen auf dem Indischen Ozean wälzte sich ein warmer Meeresstrom nach Süden. Er brachte drückende Schwüle aus den Tropen, die oft viele Tage das Atmen schwer machte. Dann stand die Luft still, war wie Blei. Das mochte er nicht. Schon bei seinem ersten Besuch als Kind mit Mutter und Heinrich hatte er sich den ganzen Tag feucht und klebrig angefühlt. Damals, als er die Dampfloks bewundert hatte.

Sie hatten damals auf der Rückfahrt in Westville Station gemacht. Dort lebten deutsche Einwanderer aus Bramsche im Osnabrücker Land, die Heinrich kannte. Sie hatten sich die Farm Wandsbeck gekauft, um Baumwolle anzupflanzen. Sie lag nur zwanzig Kilometer von Durban entfernt, doch es wehte immer eine kühle Brise, und es war weniger drückend.

Dort in Westville fand Thabisa ein Stück Land mit einer Rundhütte. Es lag in den Hügeln und bot einem wunderbaren Blick auf den Hafen und die Bucht. Es hatte einem alten Zulu gehört, der es seinen Kindern vererbte. Doch die wollten es verkaufen. Nach ein paar Gesprächen war man sich handelseinig. Thabisa wollte die Hütte abreißen und ein richtiges Steinhaus bauen. Nun musste der Kauf von der britischen Verwaltung bestätigt und eingetragen werden. Eine Formsache. Dachte er. Die Verwaltung hielt ihn hin. Sie erwarteten ein neues Gesetz, das solche Transaktionen regeln würde. Dann war das Gesetz da, aber sein Kauf wurde abgelehnt! Die Gegend um Westville war künftig als Wohngebiet für Weiße reserviert worden. Nichts zu machen. Aber er könnte sich im Landesinnern im ehemaligen Königreich Zululand ein Grundstück aussuchen, hatten sie ihm gesagt. Falls er in Durban arbeiten wollte, könnte er zwar nur am Wochenende nach Hause fahren, aber dafür kostete das Grundstück nur ein Zehntel des Preises.

Thabisa war außer sich vor Zorn. Er besprach die Sache mit Ellen. Die Vorfreude auf das neue Zuhause war erst einmal dahin. Später hörten sie, dass es anderen ähnlich ergangen war, und dass es Widerstand gegen die neue Politik gab. Gebildete Schwarze, Publizisten,

Anwälte und Lehrer hatten den African People's Congress gegründet, den APC. Sie wollten regelmäßig zusammenkommen, um ihre Probleme zu besprechen und Einfluss auf die Regierung der Union zu gewinnen. Was das genau war, wollten sie herausfinden.

Thabisa und Ellen waren in Eile. Sie fanden die Schule nicht, deren Aula der APC gemietet hatte. Dort fand eine öffentliche Versammlung zum Thema »Landgesetz für Eingeborene« statt. Mit Klebezetteln an Häuserwänden und Laternenpfählen hatten sie für rege Teilnahme geworben. Thabisa war skeptisch.

›Wie will ein frisch gegründeter Verein Einfluss auf die Regierung im fernen Kapstadt nehmen? Wie groß ist die Zahl ihrer Mitglieder? Ist der Verein im ganzen Land vertreten? Wer vertritt seine Interessen?‹

Da! Endlich hatten sie die Schule gefunden. Gerade rechtzeitig. Stühle wurden geräuschvoll gerückt. Sie fanden Plätze in der letzten Reihe. Von dort hatten sie einen guten Überblick. Alle setzten sich. Schleppend erstarb das Gemurmel. Auf der niedrigen Bühne saßen drei Männer hinter einem langen Tisch, alle Schwarze, in dunklen Anzügen, weißen Hemden mit Stehkragen und Krawatten. Der in der Mitte stand auf und begrüßte die Versammlung. Er stellte Rechtsanwalt Mandla vor, der neben im saß, und erteilte ihm das Wort. Mandla ging zum Rednerpult aus vier dünnen Beinen und einer schrägen Pultplatte. Er räusperte sich leise und legte eine Kunstpause ein. Es wurde nun völlig still.

»Freunde! Meine Damen und Herren.«
Kunstpause.
»Es ist genug! Wir protestieren!
Wir protestieren gegen das Landgesetz für Eingeborene.
Wir protestieren für unser Wahlrecht.
Wir protestieren gegen unsere Degradierung durch die Weißen.
Im Land unserer Ahnen sind wir Menschen zweiter Klasse!«
»Unerhört«, rief jemand dazwischen.

»Die Gründung des APC ist ein Signal an alle Menschen in unserem Land, gleich welcher Hautfarbe, Religion oder Sprache. Ein Signal an die Regierung der Union. Sie ist auch ein Signal an die Welt, an Europa und ganz besonders an Großbritannien. Das Signal heißt:

Wir sind keine Kolonie mehr, wir sind nun ein souveräner Staat im britischen Weltreich. Wir sind Partner von Australien, Neuseeland, Kanada und Neufundland. Mit diesen Partnerländern stehen wir auf einer Stufe und wollen uns künftig mit ihnen vergleichen.«

Er schlug mit der flachen Hand auf das Pult. Das Wasserglas schwankte gefährlich. Er nahm einen Schluck und stellte es auf den langen Tisch. Die Zuhörer schmunzelten.

»Wir wollen das Kapwahlrecht für Schwarze, die Land besitzen und einen Schreibtest absolviert haben, auch für Natal.«

Die gut hundert Zuhörer spendeten Beifall.

Thabisa hatte kein Wahlrecht. Den Schreibtest würde er ohne Schwierigkeiten bestehen, aber er besaß kein Land. Also würde er kein Wahlrecht bekommen.

»Wir wollen das *Natives Land Act* ändern, das Landgesetz für die Eingeborenen. Nur sieben Prozent der Fläche der Union stehen uns Schwarzen zum Kauf von Grundstücken zur Verfügung. Und diese sieben Prozent liegen verstreut im Landesinnern. Die Filetstücke an der Küste reißen sich die Weißen unter den Nagel. Ich bin empört!«

Wieder applaudierten die Zuhörer, alle gut gekleidet. Thabisa war enttäuscht.

›Dies ist die gebildete schwarze Mittelschicht, die für ihre Rechte kämpft. Und der Rest der Schwarzen? Die Mehrheit ohne Land? So einer wie ich? Haben wir nun auch noch eine Spaltung innerhalb der schwarzen Bevölkerung? Die einen mit Grundbesitz und die anderen ohne?‹

Mandla sprach von der Ankunft der Buren, später der Briten, ihre Gier nach den Bodenschätzen, dem Krieg der beiden Gruppen gegeneinander und die schließliche Einigung im Frieden von Vereeniging zu Lasten der nativen Bevölkerung. Der APC wollte Eingaben in Kapstadt und Pretoria machen und nach Großbritannien reisen, un in London mit der Führung des Commonwealth verhandeln, dessen Mitglied die Südafrikanische Union schließlich war.

»Unser Anliegen ist legitim. Wir brauchen eure Unterstützung, wir werden Unterschriften sammeln und alle aufrütteln. Es ist ermutigend, dass uns bereits Weiße beigetreten sind. Einer ist heute Abend unter uns. Würden Sie bitte aufstehen.«

Er wandte sich an einen Mann in der zweiten Reihe. Der erhob sich, ein baumlanger Mann mit blondem Haar und grauen Schläfen. An die sechzig. Es war Heinrich Cohrs.

»Ubaba!«

Thabisa sprang auf und lief nach vorn. Heinrich drehte sich herum, erkannte Thabisa, trippelte aus seiner Reihe auf den Seitengang und ging auf ihn zu. Die beiden Männer umarmten sich. Sie bemerkten nicht, dass jetzt alle aufgestanden waren, sie neugierig anstarrten und ihnen applaudierten.

3

Lüderitzbucht wurde ein voller Erfolg. Die gewonnenen Diamanten übertrafen die von Kimberley nicht nur in der Menge, sondern auch in der Qualität. Sie waren hell, hatten weniger Einschlüsse und waren durchweg als Schmucksteine verwertbar, die ausnahmslos im Reich weiterverarbeitet wurden. Dort war die Nachfrage groß. Die GDG erzielte gute Gewinne, da Frank Mendel mit fortschrittlichen Methoden arbeiten ließ und die Mechanisierung vorantrieb. Niemand musste mehr auf dem Bauch im Sand liegen und die Oberfläche mit bloßen Händen durchkämmen. Das übernahmen Maschinen und Anlagen. Die kleine Stadt blühte auf. Es wurde viel gebaut, das gesellschaftliche Leben entwickelte sich schnell. Was taten die Deutschen am liebsten? Sie gründeten Vereine. Man traf sich im Gesangverein, im Schützenverein, im Kegelverein. Ein paar Rheinländer hatten ihren Karnevalsverein. Man war auf dem neuesten Stand der Mode, der verfügbare Luxus wurde importiert, wie alltägliche Waren auch. In der Kolonie waren lokale Angebote nur sehr beschränkt.

In Kimberley hatten sich die verschiedenen Kapitalgesellschaften zu einem großen Konzern vereinigt, der deBoer Ltd. Ohne die gefürchtete deutsche Konkurrenz im Norden wäre das kaum geschehen. Deren Diamanten waren reiner und preiswerter. Gemeinsam wollte man versuchen, den lästigen Wettbewerb loszuwerden. Die GDG war ihnen ein Dorn im Auge. Mendel gelang es mehrfach, Übernahmeangebote an seine Aktionäre durch hohe Dividenden abzuwehren. Er selbst hatte im Lauf der Jahre ein Millionenvermögen angehäuft und dachte gar nicht daran, an deBoer zu verkaufen. Er war lieber ein kleiner König als ein großer Prinz.

Die treibende Kraft in Kimberley war der junge Ernst Grünzweig, ein Deutscher aus Hessen. Er hatte in London bei seinem Onkel das Handwerk des Zigarrenhändlers erlernt. Zum Ende des Burenkrieges war er nach Kimberley emigriert und dort in den Diamantenhandel gewechselt. Er wurde sehr bald in den Stadtrat gewählt und war mit zweiunddreißig Jahren Bürgermeister.

Indes verschärften sich in Europa die Spannungen. Die regierenden Monarchien rangen um die Vorherrschaft. Die Bündnispolitik lief auf

Hochtouren. Obwohl der deutsche Kaiser, der englische König und der russische Zar Neffen waren, hintertrieben sie sich gegenseitig. Der junge, ehrgeizige, eigenwillige, aber unsichere Wilhelm II. witterte überall ein Komplott. Die Spannungen zwischen den drei Ländern warfen Schatten voraus. Bis ins ferne Afrika. Mendel fürchtete sich vor allem vor dem Geltungsdrang des Kaisers. Er war überzeugt, dass sich die Union im Falle eines bewaffneten Konflikts in Europa auf die Seite der Briten stellen und Deutsch Südwest besetzen würde. Dann bekäme deBoer seine Firma umsonst. Denn militärisch war die Südafrikanische Union der kleinen Kolonie haushoch überlegen. Inständig hoffte er, dass sich die Staatsmänner friedlich einigen würden.

Dann wurde das Attentat in Sarajevo verübt, und es kamen die Mobilmachungen und die Kriegserklärungen. Fünf Wochen danach war es soweit. Das südafrikanische Parlament beschloss, an der Seite Englands an diesem Krieg teilzunehmen. Mit zweitausend Mann besetzten die Truppen der Union das Gebiet um Lüderitzbucht. Entlang der nach Mendels Plänen gebauten Bahnlinie stießen sie rasch ins Landesinnere vor. Die deutsche Schutztruppe war der Übermacht nicht gewachsen und übergab den Südafrikanern Lüderitz und das Diamantengebiet ohne Gegenwehr. Sie entließ ihre Reitpferde in die Freiheit der Wüste, wo sie allmählich verwilderten, die Soldaten verließen Südwest und schlossen sich der Schutztruppe in Deutsch Ostafrika an. Ein halbes Jahr nach Kriegsausbruch kapitulierte die deutsche Kolonie formell und wurde für den Rest des Krieges unter südafrikanische Militärverwaltung gestellt.

Ernst Grünzweig war ein weitsichtiger Mann. Längst hatte er der Verwaltung der Kapkolonie angeboten, dass die deBoer Ltd. im Falle einer Besetzung der deutschen Kolonie die GDG bis zum Ende des Krieges bewirtschaften würde. Danach würde man sich dem Beschluss der Friedensverhandlung beugen, was die Diamantensuche beträfe. Der Gouverneur stimmte erleichtert zu. Wer sonst hätte dies tun sollen? Grünzweig schiffte sich auf einem Truppentransporter ein und fuhr hinauf nach Lüderitzbucht. Er wollte nicht nur die Diamantenfelder besichtigen, sondern diesen kauzigen Mendel persönlich kennenlernen. Seinen Besuch hatte er zwar vorher angekündigt, doch der Empfang war kühl, eher beiläufig. Ein Angestellter begrüßte ihn. Er müsse leider warten, bis Herr Mendel wieder zurück wäre.

»Herr Mendel ist in Kolmannskuppe. Irgendwo in den Grabungen.«
»Können Sie ihn denn nicht holen lassen?«
Der Angestellte sah ihn entgeistert an.

›Mendel würde mir den Kopf abreißen, wenn ich ihn wegen eines Besuchers von der Arbeit holen würde. Auch wenn dies der große Grünzweig ist.‹

Er dachte kurz nach und hatte den rettenden Einfall.

»Wissen Sie was, reiten Sie doch einfach hin. Ich besorge Ihnen ein Pferd. Das findet den Weg allein.«

Grünzweig war kein guter Reiter. Aber er durfte sich jetzt keine Blöße geben. So geschickt wie möglich schwang er sich in den Sattel und überließ dem Pferd alles Weitere. Es trabte entlang der Bahnlinie und blieb schließlich wie auf Kommando bei einer Gruppe von Männern stehen. Zur rechten sah Grünzweig die Wohnhäuser der leitenden Angestellten, solide gemauert und verputzt, mit roten Ziegeldächern, felsigen Vorgärten und Verandas, die gegen Wind und Flugsand verglast waren. Er sah das Clubgebäude, das Kraftwerk, die Verwaltung, die Betriebsgebäude und die Unterkünfte für die Arbeiter. Da waren eine Schule und eine Schwimmhalle. Eine Stadt in der Wüste. Es fehlte an nichts.

Grünzweig stieg ab und ging unauffällig zur Gruppe. Die Männer unterhielten sich intensiv. Einer zeichnete mit einem Stock etwas in den Sand und gab Erklärungen. Mendel bemerkte den Besucher.

»Ja bitte?«
»Grünzweig. Ich suche Herrn Mendel.«

Die Unterhaltung stoppte jäh. Jetzt sahen alle neugierig auf den Besucher, der sein Pferd am Zügel hielt. Sie wussten alle, wer er war.

»Steht vor Ihnen. Sie sprechen Deutsch?«
»Ich bin Deutscher.«
»Moritz können Sie loslassen. Der läuft nicht weg.«

Er dreht sich zu seinen Männern.

»Tja, Leute. Hoher Besuch. Wir machen später weiter.«

Die Gruppe zerstreute sich.

»Kaffee?«

»Gern.«

»Da drüben.«

Er schnalzte Moritz. Das Pferd lief hinter ihnen her zum Clubhaus, wo die anderen Pferde warteten. Mendel musterte seinen Gast von der Seite.

›Ganz britischer Gentleman. Aber reiten kann der nicht. Falsch abgestiegen. Dem stehen Schirm und Melone besser.‹

Sie betraten die holzgetäfelte Bar.

»Krieg ist eine lästige Sache«, begann Grünzweig das Gespräch.

»Nicht, wenn man auf der Seite der Gewinner steht.«

»Im Krieg verlieren immer beide Seiten.«

»Schöner Versuch, Herr Grünzweig! Hier sind Sie der Gewinner. Ich habe bewusst nicht im Büro auf Sie gewartet. Vier Wände, ein paar Möbel und ein Vorzimmer, das kennen Sie ja. Hier draußen spielt die Musik. Leider zurzeit ein wenig *pianissimo*. Ihre Marine blockiert den Hafen. Und die Nachfrage ist zusammengebrochen. Aber überzeugen Sie sich. Sie bekommen eine intakte Anlage. Wir haben nichts sabotiert. Das ist nicht unsere Art. Es hängen zu viele Familien dran.«

»Heißt das, Sie fördern weiter?«

»Natürlich nicht. Wir fahren die Anlagen herunter und schicken die Leute nach Hause. Wovon sollen wir die Löhne bezahlen, wenn wir nichts exportieren können? Sie müssen das kennen. Auch bei Ihnen ist die Nachfrage stark rückläufig, wenn ich zutreffend informiert bin. Insofern stimme ich Ihnen zu. Im Krieg verlieren alle.«

»Ihre Diamanten sind zu hundert Prozent schmuckfähig, sehr hell und frei von Einschlüssen.«

»Nur kauft sie keiner.«

»Wie viel liegt hier noch?«

»Wir wandern jetzt schon nach Süden. In ein paar Jahren, sagen wir zwanzig, ist Kolmannskuppe erledigt. Dann suchen wir in Pomona, Elisabethbucht, Charlottenthal und Bogenfels. Sie sehen, die Suche nach Diamanten verlagert sich Schritt für Schritt an die Küste. Woher sie eigentlich stammen. Entlang der Küste lagern Unmengen. Hätte ich das früher gewusst ...«

Er sprach den Satz nicht zu Ende.

»Sie hätten den Markt übernehmen können. Sie hätten sogar die Firma deBoer aufkaufen können. Ich hatte das jedenfalls befürchtet. Sie waren uns eine äußerst lästige Konkurrenz. Wer konnte ahnen, dass Sie beim Gleisbau in der Wüste einen Diamanten finden würden. Das war schon ein bemerkenswerter Zufall. Wo ist eigentlich Ihr schwarzer Mitarbeiter, von dem ich hörte, dass *er* ihn fand? Schließlich hat er sein Handwerk bei uns in Kimberley gelernt.«

»Da muss ich Sie korrigieren. Seine Kenntnisse hat er von seinem Mentor, auch ein Deutscher. Der hat ihn in die Mineralogie eingeführt. Die zwei wissen mehr über Minerale als ich. Thabisa hat vorgezogen, nach Südafrika zurückzugehen. Der ist weg. Aber seien Sie beruhigt. Er hat ausgesorgt, wenn Sie das fragen wollten. Ich bin überzeugt, ihn generös abgefunden zu haben. Da kann ich ruhig schlafen. Leider habe ich den Kontakt zu ihm verloren. Ich weiß nicht einmal, wo er steckt.«

»Und Sie? Was werden Sie tun, wenn Ihr Deutsches Reich verliert? Den Krieg und diese Kolonie?«

»Sie versuchen, mich zu provozieren, Herr Grünzweig. Das können Sie getrost sein lassen. Es ist immer noch auch Ihr Reich. Und meine Meinung über unseren Kaiser behalte ich für mich. Nicht, dass Sie mich der Majestätsbeleidigung anzeigen können. Was den Krieg angeht, wäre mir ein baldiges Unentschieden am liebsten. So könnte ein Teil der Generation erhalten bleiben, die gerade im Stellungskrieg verheizt wird.«

»Haben Sie Kinder?«

»Nein. Ich habe auch keine Pläne für die nahe Zukunft. Ich werde abwarten. Aber ich werde versuchen, in diesem eigenartigen, großen, wunderschönen Land zu bleiben, wenn man mich nicht hinauswirft. Hier ist viel zu tun. Es gibt anderes als Diamanten. Dieses Geschäft ist für die kommenden Jahre uninteressant. Und wer weiß schon, was nach dem Krieg passiert?«

»Da können Sie Recht haben.«

»Sie sitzen, bildlich gesprochen, auf Ihrem Schlot in Kimberley. Dessen Ausbeute ist endlich. Irgendwann übersteigen die Kosten den Erlös. Dann müssen Sie einen neuen Schlot suchen. *The show must go on.* Sie werden Geologen ins Land schicken. Das kostet. Auch der ist eines Tages ausgebeutet, und so weiter. Bisher diktierten Sie die Preise, und wir machten das Geschäft mit unserem kostengünstigen Produkt in Ihrem Windschatten. Jetzt ist der Diamantenmarkt ein Käufermarkt. Die Preise fallen, die Erträge schwinden. Für mich ganz persönlich war die deBoer Ltd. immer schon ein Übernahmeobjekt. Die hat weltweit beste *connections* in die USA, nach Südamerika, Indien und Israel. Hochinteressant! Doch mit meinen Gesellschaftern war das nicht zu machen. Die orientierten sich am Ergebnis. Vor uns liegen viele Quadratmeilen diamanthaltiger Sand, den man kostengünstig bis auf den Basisfels abräumen kann, vor allem in Küstennähe bis direkt ans Meer. Das wollten wir ausbauen, um Sie mit unseren niedrigen Kosten auszuhungern. Jetzt wage ich mal eine Hypothese. Das Reich wird den Krieg verlieren, und die Kolonie wird auf irgendeine Art unter die Kontrolle Südafrikas geraten. Was würde ich wohl an Ihrer Stelle tun? Die einzig reelle Chance wäre das Monopol. Ich würde alle Länder mit Diamantenvorkommen durch Verträge als Lieferten an mich binden. Die verkaufte Menge an Steinen würde ich weltweit kontrollieren, um die Preise stabil zu halten. Die Vorräte würde ich für schlechte Zeiten in einem stabilen Land horten, zum Beispiel in England.«

Grünzweig erwiderte nichts. Jetzt kam ihm Mendel nicht mehr so kauzig vor, wie er ihn erwartet hatte. Er stand auf und ging zum Tresen der Bar.

»Ich sehe, Sie haben einen Château de Montifaud. Ich könnte jetzt einen gebrauchen. Und Sie?«

»Gute Idee.«

Mendel rief den Barmann.

»Was darf es sein, Herr Mendel?«

Seine makellosen Zähne blitzten im braunen Gesicht, die weißen Handschuhe waren auf dem Rücken verschränkt.

»Wilhelm, bring uns zwei Montifaud, bitte. Aber in den großen Schwenkern.«

»Selbstverständlich.«

Grünzweig lächelte.

»Was hat Sie belustigt, Herr Grünzweig?«

»Der Mann wäre in der vornehmsten Londoner Bar zu Hause. Und das in Lüderitz! Nennen Sie mich einfach Ernst.«

»Frank.«

»Ich habe nur über seinen Vornamen gelächelt, wie der geliebte Kaiser. Dazu spricht er akzentfrei Deutsch. Auf was trinken wir?«

Mendel dachte kurz nach, während er den Cognac langsam im Glas kreisen ließ.

»Auf die baldige Erholung des Diamantenmarktes.«

»Frank, Sie sind diplomatischer als der Ruf, der Ihnen vorauseilt.«

Ernst Grünzweig hatte bald ganz andere Sorgen. In die beständige Berichterstattung des zweiten Kriegsjahres platzte die Nachricht von der Torpedierung des englischen Passagierdampfers ›Lusitania‹ durch ein deutsches U-Boot. In der Union kam es deshalb zu Ausschreitungen gegen Deutsche. Grünzweig wurde zur Zielscheibe des Hasses und verließ Kimberley. Er ging nach England und erwarb die britische Staatsbürgerschaft. Sein deutscher Vorname wurde zu Ernest anglisiert. Ein Jahr später ging er nach Südafrika zurück, dieses Mal in die Goldstadt Johannesburg.

Da auf der ›Lusitania‹ auch Amerikaner ihr Leben verloren hatten, traten die Vereinigten Staaten in den Krieg gegen das Kaiserreich ein. Amerikanische Unternehmer fanden bald Interesse am weltweiten Rohstoffhandel der Engländer, besonders im südlichen Afrika. Mit der Unterstützung einer Großbank in den USA gründete Grünzweig die *British American Corporation*. Unter seiner Leitung wurde sie einer der berühmtesten Montankonzerne der Welt. Zwei Jahre nach Kriegsende kam die deBoer Ltd. in Schwierigkeiten. Grünzweig schnappte zu. Er kaufte die Firma und wurde ihr Chef. Jetzt kontrollierte er auch das Diamantengeschäft.

Die Übernahme von Mendels Firma durch die deBoer Ltd. geschah ohne größeres Aufsehen. In den Wirren der Nachkriegszeit gab es weltweit Wichtigeres. Mit mehr oder weniger Nachdruck wurden die Besitzer der GDG rasch davon überzeugt, ihre Anteile zu symbolischen Preisen zu verkaufen. Auch Mendel. Er arbeitete noch neun Jahre dort, zog sich aber dann aus dem Unternehmen zurück. Zu Thabisa hatte er nie wieder Kontakt.

Ernest Grünzweig nutzte die große Wirtschaftskrise geschickt. Der schwarze Freitag an der Wallstreet hatte nicht nur viele Amerikaner über Nacht arm werden lassen. Der Börsencrash hatte Auswirkungen auf die gesamte Weltwirtschaft. Der Handel mit Diamanten stürzte vollends in sich zusammen. Die Produktion wurde gedrosselt. Um die Preise nicht ins Bodenlose fallen zu lassen, kaufte er mit dem Geld der *British American Corporation* den weltweiten Diamantenmarkt leer und gründete die Zentrale Organisation für den Verkauf der Steine. Nun besaß er das Monopol und konnte die Preise und die verkaufte Menge bestimmen. Fast alle Diamanten der Welt wurden in London gehortet, darunter die Steine aus Kimberley und Lüderitzbucht. Die Händler nannten Grünzweigs Organisation boshaft *Das Syndikat*. Er war nun der Herr der Diamanten.

Thabisa wollte sich nicht mit dem geplatzten Kauf des Grundstücks in Westville abfinden. Er war immer noch wütend. Doch Zorn ist kein guter Ratgeber. Heinrich zog Rechtsanwalt Mandla ins Vertrauen. Der hatte die rettende Idee. Das Eigentum blieb in der Erbengemeinschaft, und die einigte sich mit Thabisa auf einen Pachtvertrag für neunundneunzig Jahre mit Vorkaufsrecht. Er vertraute auf das Besitzstandsrecht der Erben, wenngleich der Anwalt die Möglichkeit einer Enteignung der Erbengemeinschaft und die Zwangsumsiedlung Thabisas nicht völlig ausschließen wollte.

»Bei den Weißen ist man nie sicher, was sie als nächstes aushecken werden, um die besten Lagen in ihren Besitz zu bringen.«

Vorerst vertrauten sie auf ihre Proteste und ihre juristischen Eingaben und hofften auf die Einsicht des Parlaments. Schließlich war die Regierung für alle Bürger da, glaubten sie.

Thabisa baute. Die Stadt war zum Greifen nah. Von ihrer Terrasse hatten die drei eine wunderbare Aussicht auf den Hafen und die Bucht. So oft sie konnten, strollten sie dort umher und lernten viele Leute kennen. Johannes legte einen erstklassigen Schulabschluss hin. Als Belohnung luden Heinrich und Nandi alle zu einem Ausflug nach Hermannsburg ein. Vielleicht traf man alte Bekannte. Am besten wäre ein Sonntag. Da kämen alle zur Kirche. Er würde wieder einmal die Orgel hören und hoffte, sie hatten einen guten Kantor, der ein paar schöne Lieder mit dem Chor eingeübt hatte. Und sie wollten nach dem Gottesdienst Lucas' Grab besuchen. Johannes maulte zwar, mit der Kirche hatte er wenig im Sinn. Doch er tat seiner Familie den Gefallen.

Sie erlebten einen Schock. Seit drei Jahren durften Weiße und Schwarze nicht mehr zusammen beten und singen. In der schönen großen Peter-Paul-Kirche saßen nur noch Weiße. Für die Schwarzen war abseits eine kleine Holzkirche gebaut worden. Heinrich und Nandi hätten getrennt gehen müssen. Sie verzichteten auf den Gottesdienst und gingen gleich auf den Friedhof. Doch Lucas' Grab war nicht mehr da. Es gab einen neuen Friedhof nur für Schwarze. Lucas' sterblichen Reste waren umgebettet worden.

Heinrich passte den greisen Pastor Severin nach dem Gottesdienst ab. Doch der zuckte nur resigniert mit den Schultern.

»Ich konnte mich nicht dagegen wehren. Anordnung von oben.«

»Wie von oben ...«

»Nicht von *da* oben. Sondern von der Regierung. Man beruft sich auf eine Stelle im Fünften Buch Mose, hat sie aber falsch gedeutet.

In die Versammlung des Herrn darf kein Bastard aufgenommen werden; auch in der zehnten Generation dürfen seine Nachkommen nicht in die Versammlung des Herrn aufgenommen werden.

Glaube mir, ich habe gebetet, geflucht, gefleht, gehadert und versucht es abzuwenden. Du siehst, es hat nicht geholfen. Die Menschen hier sollen sich nicht vermischen. Mir persönlich ist das egal. Glaubt man den Anthropologen, waren die ersten Hominiden schwarz und nicht weiß. Aber sie waren Menschen, und sie stammten aus Afrika. Wir sollten wenigstens gemeinsam unseren Schöpfer anbeten dürfen. Aber nein! Hier wird unser Glaube für weltliche Macht missbraucht. Nur Weiße dürfen an die Fleischtöpfe. Es ist zum Kotzen. Entschuldigt den Ausdruck.«

Gebeugt auf seinen Gehstock gestützt drehte er sich um und ging ohne ein weiteres Wort davon.

Sie fuhren bedrückt nach Hause. Keiner sprach. Thabisa war jetzt fest entschlossen, dem APC beizutreten. So konnte es, so durfte es mit seinem Land nicht weitergehen. Er wollte etwas bewegen.

»Was liest du da? Das Buch und du, ihr seid ja unzertrennlich.«
Ellen sah Johannes über die Schulter.
»Mama, davon verstehst du nichts. Das ist über die Theorie des Tauchens. Tauchphysik, Druckausgleich, Dekompressionskrankheit, Grundzeit, Risiken, Ausrüstung und so.«
»Und wozu brauchst du das?«
»Morgen ist Prüfung. Wenn ich die nicht vermassele, beginnen die praktischen Übungen im Becken. Ich werde Taucher. Die haben mich schon medizinisch getestet. Das war ein Klacks. Aber das hier …«
»Davon weiß ich ja gar nichts.«
»Ich wollte dich nicht beunruhigen. Alle glauben, das Tauchen sei gefährlich. Aber das stimmt nicht. Es ist sicherer als Autofahren oder Reiten, sagen die. Wenn man alles richtig macht.«
»Wer sind die?«
»Ich habe im Hafen einen Typen kennengelernt, der ist Chef einer Firma für Unterwasserarbeiten. Reparaturen, Inspektionen, Bergungen. Ich fand das interessant und habe ihn mit Fragen gelöchert. Dann sagte er, warum fängst du nicht bei uns an. So kam das. Und sie zahlen gut.«

Nachdenklich ging sie und ließ ihn weiterlernen.
›Ausgerechnet Taucher …‹

Er hatte Freude an seiner Arbeit. Jeder kannte jeden in der Firma, die Stärken und Schwächen der Kollegen und ihre Leistungsfähigkeit. Sie respektierten sich und teilten die Aufträge geschickt untereinander. Der Chef war selbst Taucher und ging mit ihnen hinunter. Er zahlte nach Leistung, und Johannes verdiente gut. Er war während der Jahre zu einer tragenden Säule des Geschäfts geworden. Die Firma erzielte gute Renditen.

»Leute! Ein Anruf vom Hafenmeister. Da humpelt heute ein Schiff in den Hafen. Bei dem ist der Propeller kaputt. Wahrscheinlich ist der auf ein im Meer treibendes Hindernis gefahren. Jetzt haben sie eine Unwucht in der Antriebswelle. Wir sollen den Propeller auswechseln. Ersatz hat er an Bord. Das Dock ist für Wochen besetzt, und er hat es eilig. Also müssen wir ran. Wechsel unter Wasser.«

Der Chef hatte seine Leute zusammengetrommelt. Routiniert gab er seine Anweisungen.

»Ich habe einen Kran bestellt. Wir fahren unter das Heck. Dann hängen wir den Propeller ein. Jack und Piet, ihr bleibt an der Pumpe. Johannes, du gehst mit mir runter. Wir hängen ihm an den Kran, lösen den Kerl vom Wellenende, schieben ihn zum Heck, und der Kran zieht in hoch.«

Auf ihrem Werkstattboot sprachen sie alle Einzelheiten ab, dann wurden die schweren Helme der beiden Taucher verschraubt und die Luftzufuhr geprüft. Sie wurden hinabgehievt. Das Hafenwasser war nur leicht getrübt. Die Sicht war gut. Nach einer halben Stunde hing der Propeller frei in den Seilen des Krans. Der Chef gab das vereinbarte Zeichen zum Anheben. Sie mussten ihn nach hinten bewegen, um ihn am Heck vorbei nach oben zu ziehen. Johannes sah aufmerksam durch das kleine Helmfenster auf die Handzeichen des Chefs.

Doch was war das? Seine Bewegungen wurden langsamer, dann hingen seine Arme schlaff herunter. Der Chef war in Gefahr! Er müsste jetzt an dessen Signalleine das Notzeichen geben, damit sie ihn hinaufzögen. Aber das würde mit der Winde viel zu lange dauern. Er sah nach oben. Beim Bewegen des Propellers hatte sich sein Luftschlauch zwischen dem Seil und dem Schiffsrumpf abgequetscht. Das konnten sie oben nicht sehen. Er bekam keine Luft mehr. Sich selbst hinaufziehen zu lassen, um den Schlauch zu befreien, brauchte zu viel Zeit. Er musste handeln! So schnell er konnte, ruderte er schwerfällig in seinem plumpen Anzug hinüber und hielt sich an ihm fest. Dann öffnete er die Schnalle am Gürtel mit den Bleigewichten, zuerst beim Chef, dann seinen eigenen. Der Auftrieb brachte sie schnell an die Oberfläche. Dort gab er den verdutzten Jack und Piet das Zeichen, ihn sofort ins Boot zu ziehen.

Jetzt sahen auch sie, was geschehen war. Der Luftschlauch spannte sich vom Helm zum Schiffsrumpf. Sie nahmen seinen Helm ab und begannen mit der Wiederbelebung. Während sein Chef endlich den Sauerstoff gierig in die Lungen zog, war Johannes mit einem Ersatzgürtel schon wieder unten und ließ den Propeller zum Heck führen und aus dem Wasser heben. Er barg die beiden Bleigürtel vom Grund des Hafens und ließ sich an Bord ziehen. Der erste Teil des Auftrags war erledigt. Er ließ den Ersatzpropeller aus der Halterung lösen und wies Piet van Burg an, in seinen Anzug zu steigen und den Helm aufzuschrauben. Sie senkten den Ersatzpropeller ins Wasser und steckten ihn auf das Wellenende. Johannes hatte beobachtet, wie der Chef die Sicherungen gelöst hatte. Er wusste, wie es funktionierte und setzte den Propeller fest. Der Chef hatte sich inzwischen erholt und konnte in einem kurzen Tauchgang die Arbeit überprüfen. Der Frachter war auslaufbereit.

Erschöpft und zufrieden erreichten sie ihren Anleger. Sie räumten auf, hängten die Tauchanzüge zum Trocknen, rollten die Seile auf und machten ›Klar Schiff‹, wie es ihnen beigebracht worden war. Noch ein prüfender Blick, und sie kletterten die Stahlsprossen an der Kaimauer hinauf. Dort rief der Chef seine Männer im Büro zusammen.

»Schluss für heute! Jetzt brauche ich einen Schnaps. Männer, wir haben zwei Gründe, einen zu heben. Erstens, ihr habt mich gemeinsam ins Leben zurückgeholt wie richtige Kumpel. Dafür meinen Dank. Der zweite, Johannes hat sich heute den Meisterbrief verdient. Er hat den Propeller selbständig auf die Welle gesetzt. Gute Arbeit, Mann. Meinen herzlichen Glückwunsch! Du bist der erste schwarze Tauchmeister in Durban. Ihr bekommt alle einen Bonus für die heutige Arbeit. Ich habe einen guten Preis vom Kapitän verlangt. Der kann morgen wieder auslaufen. Hatte er nicht erwartet. Er hat sofort bar bezahlt, hier ist euer Anteil. Noch mal Danke.«

Zufrieden und ein wenig stolz steckten sie die Scheine ein. Nächste Woche würde Johannes sein Meisterdiplom in den Händen haben und Thabisa und Ellen zeigen.

So einvernehmlich wie bei den Tauchern ging es nicht überall im Land zu. Die Willkür der Unternehmen hatte zugenommen. Das Leben wurde immer teurer, aber die Löhne hatten nicht Schritt gehalten. Am Ende zahlten sie Hungerlöhne. Das hatte zur Verarmung der Arbeiter aller Hautfarben geführt. Wie in der Goldstadt Johannesburg war es auch in Durban immer wieder zu Streiks gekommen. Wiederholt war die Arbeit niedergelegt worden, auf den Straßen wurde demonstriert. Die Gewerkschaften waren noch jung und schlecht organisiert, und eine Verhandlungskultur gab es nicht. Am Ende wurden die Demonstrationen meistens durch das Militär auseinandergetrieben. Ein unhaltbarer Zustand! Als Gegenmittel erließ die Regierung ein Schlichtungsgesetz für die Tarifpartner und zwang sie auf diese Weise zu Verhandlungen. Die Schwarzen waren allerdings hiervon ausgeschlossen. Sie galten nicht als tariffähig.

Dann entwickelten der Ministerpräsident und sein Arbeitsminister die *Civilized Labour Policy*, die ›Politik für Zivilisierte Arbeit‹. Nicht die Arbeit war das hohe Ziel der Differenzierung zwischen zivilisiert und unzivilisiert. Gemeint waren vielmehr die Menschen, die sie verrichten. ›Unzivilisierte Arbeit‹ waren von da an die Tätigkeiten von Menschen, die ein Leben ›barbarischer und unterentwickelter‹ Personen führten. Bezahlt werden sollte nach dieser Politik nicht die Leistung, sondern der aus dem Lebensstil entstehende Anspruch. Gleiche Arbeit musste unterschiedlich vergütet werden, wenn sie von Menschen verschiedener Hautfarbe ausgeführt wurde. Die Regierung hatte die Tarifhoheit an sich gerissen und versuchte, die Lohnfindung bürokratisch zu lösen.

Zu diesem Zweck wurden alle Bürger klassifiziert. Jeder, der in Südafrika lebte, bekam einen Ausweis mit einem Eintrag seiner Rasse.

Weiß, Farbig, Asiatisch und Bantu. Auch die Ausländer. Als nächstes wurde der *Job Reservation Act* erlassen, ein Gesetz, das tausende von Tätigkeiten in Industrie, Handwerk und Verwaltung den vier Rassen zuordnete, ein Monstrum an Papierkrieg. Die beiden Maßnahmen sollten zusammenpassen wie zwei Zahnräder. Die Betriebe kamen in arge Verlegenheit. Hunderttausende mussten umgesetzt, neu angelernt oder entlassen werden. Galt bisher das Prinzip von Leistung, Lernfähigkeit und Intelligenz, war es jetzt die Hautfarbe.

An Johannes' Horizont türmten sich dunkle Wolken. Der Beruf des Tauchers war nach den neuen Regeln nur Weißen vorbehalten. Doch seinen Chef kümmerte das wenig. Alles lief weiter wie bisher. Bis Piet van Burg an seinen Chef herantrat.

»Ich muss dich sprechen.«

»Schieß los!«

»Nicht hier. Können wir ins Büro gehen?«

»Was tust du so geheimnisvoll? Hast du ein privates Problem?«

Sie traten ins Büro, Piet schloss die Tür.

»Ich lasse mir von Johannes kein Aneisungen mehr geben.«

»Der ist nun mal Meister. Ein guter Taucher.«

»Er ist aber schwarz, und ich bin Weißer.«

»Na und? Spielt das eine Rolle? Hier geht es nach Erfahrung und Leistung. Du kannst ja auch Meister werden. Sammle Erfahrung und bring Leistung. Mach die Prüfung bei unserer Kammer und du bist Meister, bevor du sagen kannst: *Happy holiday in Honolulu*. Aber bisher hast du mir nicht gezeigt, dass du genug Pfeffer in der Hose hast, oder genug graue Zellen zwischen den Ohren. Allein du hast es in der Hand, Piet. Du bist ein guter Taucher, aber als Meister trägst du auch Verantwortung für andere, vergiss das nicht.«

»Ich habe gestern eine Versammlung der Gewerkschaft besucht. Da haben sie über die neuen Regeln geredet. Johannes darf nicht Taucher sein. Schon gar nicht Meister, der Weißen Anordnungen geben darf.«

»Ich habe ein Geschäft zu führen, Aufträge ranzuholen und eure Löhne und die Steuern zu zahlen. Was die Gewerkschaft denkt, ist mir egal. Die tragen keine Verantwortung für mich. Die zahlen auch meine Steuern nicht.«

»Das ist das Gesetz, Chef. Haben sie gesagt.«

»Was willst du? Willst du mehr Geld? Oder drohst du mir mit einer Anzeige?«

»Vielleicht.«

»Willst du, dass ich Johannes rausschmeiße?«

Piet van Burg zuckte nur mit den Schultern.

Der Chef hatte sehr wohl von den neuen Regeln gehört und gehofft, das beträfe nur die Zukunft, und die jetzigen Zustände hätten Bestand. Dass das Problem so schnell auf ihn zukäme, hatte er nicht erwartet. Er wurde langsam ärgerlich. Er hatte nicht die Absicht, einen guten Mann zu verlieren, nur weil der die falsche Hautfarbe hatte.

»Weißt du, was wir jetzt machen? Ich kümmere mich um meine Angelegenheiten und du dich um deine. Und jetzt nichts wie raus hier. An die Arbeit!«

Piet van Burg verließ das Büro, sichtlich unzufrieden,

Zwei Wochen später kam ein Inspektor des Arbeitsministeriums in den Betrieb und bestand auf Einhaltung der neuen Vorschriften. Bei Zuwiderhandlung drohte er mit Schließung.

›Piet ist ein Rindvieh‹, dachte der Chef und handelte. Er verlor zwei Taucher. Er kündigte beiden. Piet van Burg hatte seinen Ruf in der Branche ruiniert. Er fand Arbeit auf einer Baustelle. Johannes Nkumalo war mit fünfundzwanzig Jahren arbeitslos und durfte innerhalb der Union seinen Beruf nicht mehr ausüben.

Heinrich und Nandi hatten die Familie zu sich eingeladen. Sie wohnten in Durban Nord an der Blauen Lagune, der Mündung des Umgeni. Thabisa und Ellen waren schon dort, Kaffeetassen in den Händen, als Johannes vor der Tür stand.

»Komm rein! Warum so zögerlich?«

Er trat einen Schritt zur Seite. Hinter ihm stand noch jemand.

»Ich möchte euch Jabulani vorstellen.«

Thabisa fand als erster die Sprache wieder.

»He, mein Sohn. ich dachte, du würdest ewig Junggeselle bleiben. Ich glaubte, du würdest lieber wegtauchen, als dich den Frauen zu stellen. Wie hast du das geschafft, Jabulani, den an Land zu ziehen? Und gleich Nägel mit Köpfen! Gratuliere.«

Er schaute ungeniert auf die sanfte Wölbung ihres Bauches.

»Komm, Papa. Du warst auch nicht der Schnellste. Gut Ding muss Weile haben. Deine Worte.«

Jabulani trat hinter Johannes ins Haus.

»Ich freue mich, euch endlich kennenzulernen. Johannes hat mir so ziemlich alles über euch erzählt.«

»Auch die guten Dinge?«

»Nur die guten.«

Nandi umarmte Jabulani. Ihr kurz geschnittenes Kraushaar war schneeweiß, aber in ihrem faltigen Gesicht leuchteten noch immer zwei jugendliche Augen. Heinrich lehnte seinen Gehstock an die Wand, ging auf Jabulani zu und drückte sie vorsichtig.

Jabulani drehte sich herum.

»Und du musst Ellen sein, aus Mafikeng.«

»Ich freue mich für dich, dass du ihn bei dir hast, wenn das Kind kommt. Der da hat sich aus dem Staub gemacht.«

Sie stieß Thabisa in die Rippen.

»Aber er ist entschuldigt. Als er Mafikeng verließ, wussten wir es beide noch nicht. Und ich wusste damals nicht, ob ich den Kerl jemals wiedersehen würde.«

Sie hatten völlig übersehen, dass außer ihnen noch jemand im Raum war. Er stand zurückhaltend, fast scheu am Fenster. Heinrich ergriff seinen Arm und zog ihn in die Mitte.

»Bevor wir uns alle setzen, möchte ich euch Xavier Patel vorstellen. Er ist Kaufmann und hat beste Beziehungen nach Bombay. Er kennt sich mit Diamanten aus. Er ist vertrauenswürdig und schweigsam. Ihr wisst, dass in Amerika und Europa eine arge Wirtschaftskrise tobt. Die Zeiten sind schlecht und die Preise auch. Er kann euch beraten, wenn ihr wollt. Xavier muss wieder gehen, er wird nicht mit uns essen. Er zieht die Indische Küche der der Zulus vor. Nandi hat nämlich für uns gekocht.«

Patel, im dunklen Anzug mit Krawatte, reichte ihnen Visitenkarten. Thabisa vereinbarte gleich einen Termin mit ihm.

Dann sagte er, »ist euch etwas aufgefallen?«

Er deutete in die Runde.

»Nach der neuen Farbenlehre unserer glorreichen Regierung ist hier die ganze Nation vertreten. Heinrich ist der Weiße, Ellen die Farbige, Mister Patel der Asiat, und wir anderen sind der schwarze Rest. Wir stehen hier locker herum und unterhalten uns frei und ungezwungen. Kann das in unserem schönen, verfluchten Land nicht überall so sein?«

Nandi begann zu weinen, Heinrich sah zu Boden, Patel war das sichtlich unangenehm. Er verabschiedete sich beinahe hastig.

»Was ist los? Habe ich was Verkehrtes gesagt?«

Heinrich begleitete Patel zur Tür. Dann setzten sie sich alle um den gedeckten Tisch. Nandi schluchzte. Johannes bohrte nach.

»Nandi, habe ich dich irgendwie verletzt? Wenn ja, dann tut es mir unendlich leid.«

»Nein. Du kannst nichts dafür.«

Heinrich berichtete. Er war angezeigt worden, weil er mit einer Schwarzen zusammenlebte. Er war zu einer gerichtlichen Anhörung zitiert worden. Er wurde zwar nur verwarnt, aber dann hatten sie seine Aufenthaltsgenehmigung eingezogen, und er hatte das Land innerhalb von drei Monaten zu verlassen. Er hatte noch immer seinen deutschen Pass, und sie waren nicht verheiratet, aus Respekt vor Lucas. Nach der Meinung des Richters war er Junggeselle, und Nandi prostituierte sich.

»Ich darf Südafrika nur noch als Tourist besuchen.«

Alle schwiegen betreten. Johannes sah seine Großeltern an.

»Was macht ihr jetzt?«

»Wenn ich hierbleibe, werden sie mich verhaften. Dann werde ich vor Gericht gestellt und wegen illegalen Aufenthaltes und sexueller Beziehung zu einer Person einer anderen Rasse verurteilt. Dann bin ich hier vorbestraft. Sie werden mich zwangsweise abschieben, und ich bekomme ein lebenslanges Einreiseverbot. Das haben sie mir gesagt. Berufung gibt es nicht.«

»Und du, Nandi? Gehst du mit?«

»Ich bin fünfundsiebzig. Einen alten Baum verpflanzt man nicht. Meine Gesundheit ist nicht die beste, und Deutschland ist mir zu kalt. Dort bin ich fremd, obwohl ich die Sprache spreche. Ich gehe zurück nach Hermannsburg. Dort will ich meine letzten Tage verbringen.«

Die Stimmung war umgeschlagen. Keiner rührte einen Bissen an.

Heinrich sprach noch einmal.

»Außerdem wissen sie von meiner Mitgliedschaft beim APC. Sie haben mir deutlich gesagt, dass ihnen das nicht passt. Vielleicht ist das sogar der Hauptgrund.«

»Das sind ja traurige Nachrichten, die ihr uns auftischt. Dagegen ist mein Erlebnis geradezu harmlos. Ich bin meinen Job als Taucher los, weil ich nicht weiß bin. Ich muss mir andere Arbeit suchen. Eine, die ich noch ausführen darf. Toll, nicht? Was ist denn mit euch, Papa? Darfst du mit Ellen zusammenleben?«

»Ich darf nicht mal mit ihr schlafen. Es sei denn, sie lässt sich als Schwarze reklassifizieren. Dann geht das.«

»Kommt nicht in Frage. Ich bin Griqua, und ich bleibe es.«

»Seht ihr? Da geht es schon los. Aber bei uns sind sie nicht so scharf. Die Weißen sind das Problem. Die Regierung hat Angst, dass sie sich im Laufe der Zeit mit schwarzem Blut durchmischen. Dann geht ihnen die weiße Hautfarbe verloren. Was auch immer deren Vorteil sein mag. Das größte Problem sind die armen Weißen ohne Ausbildung und ohne Grips im Kopf. Die würden ihre gut bezahlten Jobs verlieren. Mancher Schwarze oder Farbige könnte ihnen die Arbeit wegnehmen, weil sie einfach besser sind. Ich kann euch ein Lied davon singen. Mein ehemaliger Kollege Piet van Burg ist das beste Beispiel. Der bringt es nie zum Tauchmeister, will sich aber von mir nichts sagen lassen.«

»Es ist zum Kotzen«, sagte Heinrich.

»Mir ist der Appetit vergangen. Jetzt trinken wir alle einen Schnaps außer dir, Jabulani. Und dann stürzen wir uns auf Nandis Essen. Sie hat sich viel Mühe gegeben. Wie das duftet! Köpfe hoch! Das Leben geht weiter.«

Heinrich versuchte, Optimismus zu verbreiten.

»Auf uns! Und auf euer Baby.«

»Auf die Nkumalos und den alten Heinrich Cohrs, der immer zu uns gehalten hat!«

Nach der zweiten Runde hob sich die Stimmung. Sie machten sich über Nandis Köstlichkeiten her.

»Was hast du genau vor, Johannes«, wollte Heinrich wissen.

»Erst einmal auf den Jungen warten.«

»Woher willst du wissen, dass es ein Junge wird?«

»Ich weiß es einfach. Ich habe da so einen Knubbel gespürt.«

»Das war ein Fuß«, widersprach Ellen.

»Embryos kriegen doch noch keinen hoch, Mann.«

»Nkumalos schon«, scherzte er zurück.

»Angeber.«

»Mama, du darfst einen Namen vorschlagen.«

»Ich? Du machst mich verlegen.«

Jetzt drängten sie alle, einen Vorschlag zu machen. Nandi dachte lange nach.

»Darf es ein biblischer Name sein? Dann hätte ich etwas für euch. Ihr müsst ihn nicht nehmen, wenn er euch zu religiös oder provokativ erscheint. Etwas Besseres fällt mir so schnell nicht ein.«

»Raus mit der Sprache.«

»Im Alten Testament wird ein Hohepriester Pinchas erwähnt. Der Name kommt aus dem Ägyptischen und heißt ›der Nubier‹. Also ein Afrikaner. Er hat im Zorn ein Pärchen gemischter Religion töten lassen. Bei der Übersetzung vom Hebräischen ins Griechische wurde Phineas daraus. Und nun kommt die Provokation. Die Vertreter der ›Weißen Überlegenheit‹ in den USA verwenden den Namen für den von ihnen gegründeten ›Phineas Priesterbund‹, dessen Zorn sich gegen die Schwarzen richtet. Wir drehen den Spieß um und bringen unserem Zorn gegen die Weißen zum Ausdruck. Ich weiß, es mutet an wie ein Tiger mit Gummizähnen. Aber ein besserer Name fällt mir nicht ein.«

Heinrich schaltete sich ein.

»Ist ja nur ein Vorschlag. Ihr habt noch viel Zeit. Aber du hast meine Frage nicht beantwortet. Was machst du, wenn das Baby da ist?«

»Papa hat mir viel von Lüderitzbucht erzählt.«
Thabisa blieb der Bissen im Hals stecken.
»Du willst doch nicht etwa in dieses Wüstenkaff.«
»Ich habe mich erkundigt. Seitdem die Südafrikaner die GDG übernommen haben, wurde der Betrieb eingestellt. Die Kosten sind zu hoch, es lohnt sich nicht für sie. Keiner kauft Diamanten, keiner außer der Firma von Grünzweig, deBoer in Johannesburg. Der scheint die Steine für bessere Zeiten zu horten.«
»Und was willst du da?«
Thabisa sah seinen Sohn mit großen Augen an.
»Tauchen.«
»Das glaube ich nicht.«
»Du hast mir von diesem Mendel erzählt und seiner Theorie, dass die Steine vom Oranje ins Meer gespült wurden. Die größten und schwersten sacken auf den Meeresgrund. Richtig?«
Thabisa nickte stumm.
»Die warten doch nur darauf, nach oben geholt zu werden. Ich habe gehört, dass die GDG Konzessionen an Taucher erteilt hat, unter der Bedingung, dass sämtliche getauchten Diamanten ausschließlich an sie abgeliefert werden. Ein paar Fischer haben ihre Kutter schon lange umgerüstet. Jetzt suchen sie händeringend Taucher. Ich bin einer. Erst einmal fahre ich dorthin und sehe mir die Sache an. Lohnt es sich nicht, bin ich ganz schnell wieder hier. Ist die Sache sauber, nehme ich an. Dort bin ich jemand. Hier bin ich ein Nichts.«
Alle sahen jetzt Jabulani an.
»Was sagst du dazu?«
»Ich stehe dahinter. Sobald ich mit dem Baby allein zurechtkomme, kann Johannes fahren. Glaubt ihr, dass er als Hilfsarbeiter arbeiten sollte mit seinem Meisterbrief? Er kann sowieso nicht still herumsitzen. Er würde mir nur auf die Nerven gehen. Ich lasse ihn für drei Monate gehen. *Absence makes the heart grow fonder.* Dann kommt er vier Wochen zurück, und wir machen uns eine schöne Zeit. Wo ist das Problem? Ich wohne bei meinen Eltern in Umlazi. Die freuen sich schon auf das Kind. Johannes mögen sie sehr und sind ganz für uns da.«
Dann schmunzelte sie und sah auf ihren Bauch.

»Wenn du größer bist, Phineas, besuchen wir Papa, nicht wahr?«
Damit war das Thema für alle erledigt. Da saßen zwei, die sehr wohl wussten, was sie wollten.

Heinrich saß gedankenverloren am Tisch.

›Meine kleine Familie. Schon wieder ist einer von dem verdammten Diamantenfieber angesteckt worden. Der Dritte in Folge. Und ich muss sie verlassen. Das ist einfach nicht gerecht!‹

Nandi lehnte sich an seine Schulter.

»Woran denkst du?«

»An Max«, log er.

»Und an die Schottsche Karre. Und wie du Lucas nachgewunken hast, als wir nach Kimberley aufbrachen, das es noch gar nicht gab. Ich wünschte damals, dass mir auch jemand nachgewunken hätte.«

»Das ist so lange her, mein Heinrich.«

»Ja. Ein ganzes Leben.«

»Ich bin müde.«

Der kleine Phineas krähte fröhlich strampelnd auf Heinrichs Arm. Seine winzige Hand umklammerte dessen Zeigefinger und zog daran. Er wollte sich aufrichten. Alles um ihn herum war so aufregend. Die vielen Menschen, die Sirenen der Schlepper, die Geräusche des Hafens, das große Schiff. Seine neugierigen Augen wollten alles aufsaugen. Nandi war eine gebrochene Frau. Ihr Gesicht war tränenüberströmt. Thabisa und Johannes hatten ernste Mienen. Ellen und Jabulani mussten an sich halten, nicht auch zu heulen. Heinrichs Werkzeug, die Schaufel, die er damals in Kimberley benutzt hatte, und seine Habe waren bereits im Bauch des Frachters verstaut. Er hielt seinen Reisepass und die Passage in der Hand und näherte sich dem Schalter. Thabisa umarmte ihn.

»Ich bleibe bei Mutter, so lange sie mich braucht. Ellen geht erst einmal nach Kokstad.«

»Das ist gut. Ich danke dir, mein Junge.«

»Alles Gute, Ubaba.«

Johannes kam dazu.

»*Hamba kahle*, Opa. Lass es dir gut gehen.«

Lange hielt er Nandi im Arm.

»Nun geh schon, Heinrich. Es tut so weh, dich gehen zu sehen. Hier drin bleibst du für immer.«

»Leg bitte Blumen von mir auf Lucas' Grab.«

Sie sahen zu, wie sie die Trossen losmachten und der Schlepper das Schiff in die Fahrrinne bugsierte. Langsam wurde Heinrichs greise Gestalt an der Reling kleiner und verschmolz schließlich mit dem Frachter, der unerbittlich dem Meer zustrebte.

Nandi kehrte nicht mehr in das Haus am Umgeni zurück, in dem sie viele Jahre mit Heinrich gelebt hatte. Dort würde sie die Trauer über seine Ausweisung nicht ertragen. Sie wollte die verbleibende Zeit in ihrer Hütte in Hermannsburg verbringen, wo sie und Heinrich damals zueinander gefunden hatten. Auf Thabisas Arm gestützt ging sie oft spazieren und sah über die grünen Hügel Natals.

»Ich habe zwei Männer geliebt. Lucas liegt dort unten auf dem Friedhof, und Heinrich ist unerreichbar weit fort. Hier schließt sich mein Lebenskreis. Nun bin ich endgültig angekommen. Gugu und Zithembe schreiben mir regelmäßig aus Johannesburg, ich bin froh, dass es ihnen gut geht. Erinnerst du dich, wie wir fünf mit den bunten Steinchen spielten?«

»Du konntest so schön singen.«

Seit Heinrichs Abreise fühlte sie ihren Lebenswillen langsam aber stetig schwinden. Wenig später zog sie sich eine Erkältung zu, die sich zur Lungenentzündung entwickelte. Fieberschübe schüttelten sie. Sie wurde Tag zu Tag schwächer. Der weiße Arzt aus Hermannsburg hatte ihr Medikamente verschrieben, doch am Ende war er machtlos.

»Sie hat keine Widerstandskräfte mehr. Es geht zu Ende.«

Thabisa saß an ihrem Bett. Sie winkte ihn näher zu sich heran. Ihre Stimme war unendlich leise.

»Unter dem Bett, am Kopfende unter den Dielen, liegt eine kleine Schachtel. Hol sie mir bitte und öffne sie.«

Er hob die Diele an und fischte die Schachtel heraus.

»Das ist Lucas' Diamant, den er von Heinrich bekommen hat. Den verkaufst du und schickst Phineas auf die Universität Fort Hare. Das ist mein Wille. Und die anderen hat er mir überlassen, damit ich sorglos leben kann. Meine Hälfte. Seine hat er mitgenommen. Nimm sie an dich. verkaufe das Haus am Umgeni und teile den Erlös mit Gugu und Zithembe. Seine Mineraliensammlung hat er mitgenommen, er will sie drüben den Hermannsburgern stiften. Er sagte etwas von Wiedergutmachung für sein Ausscheiden als Missionar.«

Nandi war erschöpft und schlief ein. Am nächsten Morgen fand Thabisa sie tot im Bett. Eine Woche später wurde sie auf dem Friedhof für Schwarze neben Lucas begraben. Sie hatten die Grabstelle für sie freigehalten.

Drei Monate war Thabisa in Hermannsburg geblieben. Zuletzt hatte er Nandis Hütte verkauft. Das Kinderbett, das Heinrich für ihn gebaut hatte, nahm er für Phineas mit. Es lag zerlegt und verpackt auf dem Dach des Busses beim Gepäck der anderen Reisenden. Er war auf dem Weg zu seinem Haus in Westville.

Er war ausgestiegen und ließ sich sein Gepäck vom Fahrer auf dem Dach herunterreichen. Ein merkwürdiger Geruch hing schwer über der Gegend. Es roch nach Staub, Bauschutt und Dieselqualm. Das sonore Brummen einer Planierraupe war hinter den Bäumen zu hören. Er dankte dem Busfahrer und nahm den Fußweg zu seinem Viertel.

›Endlich bauen sie die geplante Straße.‹

Er ging unter den Bäumen hindurch wie immer. Zuerst musste er dem Trampelpfad folgen, dann links. Bald konnte man das Meer sehen. Dann rechts. Jetzt war der Blick frei. Aber sein Viertel tauchte nicht auf. Vor ihm lag eine flache, trostlose Wüste aus Schutt und Dreck. Hier und da ragten die Reste von Fundamenten heraus. Die Luft war von Staub geschwängert. Er sah sich um. Keine Menschenseele weit und

breit. Die Planierraupe hatte aufgehört zu brummen. Der Fahrer hatte sie abgestellt und Feierabend gemacht. Verlassen stand sie da.
›Dies ist nicht die Siedlung. Bin ich falsch ausgestiegen?‹
Nirgendwo jemand, den er fragen könnte. Als hätte hier nie jemand gewohnt. Er stellte seine Sachen ab und suchte die Stelle, an der sein Haus stand. Auch das hatten sie demoliert. Deutlich sah er die Reste der Gartenmauer. Er ging weiter. Auch die Nachbarhäuser waren weg.
›Hier wohnten die Mdlanis. Alles weg. Da drüben die Buthelis. Auch weg. All das bunte Leben mit den Leuten aus meinem Viertel. Alles vorbei? Wo sind die Kinder, die hier gespielt hatten? Wo ist der Bolzplatz für die Jungen? Die beiden Körbe für den Basketball? Dort war die Haltestelle für den Schulbus. Weg! Dort stand unsere *shebeen*, in der wir tranken, Musik machten und die Nutten ärgerten, die ihre riesigen braunen Titten raushängen ließen. Auch Weg! Da drüben hatte der schmuddelige Bäcker sein Geschäft, und daneben hatte der Laden für Obst und Gemüse gestanden. Drei Häuser weiter hatte der Inder seine köstlichen *Samoosas* in Öl herausgebacken. Alles fort!‹

Planlos ging er durch sein altes Viertel mit einem Gemisch aus Zorn, Enttäuschung und wehrloser Trauer. Weiter unten stand ein abgebrochener Holzmast mit einem Zettel daran. Mit Datum. Sechs Wochen alt. Er riss ihn ab.
›Den wird keiner mehr brauchen‹, dachte er.

> *Bekanntmachung*
> *Eingeborenen-Land-Gesetz von 1913*
> *Dieser Bereich wird mit sofortiger Wirkung*
> *aufgrund des oben genannten Gesetzes*
> *zum Wohngebiet für Weiße erklärt.*
> *Das Gebiet ist binnen 48 Stunden zu räumen.*
> *Zuwiderhandlungen werden geahndet.*
> *Die Bewohner haben sich in die*
> *für sie vorgesehenen Wohngebiete zu begeben.*
> *Am hierauf folgenden Montag werden alle Gebäude*
> *samt allen darin befindlichen Gegenständen demoliert.*
> *gez.: Stadt Durban   Der Bürgermeister*

Er holte seine Sachen und ging zu den Bäumen zurück, setzte sich auf einen Stumpf und dachte nach. Die Trauer um seine Mutter legte sich wie ein weiches Tuch auf seinen Zorn. Er hätte schreien mögen, fluchen, auf einen Baum einschlagen. Er tat es nicht. Er saß einfach da. Überwältigt, fassungslos, traurig. Er war einundfünfzig, und man hatte ihm sein Heim genommen, sein Zuhause. Waren es Tränen der Trauer oder der Wut, die ihm in die Augen stiegen? Er wusste es nicht.

Allmählich kam wieder Ordnung in seine Gedanken.

›Ich muss zum Postamt. Sie sollen meine Post an die Adresse von Johannes weiterleiten. Ganz sicher hat Heinrich geschrieben. Der muss längst in Deutschland sein. Wenn der das hier sehen könnte! Ich muss ihm schreiben, dass Nandi tot ist. Und der alte Pfarrer Severin, der mich konfirmiert hat. Ich brauche Heinrichs Adresse.‹

Als er aufstand, schoss es ihm siedend heiß durch den Kopf. Er schlug sich mit der flachen Hand an die Stirn.

›Mann! Die Diamanten! Fast hätte ich die Diamanten vergessen, die ich im Haus versteckt habe! Die konnten sie nicht finden. Die sind tief neben dem Fundament vergraben. Dass schaffe ich nicht allein. Ich muss zu Johannes. Er muss mir dabei helfen.‹

Jabulani öffnete.

»Welche Überraschung! Komm rein.«

»Ich habe euch was zu erzählen. Ist Johannes da? Und … kann ich bei euch schlafen?«

»Natürlich kannst du hier schlafen. Platz ist in der kleinsten Hütte. Und Johannes ist auch da. Noch. Du hast Glück.«

»Wann fährt er?«

»Nächste Woche.«

Thabisa berichtete. Johannes wurde richtig wütend. Er schlug mit der Faust auf den Tisch, dass der Kleine erschrak.

»Johannes! Bitte!«

»Entschuldigt. Ich sollte das nicht tun, jetzt wo Oma tot ist. Es tut mir leid.«

Phineas plärrte, Jabulani nahm ihn beruhigend auf den Arm.

Am nächsten Morgen fuhren sie mit Schaufeln bewaffnet nach Westville. Der Fahrer der Planierraupe war nicht da. Keiner würde sie stören. Sie standen an der Stelle, wo sein Haus einmal stand.

»Hier war das Schlafzimmer, und an dieser Ecke müssten sie liegen. In einer Blechdose. Hoffentlich hat sie keiner geklaut. Falls ja, kralle ich mir den Fahrer der Planierraupe.«

»Und dann fragst du ihn höflich: Hast du zufällig eine Büchse mit Diamanten gefunden? Und er wird antworten: Ach ja. Hier sind sie. Ich habe schon auf dich gewartet. Bitteschön. Es war mir ein Vergnügen.«

»Spar dir deine Witze. Jetzt wirst du auch Diamantengräber und kannst Staub schlucken.«

»Unter Wasser ist auch Staub.«

»Aber den kannst du nicht einatmen. Klugscheißer.«

»Aber Vater! So was sagt man nicht«, witzelte Johannes.

»Du bist ja schnell in die Rolle des Erziehers geschlüpft. Tob dich bei Phineas aus. Ich bin mittlerweile unerziehbar und immun.«

Sie hatten eine Menge Bauschutt über das Fundament geschoben. Nach schweißtreibendem Graben fanden sie die Dose. Sie gingen zu den Bäumen zurück und setzten sich auf den Stumpf. Thabisa nahm den Deckel ab, drehte ihn auf den Rücken und schüttete die Hälfte hinein. Die Steine klirrten hell und leise auf das Blech.

»Die sind für euch.«

»Die kann ich nicht annehmen. Wofür denn? Die gehören dir.«

»Nicht für das Graben, Junge. Ich habe mich acht Jahre nicht um dich kümmern können. Jetzt hast du selber eine Familie. Ich will dir den Rücken freihalten, damit du deine Entscheidungen in Ruhe treffen kannst. Fahr nach Lüderitz, schau dir alles an und gehe kein Risiko ein. Die See ist rau dort. Und das Tauchen gefährlich. Jetzt brauchst du das nicht mehr.«

»Wo hast du die her? Sind die illegal?«

Thabisa stand auf und drückte ihm den Blechdeckel in die Hand.

»Die habe ich in Lüderitz im Sand selber gefunden, ganz legal mit Genehmigung von Mendel. Das war Teil meiner Abfindung.«

Johannes zögerte noch immer.

»Nimm schon! Es ist gut, dass du dich an die Gesetze hältst, aber die sind sauber.«

Dann kramte er in seiner Hosentasche.

»Und noch etwas. Der hier ist von Lucas. Nandi gab ihn mir, bevor sie starb. Da konnte sie kaum noch sprechen. Ihr Wille ist, dass ihr ihn verkauft, wenn es soweit ist, und Phineas eine Ausbildung auf der Universität finanziert. Nimm ihn an dich und verwende ihn, wie deine Großmutter entschieden hat. Du musst ihren Willen respektieren. Und jetzt lass uns von diesem verdammten Ort weggehen. Ein für alle Mal.«

»Du bist also Taucher.«

Der Skipper sprach mit lauter, knarziger Stimme.

»Berufstaucher. Hier ist mein Meisterbrief.«

»Durban Hafen. Das ist wie Planschen im Kinderbecken. Hier kämpfen wir gegen die Elemente. Wir basteln nicht an Schiffen oder Schleusentoren rum, wir sind tauchende Bergarbeiter. Übrigens, vor zwei Monaten war schon einer aus Durban hier. Ein Bure.«

»Piet van Burg?«

»Kennst du den?«

»Ehemaliger Kollege. Kann nur er gewesen sein. Ist rausgeflogen.«

»Der war unten. Nach fünf Minuten hat er das Notsignal gegeben. Wir haben ihn bleich und schlotternd wieder hochgezogen. Und weg war er. Heute sind die Wellen unter zwei Meter. Du kannst gleich mit rausfahren. Dann bekommst du deine Chance. Mal sehen, ob du was taugst. Weicheier wie deinen Burenfreund können wir nicht brauchen.«

»Er ist nicht mein Freund.«

»Dachte ich mir schon.«

Die Sonne kam über die Dünen, als der Kutter den ruhigen Hafen von Lüderitzbucht verließ.

»Klarer Tag«, bemerkte der Skipper.

»Dann hast du auch unten gute Sicht.«

An der Nordspitze der Haifischinsel änderte er seinen Kurs auf Nordwest. Die lange Atlantikdünung kam herangerollt. Der Kutter begann, sanft zu stampfen. Dann Kurs West Richtung offenes Meer. An Backbord passierten sie die Shearwater Bay mit ihren harten, kurzen Kreuzseen. Am Strand entdeckte Johannes große verrostete Stahltanks. Der Skipper hatte es bemerkt.

»Da war mal Tran von Walen drin. Liegen dort seit Jahrzehnten.«

Am Diaz-Punkt drehte der Kutter nach Südwesten und stampfte jetzt gegen den vollen Seegang.

»Hier fing dein Burenfreund an zu kotzen.«

»Der ist wirklich nicht mein Freund.«

Zum Glück kannte Johannes keine Seekrankheit. Er sah sich um. Sie hatten eine Pumpe für die Atemluft aufgebaut und eine als Reserve mit Umschaltventilen. Die Luftschläuche und das Seil zum Runterlassen waren ordentlich an Deck aufgerollt. Die dicke Pumpe war für das Seewasser. An die war ein Saugschlauch angeflanscht mit einem Mundstück, einer Saugdüse. Der Skipper kam heran.

»Erste Prüfung bestanden. Du bist seefest. Wenn du da unten bist, spürst du die Wellen immer noch. Sie ziehen dich hin und her. Stell dich breitbeinig hin und suche dir festen Halt. In der einen Hand hältst du das Brecheisen, in der anderen das Saugrohr. Du saugst den Kies an. In dem sind die Diamanten. Wenn Felsbrocken im Weg sind, brichst du sie mit dem Eisen los und stapelst sie auf, aber so, dass sie dir nicht im Weg sind. Das hält man zwei Stunden durch. Wir ziehen dich nach einer halben Stunde wieder rauf. Das ist deine Probezeit. Das Notsignal kennst du ja, für alle Fälle. Wenn du nach der halben Stunde wieder hier bist, wissen wir, wie du gearbeitet hast. Wir entscheiden dann alle gemeinsam am Sortiertisch, ob du was taugst oder nicht. Klar?«

»Klar, Skipper.«

Sie hatten ihr Suchgebiet erreicht und drosselten die Maschine. Vier Anker wurden in Form eines Kreuzes ausgeworfen, mit dem Kutter in der Mitte. Die schweren Ketten hielten ihn sicher auf Position. Dann schraubten sie seinen Helm fest und ließen Johannes ins Wasser. Der Kutter krängte im Seegang. Die Wellen klatschten an die Bordwand. Schaum spritzte. Unten war es ruhiger, aber die Strömung zerrte an seinem Anzug. Hin und her. Er suchte sich ebene Stellen für seine Füße und begann mit der Arbeit. Er war allein. Die Pumpe war stark und saugte das lockere Gestein und die Kiesel in die Öffnung. Er konnte das Rumpeln im Schlauch spüren. Er überlegte, was anstrengender war, sich gegen die Strömung zu stemmen oder den störrischen Schlauch zu dirigieren. Die Sicht unter Wasser war gut, aufgewirbelter Sand wurde mit in die Düse gesaugt. In den Stiefeln sammelte sich Wasser. Es war sein Schweiß, der am Körper hinunter floss. Die Zeit verging wie im Flug. Dann das Rucken an der Leine. Sie schalteten die Pumpe ab und zogen ihn wieder hinauf.

›Das war Knochenarbeit‹, dachte er, als sie ihn aus dem Anzug schälten.

»Zieh dir trockene Klamotten an, sonst erkältest du dich. Der Wind ist saukalt.«

Der Skipper klang plötzlich fürsorglich.

Die Mienen der anderen am Sortiertisch sahen zufrieden aus. Der feuchte Kies wurde in einer Waschtrommel nach Größe gesiebt und über eine Wachsplatte geleitet. Fünf kleine Diamanten waren dabei.

»Du kannst bei uns anfangen. Wir zahlen einen Grundlohn und eine anteilige Prämien für alle, abhängig vom Fund.«

»Findet ihr keine größeren?«

»Nun werde mal nicht gleich gierig, Kumpel! Wir warten alle auf den ›Großen‹ oder besser auf mehrere ›Große‹. Die sind leider selten. Aber es gibt sie. Gemach, mein Freund. Gemach.«

Er dehnte das Wort. Gemaaach.

Der Skipper nahm Johannes auf die Seite. Jetzt flüsterte er.

»Komm nicht auf den Gedanken, dir Steine einzustecken. Der Tauchanzug hat keine Taschen. Wenn wir mal knapp bei Kasse sind, bekommst du die Prämie in Form von Diamanten. Aber du musst sie hinausschmuggeln. Lass dich dabei aber nicht erwischen. Denn dann bekommst du richtig Ärger. Die GDG versteht keinen Spaß.«

»Ja, ich kann mich gut an Sie erinnern. Kommen Sie herein.«

Rechtsanwalt Mandla schloss die Tür.

»Wie lange ist das her? Über zwanzig Jahre. Ich hörte, Ihr Stiefvater hat seine Mitgliedschaft gekündigt und ist nach Deutschland gereist.«

»Er wäre lieber hier geblieben. Man hat ihn hinausgeworfen.«

Mandla ging um seinen Schreibtisch. Bevor Thabisa Platz nahm, knallte er die Bekanntmachung auf die Tischplatte.

»Das haben Sie mit ihren Eingaben in Pretoria erreicht. Die haben mein Haus niedergewalzt. Jetzt bin ich obdachlos. Von Staats wegen. Im eigenen Land!«

»Ich weiß, Herr Nkumalo. Wir haben dieses Gesetz bekämpft, wie auch andere diskriminierende Gesetze. Wir haben energisch protestiert. Wir wurden gehört. Aber leider haben unsere Vertreter im weißen Parlament in Kapstadt nur beratende Funktion. Wir sind machtlos.«

»Sie wurden gehört. Ist ja toll! Von wem denn? Von den Richtigen sicher nicht. Haben Sie mal an die Weltöffentlichkeit gedacht?«

»Zur Friedenskonferenz 1919 haben wir eine Delegation nach Paris und London geschickt. Die wurde nicht einmal vorgelassen. Unser Premierminister Smuts wusste das zu verhindern.«

»Der ist nicht unser Premierminister. Er ist der Premierminister der Weißen. Seine Maßnahmen sind doch gegen uns gerichtet.«

Er klopfte mit dem Zeigefinger auf die Bekanntmachung.

»Ich fühle mich vom APC nicht vertreten. Das muss sich ändern. Schnell. Wenn wir so weitermachen, werden wir bald von anderen, aggressiveren Gruppierungen überflügelt. Dann rutscht der APC in die Bedeutungslosigkeit. Ist das Ihre Absicht?«

»Natürlich nicht. Aber was wollen Sie damit sagen?«

»Dass unsere Methoden grundlegend falsch sind. Akademisch und diplomatisch erreichen wir gar nichts. Im Gegenteil. Es wird immer deutlicher, dass wir wieder zu Sklaven werden sollen. Ohne Rechte. Ohne Chance. Ich war kürzlich in meinem Heimatdorf Hermannsburg. Die alte gemeinsame Schule, in der ich lesen und schreiben lernte, ist jetzt getrennt. Die schwarzen Kinder sitzen in einer Rundhütte ohne ausreichende Lehrmittel. Der Lehrer ist nicht ausgebildet. Das ist die Zukunft, Herr Mandla. Die wollen uns dumm halten. Und Sie sitzen in Ihrem schicken Büro und vertreten eine kleine gebildete und geduldete schwarze Kundschaft. Was die bekommt, sind die Krumen vom Tische des weißen Mannes. Weltweit ist die Sklaverei abgeschafft. Alle sind hochzufrieden. Hier wird sie neu errichtet. Nur feiner und juristisch abgesichert. Und die Welt schaut weg. Wir werden überhaupt nicht wahrgenommen. Das müssen wir schnellstens ändern! Die Presse braucht Sensationen. Starke Bilder. Wir müssen die Aufmerksamkeit auf uns lenken. Dazu sind Taten nötig.«

»Was sind das für Taten?«

Wieder deutete Thabisa auf die Bekanntmachung.

»Sehen Sie, die haben mein Haus zerstört, das ich mir geschaffen habe. Ich denke da an ein Zitat aus dem Tanach ...«

»Auge um Auge, Zahn um Zahn«, rezitierten sie unisono.

»Ich sehe, Sie sind bibelfest, Herr Mandla. Was für Taten? Ich habe noch keine klare Vorstellung. Ich bin zahlendes Mitglied des APC, und für meine Beiträge will ich Erfolge sehen. Wenn Sie die nicht bringen, werde ich selber aktiv. Als erstes denke ich dran, Gleichgesinnte zu finden, wie zum Beispiel aus den Reihen der Gewerkschaften. Leute, die ähnliches erlebt haben wie mein Sohn Johannes. Die werde ich anwerben. Diese Gruppe wird nach guter alter Zulu-Tradition mein *impi*, meine eigene Kompanie. Sie wird ›Speer des Volkes‹ heißen. Unser Assegai. Wir werden Objekte der Weißen aussuchen, die wir zerstören. Darüber wird berichtet werden, und wir werden Zulauf erhalten. Nur auf diese Art können wir die Weißen zum Einlenken bringen.«

Mandla wurde blass.

»Aber nicht unter dem Namen des APC. Beflecken Sie den nicht mit Blut! «

»Fließt in den Gefängnissen der Polizei nicht schon genug Blut? Kennen Sie deren Verhörmethoden?«

»Ja, schon.«

»Wer protestiert, wird weggesperrt. Das haben wir schon bei den Protesten um gerechtere Löhne der Weißen erlebt. Wir dürfen nicht einmal Demonstrationen abhalten, ein Grundrecht der Meinungsäußerung in modernen Demokratien. Die werden sofort von der Polizei auseinander getrieben. Was uns bleibt, ist der Untergrund. Wir wollen keine Menschen töten. Wir zerstören, was sie sich aufgebaut haben, nicht die, die es aufgebaut haben. Wir haben es schließlich von ihnen gelernt.‹

Wieder zeigte er auf die Bekanntmachung auf dem Tisch.

»Der APC kann davon nur profitieren. Er muss schnell zu einer Massenbewegung werden und darf nicht nur eine kleine schwarze Elite vertreten. Eines fernen Tages sitzen auch wir im Parlament. ›Ein Mann, eine Stimme‹. Vielleicht stellen wir dann sogar den Premierminister. Wahrscheinlich erleben wir beide das nicht mehr. Aber es wäre ein lohnendes Ziel. Menschen brauchen Visionen. Ohne Visionen sind wir Schafe auf der Weide, die nichts anderes kennen als fressen, blöken und sich vermehren. Man nimmt ihnen ihre Wolle, und am Ende das Leben. Während wir hier sitzen, wird wahrscheinlich bereits daran gearbeitet, Ihnen die Anwaltskanzlei wegzunehmen. Seien Sie nicht naiv, Mandla. Die wissen, dass Sie hier den APC leiten. Man wird Sie mundtot machen.«

Thabisa stand auf.

»Ich habe mich in Rage geredet. Tut mir leid. Vielen Dank für Ihre Zeit. Wir hören bestimmt von einander. Ach ja, auch vielen Dank für den Kaffee.«

»Oh, Entschuldigung. Den hatte ich völlig vergessen.«

»Kein Problem. Schließlich bin ja *ich* mit der Tür ins Haus gefallen. Aber wo Sie schon fragen, beim nächsten Treffen bitte mit Milch, ohne Zucker.«

Thabisa kehrte Natal den Rücken. Er saß im Nachtbus. Viel lieber wäre er mit dem Zug gefahren. Doch dann hätte er die Nacht auf einer Holzbank der Dritten Klasse verbringen müssen. Er hatte auch gehört, sie kontrollierten die Züge. Er hatte in Hermannsburg völlig versäumt, einen Ausweis zu beantragen. Nach dem neuen Passgesetz mussten alle Schwarzen dieses verhasste Dokument bei sich tragen. Es bestätigte die Rasse, und es musste darin bescheinigt sein, dass er am Reiseziel eine Arbeit hatte, unterschrieben vom Arbeitgeber. Sogar die Maids, die Hausmädchen, mussten ihn haben. Wurde man ohne Pass oder ohne Arbeitsnachweis geschnappt, landete man unsanft im Pickup der Polizei und wurde in seine Heimatregion zurückverfrachtet.

Der Bus kurvte mühsam den Van Reenen Pass hinauf. Jetzt gab es hier eine geteerte Straße. Er dachte zurück an Heinrichs Erzählung von Max und der Karre.

›Heinrich schreibt mir nicht, oder die Post leitet seine Briefe nicht an Johannes weiter. Wie wird es ihm gehen? Der Mann ist mittlerweile fünfundachtzig. Fünf Jahre ist er schon fort.‹

Der Bus stoppte auf dem Parkplatz oben am Pass. Die meisten schlugen sich in die Büsche, um sich zu erleichtern. Thabisa schaute hinunter ins Tiefland. In der Dunkelheit konnte er nur ein paar Lichter der Farmen erkennen. Er hatte gelesen, dass Heinrichs Land eine neue Regierung hatte, die bei den Briten verhasst war. Nationalsozialisten nannten sie sich, oder so ähnlich. Die hatten auch einen Rassenfimmel, hatte er gelesen. Sie polarisierten Europa. Man fürchtete schon wieder einen Krieg. Die Buren fanden sie gut, weil sie die Reinheit des Volkes predigten.

›Armer Heinrich. Das wird ihm nicht gefallen.‹

Der Fahrer hupte. Thabisa schüttelte ab und knöpfte die Hose zu.

›Ja, ja, alter Kumpel. ich wäre auch lieber bei Ellen.‹

Alle nahmen ihre Plätze wieder ein.

›Jetzt bin ich fünfundfünfzig. Ohne Wohnsitz. Mein Haus ist weg. Keine Arbeit. Kein Pass. Das einzig gute ist, ich muss nicht betteln.‹

Er hatte in Durban Patel besucht und ihm ein paar Steine verkauft. Im Morgengrauen kam er am Busbahnhof der Goldstadt Johannesburg an. Er wanderte durch die Innenstadt, sorgfältig darauf bedacht, keiner Polizeistreife in die Arme zu laufen. Er sah die zwei hohen Kühltürme des Kohlekraftwerks am Marktplatz gegenüber der großen Markthalle. Er ging die Commissioner Street hinauf. Elektrische Straßenbahnen sausten klingelnd an ihm vorbei. Die Straßen im Schachbrett angelegt. Einen Block hatten sie freigelassen und als Park angelegt. Er suchte sich eine Bank zum Ausruhen. Schilder ›Nur Weiße‹ und ›Nichtweiße‹. Es waren mehr Schwarze unterwegs als Weiße. Alles schien stinknormal. Aber dahinter lauerte diese eiserne Ordnung. Mitten auf der Kreuzung regelte ein weißer Polizist in schwarzer Uniform mit langen weißen Stulpenhandschuhen den Verkehr.

›Die denken nur schwarz-weiß. Aber die Welt ist bunt.‹

Am Nachmittag fuhr er im Feierabendverkehr mit Tausenden von Arbeitern nach *Alexandra*. Die schwarzen Bewohner des *townships* nannten es liebevoll *Alex*, aber Thabisa konnte nichts Liebenswertes entdecken. Zwar lag es reizvoll an sanften Hängen zu beiden Seiten des Jukskei-Flusses, deshalb sollte es ursprünglich ein Wohnviertel für Weiße werden. Doch denen war die Entfernung zur Stadt zu groß. Und dort am Fluss sammelten sich Abwasser und Unrat aus den Tausenden von Hütten. Die Straßen waren unbefestigt, deutlich waren die Spuren der letzten Regengüsse zu sehen. Im Bus war ein Gewirr von Sprachen zu hören, Sotho, Xhosa, Tswana, Swazi und anderen, die er nicht verstand. Er schloss sich einer Gruppe von Zulus an.

»Ich bin Thabisa aus Hermannsburg. Ganz frisch eingetroffen.«

»Schon davon gehört. Deutsche Missionare. Nahe New Germany. Zu weit vom Meer«, antwortete einer.

»Und du?«

»Aus Umhlanga. Direkt am Meer.«

»Wisst ihr, wo ich hier pennen kann?«

Thabisa vertraute auf *Ubuntu*, dieser urafrikanischen Verbindung aus Menschlichkeit, Gemeinsinn, Respekt und gegenseitiger Hilfe, dieser wunderbaren Lebensphilosophie.

›Ich sehe dich. Ich achte dich. Ich helfe dir.‹

»Komm mit mir. Wir reden mal mit den Nachbarn. Bei mir ist alles voll. Irgendwas geht immer.«

Sie saßen bis spät in der Wellblechhütte zusammen. Während er von sich erzählte, beobachtete Thabisa die Reaktionen der anderen. Als er sich spät nachts zum Schlafen in der Hütte eines Nachbarn zusammenrollte, hatte er drei potenzielle Mitstreiter gefunden. Er ließ sich von verschiedenen Leuten einladen, gab ihnen immer etwas Geld als Dankeschön für die Übernachtung, kaufte Bier und ließ die anderen reden. Er wollte sich ein Bild machen und vergrößerte den Kreis möglicher Anhänger. Dann ließ er sich zu Gewerkschaftstreffen mitnehmen. Er sprach nie viel in der Öffentlichkeit. Man hatte ihn vor Spitzeln der

Polizei gewarnt, die regelmäßig eingeschleust wurden und machte ihn zeitig auf fremde Gesichter aufmerksam. Seine Anwesenheit musste unter der Decke der Verschwiegenheit bleiben. Nach ein paar Wochen war der ›Speer des Volkes‹ gegründet.

Von da an traf er sich nur noch mit diesen Vertrauten. Es waren zehn. Darunter befand sich ein Taxifahrer mit eigenem Kleinbus. Er pendelte zwischen der Stadt und dem Township, zum Missfallen der staatlichen Busgesellschaft, die den Transport der Menschen von und zu ihrer Arbeitsstelle als ihr Monopol betrachtete. Schon mehrfach hatten sie versucht, ihn zu sabotieren oder durch fingierte Kontrollen der Polizei zu behindern.

Eines Sonntags verließ der Kleinbus die Stadt in Richtung Osten. Zwei Uhr morgens. Der Taxifahrer hatte die Nummernschilder mit Schlamm auf natürliche Weise unlesbar gemacht. Sie fuhren zwei Stunden und bogen von der Landstraße nach Witbank ab. Im Schutz einer Baumgruppe hielten sie, holten die Thermosflaschen und wurden allmählich vom starken Kaffe wach. Dann holten sie das Material, das Thabisa gekauft und im Wagen verstaut hatte, und gingen zu den vier Fundamenten. Konzentriert verrichteten sie ihre Arbeit, packten alles sorgfältig wieder ein und verwischten ihre Spuren. Sie fuhren eine halbe Stunde in Richtung Osten weiter und wiederholten den Vorgang. Dann fuhren sie zurück.

Die Zeitzünder hatten sie so eingestellt, dass die Masten der Hochspannungsleitung zu Boden krachten, als sie wieder in Johannesburg waren. Thabisa bat den Fahrer, kurz anzuhalten. Er stieg aus, ging zu einer Telefonzelle und rief die *Daily Mail* an.

In der Montagsausgabe erschien die Titelgeschichte.

Speer des Volkes sprengt Strommasten
Eine ganze Stadt ohne Strom
Keine Verletzten oder Toten

Ein Foto zeigte ein Knäuel bizarr verbogenem Schrott.

Noch am selben Tag wurde die Redaktion von der Polizei auf den Kopf gestellt. Sie suchte nach Hinweisen, die den Informanten preisgeben sollten. Die Räume sahen aus wie ein Schlachtfeld. Der Redakteur wurde festgenommen und verhört, ebenso der Fotograf, der nach dem anonymen Anruf an den Schauplatz geeilt war.

Zur gleichen Zeit verabschiedete sich Thabisa von seinem *impi*.

»Männer, das muss erst einmal reichen. Warten wir die Reaktion ab. Jetzt müssen wir unbedingt Mitglieder für den APC werben, auf Teufel komm raus. Wir tun was. Das haben wir gezeigt. Aber wir brauchen Geld, wir brauchen Beiträge. Ich kann das nicht ewig aus der eigenen Tasche bezahlen. Wir zerstreuen uns wieder und tauchen unter, gehen unserer Arbeit nach wie immer. Und Maul halten! Ich melde mich. Danke für alles.«

Mandla stand sofort auf und öffnete das Fenster, als Thabisa sein Büro betrat. Lauter Straßenlärm brandete herein. Dann trat er dicht an Thabisa heran und flüsterte ihm ins Ohr.

»Sie haben Recht. Die haben meine Kanzlei im Visier. Ich vermute, ich werde abgehört.«

Dann trat er zurück, er schloss das Fenster, und seine Stimme hatte wieder ihre normale Lautstärke.

»Guten Morgen, Mister Smith. Ich schulde Ihnen noch eine Tasse Kaffee. Gehen wir in mein Stammlokal. Meine Bürokraft hat heute ihren freien Tag.«

Er fasste Thabisa an der Schuler und schob ihn stumm hinaus.

Die Bedienung stellte den Kaffee vor ihnen auf den Tisch.

»Das mit der Bürokraft stimmt. Dass ich abgehört werde, ist eine qualifizierte Vermutung.«

»Wie lange schon?«

»Drei Wochen.«

»Da war ich schon in Johannesburg. Uns können sie nicht belauscht haben. Wie kommen Sie auf drei Wochen?«

»Da war einer meiner Mandanten bei mir. Xavier Patel, ein Inder. Zwei Tage später haben sie ihn verhaftet. Wegen des illegalen Handels mit Diamanten.«

»Xavier Patel?«

»Kennen Sie sich?«

»Flüchtig durch meinen Stiefvater.«

Jetzt war Thabisa alarmiert.

›Nicht auszudenken, wenn der plappert.‹

»Weswegen war Patel hier? Oder verstoßen Sie mit einer Antwort gegen Ihre Schweigepflicht?«

»Allerdings tue ich das. So viel kann ich sagen. Er wollte, dass ich etwas in meinem Safe deponiere.«

»Haben Sie?«

»Um Gottes willen. Wenn das Diamanten waren, würde ich meine Zulassung *sofort* verlieren.«

»Vielleicht war er vorgewarnt?«

»Gut möglich. Aber die waren trotzdem hier. Sie fragten mich nach Zusammenhängen mit diesem ›Speer des Volkes‹. Sie wissen schon, die Sprengung.«

»Ich habe es in der Zeitung gelesen. Wie denken Sie darüber?«

»Alles hat zwei Seiten. Einerseits hat sie die Sprengung gewaltig aufgeschreckt. Andererseits werden jetzt die Repressalien zunehmen. In mir streiten zwei Seelen, die meiner Kanzlei und die des APC. Von ersterer lebe ich.«

»Die Kanzlei sind Sie in jedem Fall los, Mandla. Das ist nur eine Frage der Zeit.«

»Sind Sie Hellseher?«

»Nein. Pragmatiker. Sie sollten sich selbst in den Hintern treten. Entscheiden Sie sich entweder für Ihre wackelige Kanzlei oder für die Zukunft unseres Landes, Mandla. Soll ich ein wenig nachhelfen?«

»Wie wollen Sie nachhelfen, Nkumalo?«

»Stellen Sie sich bitte vor, der Kopf des ›Speeres‹ sitzt Ihnen gerade gegenüber. Wir sind elf Mann, Tendenz steigend. Ich und zehn andere Zulus in Johannesburg.«

»*Sie* waren das?«

»Genau. Wir waren auf der Rückfahrt. Als die Zeitzünder gerade abgelaufen waren, habe ich die *Daily Mail* von einer Telefonzelle aus angerufen und von den zerstörten Hochspannungsmasten berichtet. Ohne Namen zu nennen, außer dem ›Speer des Volkes‹. Wenn ich jetzt von diesem Telefon aus mitteile, dass der Anführer ein APC-Mitglied ist, oder der ›Speer‹ sogar ein Teil des APC, würde sich das an Ihrem Hintern anfühlen wie ein Tritt?«

Mandla wollte gerade einen Schluck Kaffee nehmen. Seine Hände zitterten.

»Verbrühen sie sich nicht. das Zeug ist heiß.«

»Sie hatten keinen Auftrag des APC.«

»Wen interessiert das? Die Masten sind kaputt, und die Leser im ganzen Land wüssten, wer dahinter steckt. Der APC. Ich bin sicher, die Polizei besitzt Namenslisten der Mitglieder. Die würden allesamt in Sippenhaft genommen. Die würden den APC zerquetschen wie ein lästiges Insekt.«

»Dann haben Sie genau das Gegenteil von dem erreicht, was Sie, was wir alle eigentlich wollten, Nkumalo. Nämlich Politik mit friedlichen Mitteln.«

»Sehe ich auch so. Deswegen ist es zu früh, das auszuposaunen. Nach außen spielt unsere Regierung den Vorfall herunter. Sie sagt, das wären nur verwirrte Kriminelle gewesen, vielleicht Jugendliche, die sich aufspielen wollten. Innerlich sind sie in Alarmbereitschaft. Wir brauchen zwei Dinge. Direkte Verbindungen zur ausländischen Presse und einen Stützpunkt in einem sicheren Ausland, den sie nicht packen können. Basutoland, Swasiland, Rhodesien, Bechuanaland und Südwest fallen aus. Da hat unsere Regierung zu viel Einfluss. Uns bleiben nur Angola und Mosambik. Die Portugiesen sind schwach und haben genug mit sich selbst zu tun. Salazars Thron in Lissabon wackelt, wie ich gelesen habe.«

Mandla sah Thabisa über den Rand seiner Tasse an. Sein kluger Kopf dachte schnell.

›Dieser Nkumalo handelt. Er ist entschlossen. Er könnte sich von uns abspalten und eine eigene Organisation aufbauen. Dann hätte er viel Zulauf, und der APC würde ins Abseits geraten. Wir würden eine Randfigur.‹

»Noch etwas, Mandla. Wir brauchen viel Unterstützung aus dem Ausland. Geld, Ausbilder, Waffen, Munition und Sprengstoff. Ich habe die Aktion in Transvaal aus meiner Tasche finanziert. Ich bin aber der

Meinung, der APC sollte mir die Kosten irgendwann erstatten. Ich bin nicht Rockefeller.«

Mandla setzte die Tasse wieder ab.

»Ich schlage Angola vor. Es ist ein rohstoffreiches Land. Mineralien, Erdöl, Diamanten. Aber die portugiesische Verwaltung ist verhasst, sie wackelt, wie Sie richtig feststellen. Dort hat sich auch schon Widerstand formiert, von dem wir Bruderhilfe erwarten können. Aber sie lassen sich von ausländischen Regierungen finanzieren, die vordergründig die Unabhängigkeit anstreben, jedoch in Wirklichkeit Zugriff auf die Rohstoffe im Visier haben. Wir sind im Gegensatz zu Angola keine Kolonie. Wir müssen die Ausländer auf Distanz halten.«

›Er hat sich entschieden‹, dachte Thabisa.

Der Kaffe war kalt geworden. Er bestellte neuen.

»Welche Länder wären das?«

»Aus dem Westen verdeckt die USA. Aus dem Ostblock die UdSSR und in deren Windschatten die DDR. Vielleicht noch Kuba.«

»Mandla, sind Sie ein verkappter Kommunist?«

»Ganz und gar nicht. Wir Afrikaner taugen nicht zu gehorsamen Apparatschiks. Aber das soziale Element liegt uns. *Ubuntu* eben. Die Kommis können organisieren und planen. Das liegt *uns* wieder nicht. Wir könnten eine Menge von ihnen lernen. Sie sind meiner Meinung das kleinere Übel. Aber diese Kombination müssen die Buren und die Briten ernst nehmen.«

Thabisa dachte angestrengt nach, hatte aber im Augenblick keinen besseren Vorschlag.

»Nkumalo, Sie bauen die Station für uns auf. Schlagen Sie sich nach Angola durch und melden Sie sich bei diesem Mann, ein Kollege von mir. Er spricht Englisch.«

Er zog eine Visitenkarte aus der Tasche.

»Jetzt haben Sie es aber eilig.«

»Sie haben mich überzeugt. Ich glaube, es ist Feuer auf dem Dach. Sehen Sie mal unauffällig aus dem Fenster. Der Typ, der da gegenüber an seinem Wagen lehnt. Der kam zwanzig Minuten nach uns dort an. Seitdem steht er da und beobachtet unentwegt das Café. Wir gehen getrennt hinaus. Wenn er mir nachfährt, warten Sie zehn Minuten und gehen auch. Bleibt er dort stehen, ist er hinter Ihnen her. Dann nehmen Sie besser den Hinterausgang neben der Küche. Kommen Sie bitte nie wieder in mein Büro. Wir vereinbaren unsere künftigen Treffpunkte nach Bedarf.«

Er schob einen Zettel über den Tisch.

»Diese Nummer steht in keinem Telefonbuch. Die benutzen Sie künftig. Tauchen Sie unter und rufen Sie mich nächsten Dienstag an. War schön, mit Ihnen gesprochen zu haben, Mr. Smith.«

Mandla grinste, zahlte und ging. Der Typ draußen blieb stehen. Thabisa wusste jetzt, Patel hatte gesungen. Und ihm war klar, dass Mandla abgehört wurde.

Thabisa schlich sich auf Seitenstraßen aus der Stadt. Er rief ein Taxi und ließ sich nach Isipingo fahren. Dort bestieg er den Bus nach Port Shepstone und nahm den letzten Bus nach Kokstad. Er lief lange durch die kleine Stadt und machte sicher, dass ihm niemand folgte.

›Sie suchen mich wegen illegalen Besitzes von Rohdiamanten. Wenn die mich fassen, nehmen sie mir die ab und sie verurteilen mich zu Gefängnis. Und dann kommen die Verhöre. Nicht gut! Ich muss die Steine bei Ellen verstecken.‹

Spät am Abend kam er bei Ellen an.

»Schön, dass du da bist.«

Ellen spürte sofort, dass Thabisas Gedanken irgendwo kreisen, aber nicht bei ihr. Ihre Freude wurde getrübt durch die Nachricht von Nandis Tod und die Zerstörung ihres Hauses in Westville. Thabisa wirkte abwesend.

»Hör zu! Dies sind meine - unsere - Diamanten. Das heißt die Hälfte. Die andere habe ich Johannes gegeben, damit er sich das mit Tauchen noch einmal überlegt. Wir müssen sie hier verstecken. Nicht im Haus, wir vergraben sie im Garten.«

»Und wo werden wir wohnen?«

Thabisa druckste herum.

»Du bleibst erstmal hier. Ich muss weg.«

»Geht das schon wieder los? Ich fasse es nicht! Wohin dieses Mal?«
Er schwieg.
»Wie viele Jahre sind es dieses Mal, du Streuner? Ich werde Maggie schreiben, damit sie dir wieder den Kopf wäscht.«
»Kein Wort zu niemandem! Es ist geheim.«
»Bist du unter die Spione gegangen?«
»Schlimmer.«
Ellen hielt es für einen Scherz. Dabei beließ er es.
»Wie viele Nächte habe ich mir die Bettdecke zwischen die Beine geklemmt und gehofft, es wärst du. Wie oft habe ich mich voller Lust aufgebäumt ohne dich in mir. Was tust du mir an?«
Er sagte nichts, und sie wusste, dass Widerspruch zwecklos war.
So gut es ging, genossen sie die wenigen gemeinsamen Tage in Kokstad. Am nächsten Dienstag rief er Mandla über die geheime Nummer an und erhielt den Marschbefehl.

Etwa zur gleichen Zeit schied Mendel aus der GDG aus. Er kaufte sich in Südwestafrika zwei Farmen und widmete sich mit Hingabe der Landwirtschaft.
Die ehemalige deutsche Kolonie war seit der Friedenskonferenz in Paris (zu der die Vertreter des APC nicht zugelassen waren) unter die Mandatsverwaltung Südafrikas gestellt worden. Dies hatte der damals neu gegründete Völkerbund beschlossen.
Frank Mendel blieb noch über zwanzig Jahre dort. Sein Vermögen investierte er innovative Unternehmen im Deutschen Reich, dessen Kaiser abgedankt hatte und im niederländischen Exil lebte, und das die ersten Gehversuche als Republik unternahm. Dann kehrte er dem Land den Rücken und reiste in seine Heimat zurück. Während der Wirtschaftskrise der dreißiger Jahre gingen diese Unternehmen sämtlich unter. Er sollte alles verlieren. Sechsundvierzig Jahre später starb er als armer Mann, mit 1,49 Reichsmark im Portemonnaie.

»Bist du wahnsinnig, hier aufzutauchen?«

Der Taxifahrer spähte ängstlich die Straße hinauf und hinunter und zog Thabisa eilig in seine Hütte.

»Die suchen dich.«

»Ich weiß. Wegen angeblichem Handel mit Rohdiamanten.«

»Sei nicht naiv! Die ahnen etwas wegen der Strommasten. Einer von uns steht unter Verdacht, oder einer ihrer Spitzel hat etwas mitgekriegt. Sie haben ihn im John Vorster Square verhört und gefoltert. Der arme Kerl ist in seiner Not aus dem Fenster gesprungen. Tot.«

»Woher weißt du das?«

»Taxifahrer wissen alles. Du musst schleunigst verschwinden.«

»Lass mich wenigstens ein paar Stunden hier schlafen, Kumpel. Ich bin hundemüde.«

»Ich will gar nicht wissen, wo du herkommst, aber wo gehst du hin? Wo können wir dich notfalls finden?«

Thabisa überlegte. Sollte er ihm sein Ziel jetzt schon offenbaren, noch bevor er aus dem Lande war? Würden sie den Taxifahrer fassen, wäre seine Flucht in Gefahr. Jedoch wollte er ihm einen Unterschlupf nennen, wenn *er* verfolgt würde. Er wählte einen Kompromiss.

»Ich gehe nach Botswana«, sagte er. Dass er von dort weiter nach Angola wollte, behielt er vorerst für sich.

»Wenn ich kurz vor der Grenze bin, rufe dich an. Dann gebe ich dir eine Adresse. Sollten die mithören, bin ich schon drüben, bevor die ihren Arsch bewegen. Wenn einer von euch in Schwierigkeiten gerät, soll er sofort nachkommen. Okay?«

Der Taxifahrer hatte einen besseren Plan.

»Hau dich in die Ecke. Vor Morgengrauen bist du von hier fort. Ich werde dich rechtzeitig wecken und fahre dich selbst bis kurz vor den Grenzposten. Ich setze dich ab, und du schlägst dich in die Büsche. Du nimmst die ›grüne Grenze‹, und schon bist du in Botswana. Vorher gibst du mir die Adresse und kannst dir deinen Anruf sparen. Da gibt es eh' kein Telefon. Nenne mir wenigstens das Land deiner Träume. Vielleicht kann ich dir einen Tipp geben, wie du am besten hinkommst. Ich bin schließlich vom Fach. Oder traust du mir nicht?«

Thabisa überlegte und gab seine Geheimhaltung auf.

»Angola.«

»Bewege deinen Hintern nach Norden, östlich am Okavango Delta vorbei. Dann musst du durch den Caprivi Streifen, der gehört zu Südwest, also wieder südafrikanische Polizei. Er ist nur ein paar Kilometer breit, und schon bist du in Angola. Und jetzt guten Schlaf. Du wirst ihn brauchen.«

Sie konnten den Grenzposten noch nicht sehen, als er ausstieg. Er schrieb die Visitenkarte von Marco Codelho ab und gab dem Taxifahrer den Zettel.

»Über den kannst du Kontakt mit mir aufnehmen.«

»Mach's gut, Kumpel. Wir sehen uns.«

Zwei Wochen später stand er vor dem Messingschild neben der Tür des gepflegten Gebäudes im kolonialen Baustil.

> *Marco Codelho*
> *Advogado espezializado em direito do trabalho*
> *Nova Lisboa*
> *Província Huambo*

Er öffnete die geölte Holztür und trat ins Halbdunkel der Halle. Ein drahtiger, braun gebrannter Mann mittleren Alters mit schwarzem, pomadisiertem Haar kam ihm entgegen. Er musterte den Besucher mit eindringlicher Neugier.

»Sie sind sicher Senhor Enkumalo. Wir haben Sie erwartet.«

Er sagte Enkumalo. Den gutturalen stimmlosen Klick der Zulus am Wortanfang beherrschte er nicht. Sein Händedruck war schlaff.

»Kommen Sie herein. Kaffee?«

»Gern.«

»Er ist hervorragend, er wird hier angebaut.«

»Natürlich.«

Thabisa lechzte nach Kaffee.

»Nehmen Sie bitte Platz.«

Codelho behandelte ihn zuvorkommend, wie einen wichtigen Klienten. Dabei beobachtete er ihn aufmerksam. So komfortabel wie in diesem tiefbraunen Ledersessel hatte Thabisa lange nicht gesessen. Möbel und Bücherregal waren aus teurem dunklem Edelholz. Durch die halb geschlossenen Lamellen der Fensterläden schien gedämpftes Licht auf ein historisches Ölgemälde an der Wand gegenüber.

»Ein Ahne. Ein Codelho. Er diente unter Vasco da Gama auf dessen erster Reise nach Indien. Sie entdeckten die Südroute um das Kap der Guten Hoffnung. Das kleine Gemälde daneben zeigt einen Padrão, ein steinernes Kreuz. Die wurden an besonders markanten Stellen der Küste aufgestellt, als Navigationshilfe für die nachkommenden Segler.«

Thabisa erinnerte sich. Vor dem Hafen von Lüderitzbucht stand auch ein solches Steinkreuz auf einem Felsen. Eine junge Frau in Rock und Bluse stellte leise das Tablett mit dem Kaffee auf den niedrigen Couchtisch. Beinahe unmerklich streifte sie Thabisas Schulter, ihre Blicke kreuzten sich für den Bruchteile einer Sekunde.

»*Obrigado, Luisa. Faça o favor de cerrar a porta.*«

Codelho setzte sich ihm gegenüber. Thabisa wurde sich bewusst, dass er in einer neuen Rolle steckte. Während der letzten Tage hatte er gefragt, gebeten und gebettelt, mitgenommen zu werden. Öffentliche Verkehrsmittel hatte er sorgfältig gemieden, so es denn überhaupt welche gab auf seiner Route. Wer reist schon quer durch die zentrale Kalahari von Südafrika nach Angola. Aber hier war er kein Bittsteller mehr. Jetzt war er Kunde. Er war der erste offizielle Vertreter des APC in Angola.

»Wie war Ihre Anreise?«

»Oh, sehr angenehm - unter den Umständen.«

›Was geht ihn an, wie oft ich mich versteckte oder nachts im Freien schlief, um nicht gefasst zu werden.‹

»Hatten Sie keine Probleme mit den Ordnungshütern?«

»Nein, wieso?«

»Sie werden doch gesucht, oder bin ich falsch informiert?«

Codelho ließ durchblicken, dass er im Bilde war. Natürlich hatte Mandla in Durban bemerkt, dass der Beobachter gegenüber dem Café stehengeblieben war und es auf Thabisa abgesehen hatte.

›Mandla hat es ihm gesteckt. Die beiden sind gute Kumpel.‹

Thabisa blieb gelassen.

»Das mag möglich sein. Wichtig ist in diesem Augenblick, dass Sie auf unserer Seite stehen und für uns arbeiten, Herr Codelho.«
»Natürlich, Senhor Enkumalo.«
›Hoffentlich kommt er jetzt zur Sache‹, dachte Thabisa.
Inzwischen hatte er alle Kekse auf dem kleinen Teller aufgegessen. Er hatte einen Mordshunger und kein Verlangen nach einem langen Vorgeplänkel.
»Als erstes benötige ich Ihre Identifikation für das Einreisevisum und den Antrag auf politisches Asyl. Ich erledige das von hier aus. Es dauert mindestens eine Woche. So lange sollten Sie sich besser von der hiesigen Polizei fernhalten. Dann ist es mir gelungen, eine verlassene Missionsstation für den APC zu erwerben. Es wohnen noch ein paar Leute dort, die können Sie als Personal beschäftigen. Es ist die Bungo Mission der amerikanischen Adventisten, dreißig Kilometer von hier. Deren Missionaren ist zu verdanken, dass die Sprache der Ovimbundu mit lateinischen Zeichen verschriftet wurde, einer Bantusprache. Sie werden die nicht verstehen. Ihr isiZulu gehört zur Gruppe der Nguni. Es wäre hilfreich, wenn Sie schnellstens Portugiesisch lernten. Ich habe hier ein Wörterbuch und die Zeitungen der letzten Woche. Aktuelle Themen sind überall dieselben, Politik, Sport, Wirtschaft, das Wetter. In drei Wochen haben Sie vierhundert Vokabeln im Kopf. Legen Sie das Wörterbuch unter, und ein ›schlafendes Wörterbuch‹ auf das Kissen Ihres Bettes, ha, ha, ha.«
Er fand seinen Witz anscheinend gut. Thabisa bat um einen zweiten Kaffee und hoffte auf Nachschub an Keksen.
»Ich habe einen gebrauchten Militärjeep für Sie gekauft, damit Sie beweglich sind. Landkarten liegen drin. In Angola fahren wir rechts. Das wird für Sie neu sein.«
›Ich habe es gemerkt, du Klugscheißer. Ich bin tausendvierhundert Kilometer durch euer Land getrampt.‹
»Hier habe ich Bargeld für Sie in Escudos. Damit sollten Sie eine Weile auskommen. Wenn Sie dann alles quittieren wollen, bitte. Für meine Abrechnung mit Ihrem Hauptquartier.«
Thabisa unterschrieb.

»Ach, da ist noch etwas. Wie ich hörte, sind Sie auch im Geschäft mit Diamanten unterwegs...‹

Thabisa unterbrach ihn.

»Jetzt sind Sie falsch informiert. Ich arbeite nur für den APC. Vor vielen Jahren habe ich in Lüderitz rein zufällig den ersten Diamanten gefunden. Das Geschäft haben dann andere gemacht. Was wollen Sie mit dieser Bemerkung andeuten?«

»In Angola werden auch Diamanten gefunden. Vor allem hier in der Provinz Huambo. Man findet sie in Flüssen, aber sie graben auch tiefe Löcher in die Erde. Mittlerweile ist das Mineral für uns eine sehr wichtige Devisenquelle. Die deBoer Gruppe kauft unsere Diamanten auf. Ein gewisser Senhor Ernesto Grünzweig leitet das Geschäft von London aus. Wenn Sie Lust und Zeit haben, können wir gemeinsam eine der Minen besuchen. Lassen sie mich es bitte wissen.«

Die Missionsstation bot einen gemischten Eindruck. Einige Gebäude waren vollkommen intakt und bewohnbar, von anderen standen nur noch die Außenwände. Viele hatten Risse in den Mauern. Es gab eine leere Schule, einen Rinderstall, ein paar Wohnhäuser und einen großen Gemeinschaftssaal. Das Gelände war groß, groß genug für militärische Übungen. In der Nähe floss ein Bach. Ein Brunnen lieferte frisches Trinkwasser. Zehn Familien lebten hier. Alle sprachen Portugiesisch, aber Thabisa verstand mehr, wenn sie *Umbundu* mit ihm sprachen. Er suchte sich das am besten erhaltene Haus heraus und richtete sich ein. Am ersten Abend schrieb er einen Bericht an Mandla und forderte einen Generator an. Es lägen zwar in fast allen Gebäuden Stromkabel, aber das alte Gerät der Mission ließ sich nicht mehr starten. Außerdem brauchte er ein Funkgerät. Im letzten Satz stellte er die Frage, ob sie Codelho trauen könnten. Er wäre schließlich Portugiese und befände sich damit auf der Seite der Kolonialmacht.

Am Nachmittag des Samstags saß er über die Zeitungen gebeugt auf der Veranda seines Hauses. Er blätterte suchend im Wörterbuch und hörte das Geräusch eines Autos.

›Eine der Familien kriegt wohl Besuch‹, dachte er nebenbei und ließ seinen Zeigefinger über die Seite wandern. Der Pickup hielt in einer Staubwolke. Die Fahrertür öffnete sich, und eine junge Frau in Jeans und Hemd stieg aus. Sie trug ein Kopftuch.

»Wollen Sie mir nicht beim Abladen helfen?«

Thabisa sah hoch und stand augenblicklich auf den Beinen. Er schüttelte ungläubig den Kopf.

»Luisa. Was machen Sie denn hier?«

»Sehen, wie es Ihnen geht, Senhor Enkumalo.«

»Thabisa, bitte.«

»Ich bringe Bettzeug und Wäsche. Und einen Kühlschrank. Er läuft mit Gas. Flaschen habe ich auch dabei.«

»Senhor Codelho denkt aber auch an alles«, sagte er.

›Er lässt mich beobachten, und Luisa soll mich ausspionieren.‹

»Nein, nein. Das ist von mir: Und nur geliehen.«

Sie schleppten die Sachen ins Haus.

»Funktioniert der Gasherd, oder kochst du auf dem Holzfeuer?«

»Nein. Wir Zulus essen alles roh und blutig.«

Sie war schon am Herd und stellte Kaffeewasser auf. Er hatte sich an der nächsten Tankstelle bereits eine Gasflasche besorgt.

»Ich habe Kuchen dabei und Kekse. Du scheinst sie zu lieben. Und Fleisch und Maiskolben. Wollen wir heute Abend grillen?«

Er traute seinen Ohren nicht.

»Ist das der *Full Service* der Kanzlei, oder ist das auch privat?«

»Noch so eine blöde Frage, und ich fahre wieder.«

Ihr Englisch war gut, aber sie rollte das ›r‹.

»Sorry. Ich ziehe die Frrage zurrück.«

Nach dem Kaffee wieselte sie putzend durch das Haus. Das war nicht die Angestellte im dezenten Rock mit Bluse aus Codelhos Büro. Hin und wieder hört er sie auf Portugiesisch fluchen, wenn sie den Schmutz der Jahre aus den Ecken holte. Zum Schluss überzogen sie sein Bett. Draußen legte er einen Ring aus Steinen unter der Akazie, schichtete Holz aufeinander und entzündete das Feuer, während sie in der Küche das Fleisch und die Maiskolben vorbereitete. Aus einem

Korb zauberte sie eine Flasche Rotwein und zwei Gläser. Die Sonne näherte sich dem Horizont und schien glutrot durch die Zweige.

»Dies ist ein wunderbares Land. Aber ich bin unglücklich, was sie daraus gemacht haben. Nämlich nichts. Unsere Regierung in Lissabon investiert nichts. Sie holen heraus, was möglich ist. Sie bedienen sich an den Rohstoffen, aber von den Gewinnen fließt fast nichts zurück. Die Einheimischen verarmen. Sie sind unzufrieden. Das wird nicht gut ausgehen. Die reichen Portugiesen können gehen, wann sie wollen. Wen es am Ende trifft, sind die kleinen weißen Restaurantbesitzer, Handwerker und Händler. Gegen sie werden sich der Zorn und die Wut der Schwarzen eines Tages richten. Wie meine Eltern. Mein Vater betreibt mit zwölf Arbeitern einen kleinen Metallbau. Wohin sollte er gehen? Portugal ist voll. Da brauchen sie ihn nicht.«

»Und Brasilien? Da sprechen sie doch die gleiche Sprache.«

»Er kann sich die Überfahrt nicht leisten. Die Frage ist, ob das Land ihn überhaupt aufnimmt. Die Weißen sind pauschal verhasst. Egal, ob sie Geld haben oder nicht. Wir haben keine gesetzliche Rassentrennung wie ihr in Südafrika. Doch das Ergebnis ist gleich. Herren und Knechte. Es rumort. Wir haben auch einen Widerstand, die RESA, *Resistencia Angolana*. Die werden bald Kontakt mit dir aufnehmen. Du brauchst nur zu warten.«

»Und wo stehst du?«

»Weil sich mein Land nicht bewegt, stehe ich auf ihrer Seite. Ich möchte hier bleiben und das Land mit entwickeln, zusammen mit den Einheimischen. Ich mag sie. Es gibt so viele Möglichkeiten.«

»Und Codelho?«

»Du solltest vorsichtig sein. Der hängt sein Fähnchen nach dem Wind. Er braucht dringend Klienten, gleich auf welcher Seite sie stehen. Ihr seid ihm ein wichtiger Kunde. Er braucht das Geld. Aber er möchte dringend ins Diamantengeschäft einsteigen. Er weiß von Mandla, dass du in Lüderitz warst. Er hofft, dein Wissen anzapfen zu können. Aber du solltest aufpassen. Die RESA finanziert sich auch mit Diamanten. Die haben sogar direkte Kontakte nach Amsterdam. Hier in der Nähe suchen sie in einem Flussbett nach Alluvialdiamanten. Ich könnte mit dir hinfahren. Vielleicht morgen früh? Schau es dir einmal an.«

»Einverstanden.«

»Schau dort. Die *Crux* geht gerade auf, das Kreuz des Südens. Ich liebe diesen Sternenhimmel. Aber lass uns reingehen, es wird kühl. Wir sind hier siebzehnhundert Meter hoch. Die Nächte sind kalt hier oben.«

Er trat das Feuer aus und folgte ihr zum Haus. Im Türrahmen blieb sie unvermittelt stehen. Thabisa *musste* auflaufen. Er legte seinen Arm um ihren Körper.

Als er aufwachte, war der Platz neben ihm leer. Im Laken fühlte er noch ihre Wärme. Er hörte das Klappern von Geschirr in der Küche. Splitternackt richtete Luisa das Frühstück. Er bewunderte ihren weißen Körper mit allen femininen Attributen. Auf dem Gasherd brodelte das Wasser für den Kaffee.

»*Bom día!* Heute fangen wir Portugiesisch an.«

»Das klingt wie eine Drohung.«

Er schaltete den Herd ab, hob sie hoch und trug sie zurück ins Schlafzimmer.

»Später«, sagte er.

»*Mais tarde.* So heißt das bei uns.«

»*Mais tarde.*«

Sie biss ihn zärtlich ins Ohr.

Sie brauchten etwa eine Stunde bis zur Stelle, an der sie schürften. Selbst heute am Sonntag wurde gearbeitet. Tief gebückt schwenkten Männer und Kinder ihre flachen Pfannen mit Sand und Wasser. So etwas hatte Thabisa noch nicht gesehen. Er kannte nur den trockenen, staubigen Wüstensand.

Er erinnerte sich an Lüderitz, die händische Suche am Anfang. Dann die ersten Schüttelsiebe. Wenig später kamen schräge Trommeln dazu, die sie mit einer Kurbel drehten. Am Ende hatten sie das gesiebte Gut mit Wasser über Wachsplatten gespült.

Er sah zu, wie sie den Sand mit Schaufeln ausgruben.

»Ihr müsst in Flussrichtung hinter und unter den Steinen graben. Dort verwirbelt das Wasser, dort setzen sie sich ab.«

Luisa übersetzte.

Das hatten sie in Lüderitzbucht schon festgestellt, wenn auch das Wasser seit Tausenden von Jahren verschwunden war. Die Diamanten lagen immer konzentriert hinter irgendwelchen Felsen.

»Luisa, die arbeiten wie die Goldsucher. Meinst du, dein Vater könnte denen eine Waschtrommel bauen? Und einen Sortiertisch mit Wachsplatte?«

»Ohne Zweifel. Du müsstest ihm erklären, wie die Dinger aussehen sollen. Besuch uns doch einfach.«

Ein Mann mit Helm und mürrischer Miene stapfte auf sie zu.

»Was wollt ihr hier? Haut ab! Schert euch zum Teufel«, schrie er in Portugiesisch.

»Was sagt er?«

»Wir sollen verschwinden. Er ist misstrauisch, weil er nicht weiß was wir im Schilde führen. Lass mich mit ihm reden.«

Luisa setzte ihr breitestes Lächeln auf und überhäufte ihn mit einem Wortschwall, in dem Thabisa nur seinen Namen und das Kürzel APC verstand. Das Gesicht unter dem Helm hellte sich auf, und eine Hand schnellte Thabisa entgegen.

»Ich bin João. Willkommen, Bruder. Ich habe schon viel von deinem Verein gehört. Wir mögen Neugierige nicht. Wir vertreiben sie. Doch bei dir mache ich eine Ausnahme. Was tut denn der APC in Angola? Bist du der Chef?«

»Um Himmels willen. Ich bin nur einfacher Soldat. Wir bauen einen Stützpunkt auf. Ist mit euren Häuptlingen abgestimmt.«

»Ich habe davon gehört. Euch rückt in Südafrika die Polizei auf die Pelle, stimmt's?«

»Wäre ich sonst hier?«

»Ich höre von Luisa, du hast Erfahrung mit Diamanten. Möchtest du bei uns anfangen? Bist jederzeit gern gesehen, Bruder.«

»Für wen arbeitest du? Für die RESA?«

»Ich bin zu alt, um einen guten Kämpfer abzugeben. Die RESA ist mein Kunde. In Angola kann jeder schürfen, wenn er seinen Fund brav registriert und der Kolonialverwaltung zwanzig Prozent als Steuer abführt.«

»Die RESA kauft deine Steine und verkauft sie an Grünzweig? An deBoer?«

»Natürlich nicht. Dann wüssten die Portugiesen, wie viel Geld der Widerstand besitzt. Die haben direkte Kontakte nach Amsterdam.«

»Okay Kumpel. Ich komme bald mal vorbei.«

Die nächsten Wochen waren angefüllt mit der Renovierung der brauchbaren Gebäude der Missionsstation und der Vorbereitung von Unterkünften. Mandla hielt den Kontakt zu Thabisa über das Telex in Codelhos Kanzlei. Luisa nutzte jede Gelegenheit, die eingehenden Meldungen nach Bungo zu bringen. Sie fuhr abends zu Thabisa und am nächsten Morgen direkt in ihr Büro zurück.

Nach einer Woche hatte ihr Vater Muster der Waschtrommel und des Sortiertisches fertig. Am Wochenende brachte Luisa die Geräte mit dem Pickup ihres Vaters zu ihm. Sie fuhren an den Fluss, um sie mit João zu erproben. Der war so begeistert, dass er zehn Stück auf einen Schlag bestellte. Ein schöner Auftrag.

Drei Monate später kamen sieben Südafrikaner in der Station an. Drei Xhosas und vier Zulus. Unter ihnen war auch Jacob, einer seiner Mitstreiter aus Johannesburg. Er war nur knapp seiner Verhaftung entkommen. Thabisa begrüßte ihn mit großem Hallo. Während der nächsten Wochen kamen weitere Männer an, allein oder in kleinen Gruppen. Bald waren sie über fünfzig. Eines Tages kam ein schwarzer Feldwebel in Tarnanzug.

»Sergeant Sithole. Viele Grüße von Mandla. Ich soll hier ab jetzt das Kommando übernehmen.«

»Ja, ich weiß. Hat er mir getelext. Und welches Schicksal hat dich zur Firma verschlagen?«

»Das heißt Sergeant. Und Sir. Seit wann duzen wir uns? Haben wir schon einen Sack Salz zusammen gefressen? Was ist überhaupt Ihr Dienstgrad, Soldat?«

»Dienstgrad? Wie Sie eben sagten. Soldat. Sir.«

»Kleiner Scherz, Thabisa. Ich heiße Langa.«

Thabisa war erleichtert.

»Ich bin von meiner Einheit desertiert. Ich habe mit einem gezielten Haken einen weißen Offizier zu Boden gestreckt, weil der mich im Suff als schmutzigen Kaffer beleidigt hatte. Dafür kriegt man Bau. Dazu hatte ich keine Lust. Überhaupt passte mir die Arroganz der weißen Offiziere nicht.«

Nun begann die militärische Ausbildung. Sithole stellte umgehend einen Dienstplan auf und führte Disziplin ein. Früh aufstehen, Joggen, Duschen, Frühstücken, militärischer Drill. Am Nachmittag Arbeitsdienst. Sie bauten einen Schießstand, denn sie erwarteten eine Ladung Waffen und Munition von der RESA.

Nach einer Art Grundausbildung führte Sithole Dienstränge ein und ein System der Beförderung nach Leistung. In der Mittagshitze nach dem gemeinsamen Essen wurde Waffenkunde im Schatten der Akazien abgehalten, oder es wurden die neuesten Nachrichten aus Südafrika verlesen und diskutiert, Übergriffe gegen Schwarze, neue Apartheidgesetze und die zwangsweise Umsiedlung von Teilen der Bevölkerung in die neu gegründeten Homelands. Sithole hielt seine Männer physisch und geistig auf Trab und sorgte für Motivation.

Der Stützpunkt des APC gewann langsam Struktur. Die Männer wurden allmählich zu einer schlagkräftigen Truppe geformt. Aber die Besuche Luisas bildeten sehr schnell ein Problem. Sehr bald befahl Sithole Thabisa zu sich. Vier-Augen-Gespräch.

»Gefreiter Nkumalo, Sie vögeln eine Weiße gewissermaßen vor den Augen Ihrer Kameraden. Das muss aufhören. Als Mann habe ich dafür zwar volles Verständnis, aber muss es ausgerechnet eine Weiße sein? Eine Portugiesin? Eine Angehörige der Kolonialmacht? Ficken die etwa besser als unsere Weiber? Ja, ja, ich weiß. Wenn man durchs Krause durch ist, ist es wie zu Hause.«

›Ich könnte ihm eine in die Fresse hauen‹, dachte Thabisa.

»Sie steht auf unserer Seite, Herr Unteroffizier.«

»Sie liegt nachts in Ihrem Bett, Nkumalo. Haben Sie die Augen Ihrer Kameraden mal gesehen? Die Jungs sind doch spitz wie ein Assegai. Denen steht der Saft bis an die Ohren. Stellen Sie sich vor, die brächten alle ihre Bräute mit. Dann hätten wir hier einen Puff, Mann. Ab sofort sind Frauenbesuche im Stützpunkt verboten. Egal, auf wessen Seite die stehen oder liegen und welche Hautfarbe sie auch haben. Ihr Verhalten untergräbt die Moral der Truppe. Haben Sie verstanden?«

»Jawohl. Sir.«

»Was Sie während Ihres Ausgangs außerhalb des Stützpunkts alles treiben, geht mich nichts an, solange keine Beschwerden kommen. Wir sind inoffizielle Gäste in diesem Land, wir sind nur geduldet. Und wir werden uns vorbildlich benehmen. Klar?«

»Klar. Sir.«

»Wegtreten!«

»Ja, Sir.«

Am folgenden Tag wurden drei zusätzliche Betten in Thabisas Haus geschoben. Er bekam Kameraden als Mitbewohner. Die angenehmen Wochenenden in der alten Bungo Mission waren für ihn und Luisa vorbei. Verständnisvoll überließen Luisas Eltern ihnen die kleine Hütte in den Bergen außerhalb von Nova Lisboa für ihre Treffen. Sie mochten Thabisa. Dass er Schwarzer war, kümmerte sie wenig. Sie waren in Angola, lebten unter Schwarzen und wollten hier bleiben. Sie hatten keine Vorurteile.

Noch immer waren der Generator und das Funkgerät nicht auf dem Stützpunkt eingetroffen. Jegliche Kommunikation lief über Codelhos Kanzlei. Eingehende Telexmeldungen wurden gesammelt und von Sithole täglich abgeholt. Ausgehende Meldungen wurden von Luisa in die Telexmaschine getippt, auf Lochstreifen gespeichert und im Laufe des Tages gesendet. Das Gerät von Siemens druckte ein Original und vier Kopien in verschiedenen Farben. Codelho hatte Luisa angewiesen, die gelben und die rosafarbenen Kopien einzubehalten und getrennt zu archivieren. Das Original und die beiden ersten Kopien wurden Sithole stets in einem verschlossenen Umschlag ausgehändigt. Der übernahm den Umschlag, salutierte und ging wieder. Er las seine Korrespondenz nie außerhalb seines Büros und nie in Anwesenheit anderer. Dies war sein System.

Wie an jedem Tag setzte sich Sithole nach seiner Rückkehr aus der Stadt an seinen Schreibtisch und öffnete den Umschlag. Beim dritten Telex wurde er hellwach. Eine Gruppe südafrikanischer Soldaten war beobachtet worden, wie sie den Grenzfluss Kunene in der Nähe der Ruacanafälle nach Angola überschritten hatten und dort von regulären portugiesischen Soldaten freundlich begrüßt worden waren. Doch sie kehrten nicht nach Südwestafrika zurück, sondern bauten sich in aller Ruhe ein Lager auf. Der Informant war ein Herero, der seine Rinder am Fluss hütete, ein Sympathisant des APC. Er hatte sechs uniformierte Männer gezählt und zwei Fahrzeuge.

›Da verläuft einer unserer Verbindungswege‹, dachte Sithole.

›Südafrika – Südwest - Angola. Das letzte Trinkwasser aus dem Fluss vor dem langen Weg durch die Wüste. Wer nach Süden will oder von Süden kommt, muss da durch. Verdammte Scheiße!‹

In der Mittagsbesprechung verlas Sithole vor seinen Männern den Bericht und gab seinen Befehl bekannt.

»Die Südafrikaner wollen unseren Verbindungspfad abschnüren. Den brauchen wir dringend für unsere Leute, Material und Flüchtlinge. Wir müssen den Ausbau ihres Nestes stören. Unser Auftrag lautet: Zerstörung der Fahrzeuge. Die Soldaten bleiben ungeschoren. Keine Gefangenen. Die sollen nach Hause tippeln. Geschossen wird nur in Notwehr. Wir bilden eine Gruppe von sechs Mann. Nkumalo führt die Gruppe, er ist der Älteste.«

Er wählte die anderen fünf aus, Jacob war auch dabei.

»Die Gruppe sofort zu mir zur Einsatzbesprechung. Die anderen Wegtreten.«

Die sechs versammelten sich vor einer Landkarte.

»Ihr fahrt über Asaka nach Xangongo.«

Sein Finger wanderte über die Karte.

»Bleibt östlich vom Fluss und fahrt bis fast an die Grenze zu SWA. Dann fahrt ihr durchs Gelände strikt nach Westen, bis ihr in die Nähe des Kunene kommt. Der fließt dort nach Westsüdwest. Die wichtigen Wege führen an der Nordseite des Flusses entlang. Es sind mehrere. Dort vermute ich die Südafrikaner. Schaut nach aufsteigendem Rauch von ihrem Braaivleis. Die grillen gern. Zum Fluss fallen die Felswände etwa fünfzig Meter ab. Von oben habt ihr gute Sicht auf den Fluss und die Trampelpfade am gegenüberliegenden Felshang. Er bildet dort einen natürlichen See und fällt dann über die Ruacanafälle hundert

Meter in die Tiefe. Pirscht euch an, setzt die Fahrzeuge in Brand und verschwindet wieder. Schießt nur, wenn ihr angegriffen werdet. Wir sollen ein Zeichen setzen. Dass die Buren zu Fuß zurückmarschieren müssen, ist schon Strafe genug. Gefangene brauche ich hier nicht.«
Er machte eine Pause.
»Fragen?«
Keiner meldete sich. Ihnen war klar, was er meinte.
›Fragen kommen, wenn wir dort sind‹, dachte Thabisa.
›Wir schaffen das auch alleine.‹
»Ausrüstung, Munition, Proviant fassen und sehr, sehr viel Wasser. Vergesst die Brandbeschleuniger nicht. In zwei Stunden ist Abmarsch.«
»Ja. Sir.«
»Noch was. Ich werde Kontakt mit der RESA aufnehmen. Sollten die dort zufällig Leute haben, lasse ich die zur Verstärkung schicken.«
»Danke. Sir.«

Luisa beobachtete, wie Codelho Unterlagen in seine Aktentasche schob, darunter einen der beiden Telexordner.
»Müssen Sie weg? Ich habe hier keinen Termin im Kalender.«
»Es ist ein privater Behördengang. Ich vergaß, es Ihnen zu sagen.«
Luisa stutzte.
›Wieso braucht er den Telexordner für einen privaten Termin?‹
Er war gerade fort, als das Telefon läutete. Es meldete sich die Standortkommandantur.
»Richten Sie Senhor Codelho bitte aus, dass sich das Treffen mit Oberst Dos Santos um eine halbe Stunde verspäten wird. Vielen Dank.«
Luisa stutzte. Sie ging in sein Büro, nahm den zweiten Ordner aus dem Regal und las die letzten Eingänge. Beim dritten Telex hoben sich ihre Augenbrauen.
›Ein Einsatz am Kunene. Sie sollen dort aufgetauchte Südafrikaner angreifen. Warum trifft sich Codelho mit dem Oberst? Was läuft da? Ich muss Thabisa sehen. Ich muss mit ihm reden. Ich muss ihn warnen. Er muss auf sich aufpassen und heil zurückkommen. Unbedingt.‹

Sie stellte den Ordner zurück. Am Abend fuhr sie nach Bungo und fragte nach Thabisa. Aber er war schon weg.

Die Männer fuhren den Rest des Tages und die ganze Nacht. Auf den Landstraßen kamen sie gut voran. Sie wollten das letzte Stück durchs Gelände am Morgen machen, mit der aufgehenden Sonne im Rücken. Als sie den breiten Einschnitt des Kunene in der trockenen, hügeligen Landschaft ausmachen konnten, stellten sie den Wagen in eine Senke und pirschten in breiter Linie an den Rand der Schlucht.

»Ab jetzt wird nicht mehr gesprochen. Nur noch Zeichensprache, und Blickkontakt halten.«

Sie sahen das weite Tal, den Fluss, die Bäume, das Gras und die Sträucher. Dort unten war es grün und fruchtbar im Gegensatz zur steinigen Wüste hier oben.

Jacob robbte zu Thabisa heran und flüsterte.

»Morgens grillen die nicht, aber sie kochen Kaffee. Siehst du den dünnen, blauen Rauch dort auf halber Höhe?«

»Hab ich gesehen. Ich überlege, ob wir uns zurückziehen. Dann schlagen wir einen weiten Bogen nach Süden und überqueren den Kunene unterhalb der Fälle. Das Rauschen des Wasserfalls ist unsere akustische Deckung. Drüben suchen wir ihre Fahrzeuge. Von da sehen sie uns nicht.«

Er gab den Männern das Zeichen zum Rückzug und Sammeln. Dann erklärte er seinen Plan.

»Wir haben bis Mittag Zeit. Die werden nach dem Frühstück im Tal am Nordhang patrouillieren, sich danach wieder sammeln und dann ihr Mittagessen zubereiten. Wenn es richtig heiß ist, werden sie sich unter den Bäumen in den Schatten legen und ratzen. Dann sind ihre Autos praktisch unbewacht. Die müssen sie hinter dem Bergrücken abgestellt haben, außerhalb des Sichtfeldes unserer Leute.«

Er sah auf die Uhr.

»Wenn wir zügig losmarschieren, haben wir am Fluss Zeit für eine Pause. Auf geht's. Wir gehen in einer geschlossenen Reihe. Jacob geht voran, ich sichere nach hinten ab.«

Sie hatten den Fluss unterhalb der Fälle erreicht. An einer schmalen Stelle lagen mehrere Felsen im Wasser, und sie kamen trockenen Fußes ans andere Ufer. Zu dieser Jahreszeit führte der Fluss wenig Wasser. Thabisa mochte das enge Tal nicht, man hatte viel zu wenig Übersicht. In einem Seitental kletterten sie auf die Hochebene. Jacob entdeckte die beiden Fahrzeuge als erster. Er gab den Männern das Zeichen, sich zu ducken. Sie sammelten sich um Thabisa.

»Sie haben die Autos gut versteckt und mit Tarnnetzen überzogen. Darunter können wir gut arbeiten. Die haben nicht mal einen Posten abgestellt. Wenn die Autos brennen, kommen sie von dort drüben. Wir haben die Sonne wieder mal im Rücken. Ihr geht fünfzig Meter ins Feld und bildet einen Halbkreis um die Fahrzeuge mit der Öffnung in ihre Richtung. Wie die breiten Hörner eines Büffels. Eine alte Zulu Taktik. Sollten sie uns überraschen, laufen sie direkt in die Falle. Jacob und ich setzen die Autos in Brand. Nehmt Deckung hinter größeren Felsen. Macht euch unsichtbar. Wenn sie brennen, gebe ich euch ein Zeichen und wir hauen ab. Denselben Weg, den wir gekommen sind. Klar?«

»Klar.«

»Haltet euch schön flach, wenn die Munition hochgeht.«

Als die Männer ihre Positionen eingenommen hatten, schlichen Thabisa und Jacob geduckt zu den Fahrzeugen. Sie gossen das Gemisch aus Öl und Benzin auf die Reifen, die Sitze und die Planen. Bevor sie zündeten, nahm Thabisa eine Mappe mit Unterlagen aus einem der Fahrerzeuge an sich. Dann machten sie, dass sie wegkamen.

»Auftrag ausgeführt, Männer. Gute Arbeit.«

Er befahl den Rückzug. Im Seitental überkam ihn wieder dieses unangenehme Gefühl der Enge und der fehlenden Übersicht. Dann hörten sie die Munition in den Autos hochgehen. Wie das harte Staccato eines unregelmäßigen Maschinengewehrfeuers. Wenige Minuten später war es still. Die leichte Brise trieb die schwarze Rauchwolke über das Tal.

Sie gingen in gewohnter Formation hinter Jacob her zur Stelle, an der sie den Fluss überquert hatten. Plötzlich krachte hinter ihnen ein Schuss. Thabisa drehte sich um und riss sein Gewehr hoch. Er schrie.
»Volle Deckung! Feuer von hint …«
Die Männer spritzten auseinander und suchten eilig Schutz hinter Steinen und Bäumen. Vier Soldaten in Tarnanzügen kamen heran, mit ihren Maschinenpistolen wild um sich schießend. Jacob traf zwei, im weiteren Schusswechsel fielen die anderen. Vorsichtig krochen sie aus ihrer Deckung. Thabisa war tot. Ein Geschoss hatte ihn in den Kopf getroffen. Langsam näherten sie sich den vier toten Soldaten.
»Portugiesen! Wir sind doch auf der südwestafrikanischen Seite! Wo kommen die denn her?«
Sie markierten die Stelle auf ihrer Landkarte. Dann nahmen sie die vier Erkennungsmarken an sich.

Sithole überbrachte Luisa die traurige Nachricht persönlich. Sein Mitgefühl war ehrlich. Er hatte seinen besten Mann verloren. Er hatte einen ausführlichen Bericht verfasst und bat sie, so bald sie dazu in der Lage wäre, ihn an sein Hauptquartier zu senden. Dann verabschiedete er sich von ihr mit Ehrenbezeugung. Er salutierte.
Luisa ging in Codelhos Büro. Die Telexordner standen ordentlich nebeneinander im Wandschrank. Sie öffnete den Tresor und nahm etwas heraus. Dann ging sie wieder an ihren Schreibtisch. Nach einer Stunde war der Bericht in der Telexmaschine und auf dem Weg an den APC. Codelho kam ins Büro. Sie legte ihm die Kopien von Sitholes Telex auf den Schreibtisch und ging um ihn herum an den Wandschrank. Als sie nahe bei ihm stand, zog sie die rechte Hand hinter ihrem Rücken hervor und schoss ihn in die Schläfe. Codelhos Kopf fiel auf die Schreibtischplatte. Eine Blutlache breitete sich aus. Sie trug Handschuhe. die Pistole legte sie in seine rechte Hand, steckte seinen Zeigefinger in den Abzugbügel, ging hinaus und schloss die Tür. Von ihrem Telefon aus wählte sie die Nummer der Polizei. Sie drückte die

Gabel herunter und wählte erneut. Es war die Nummer des *Jornal de Nova Lisboa*.

Der Reporter samt Fotograf kam innerhalb von wenigen Minuten. Als die Polizei eintraf, wimmelte es im Büro von Journalisten. Kameras klickten. Blitzlichter. Gemurmel. Kratzen von Stiften auf Notizblöcken. Die Polizei jagte sie alle hinaus.

»Jetzt haben die alle Spuren versaut!«

Der Kommissar war sauer.

Luisa saß weinend an ihrem Schreibtisch.

›Ich trage sein Kind, und er wusste es nicht.‹

Angola verzeichnete den ersten zivilen Toten, den man im weitesten Sinne mit den Unabhängigkeitsbestrebungen in Verbindung hätte bringen können. Wenn, ja wenn es nicht so klar und eindeutig wie Selbstmord ausgesehen hätte.

Sithole ließ sich auf seinen Bürostuhl fallen und kommentierte das Geschehen mit einem einzigen Wort.

»Scheiße!«

Thabisa wurde in Anwesenheit Luisas, ihrer Eltern und Joãos mit militärischen Ehren auf dem kleinen Friedhof der alten Missionsstation feierlich beigesetzt. Salutschüsse zerrissen die Stille des angolanischen Berglandes, als sie ihn in die Grube senkten. Luisa warf einen Zweig blühender Bougainvilleas auf den Sarg.

Der Grenzzwischenfall am Kunene wurde von der portugiesischen Kolonialverwaltung vertuscht, weil ihre vier Soldaten auf dem Boden Südwestafrikas gefallen waren, also im Ausland. Südafrika verschwieg den Vorfall, weil es die Blamage vermeiden wollte. Der APC verhielt sich still, um seine Aktivitäten in Angola nicht an die Öffentlichkeit geraten zu lassen.

Ellen wartete sechs Monate ungeduldig auf eine Nachricht von Thabisa. Nachts wachte sie auf, weil sie meinte, ihn kommen zu hören. Sie hatte Angstträume. Das untätige Warten belastete sie. In ihrer Sorge beschloss sie, Mandla aufzusuchen. Er ließ sie erst gar nicht ins Büro, weil er sicher war, immer noch abgehört zu werden. Erst im Café teilte er ihr die traurige Nachricht mit.

»Wo ist er begraben worden? Ich möchte sein Grab besuchen.«

»Leider geht das nicht. Aus Gründen, die Sie verstehen werden. Wir möchten vermeiden, dass man Ihnen nachfährt und unser Stützpunkt gefährdet wird. Wir werden jetzt schon beobachtet. Sehen Sie dort?«

Auf der gegenüberliegenden Straßenseite stand ein unauffälliger Wagen mit heruntergekurbelter Scheibe. Der Fahrer ließ seine Augen nicht vom Café.

»Sie sollten ihn abschütteln.«

»Gilt das Ihnen oder mir?«

»Ich fürchte, das gilt Ihnen. Ich werde bereits im Büro abgehört. Welches ich übrigens schließe. Ich gehe für einige Monate zu einer Schulung ins Ausland.«

Das Gespräch war ihm unangenehm, obwohl Ellen äußerlich gefasst schien. Er fühlte sich hilflos und hoffte, sie würde nicht anfangen zu heulen. Nicht hier im Café vor den Leuten. Er murmelte eine gelogene Entschuldigung mit Terminen, die er wahrnehmen müsste und stand auf. Bevor er ging, versicherte er sie noch einmal seines Mitgefühls, aber das hörte sie nicht mehr, auch nicht seinen Rat, sie sollte besser den Hinterausgang nehmen. Ellen saß vor der leeren Kaffeetasse wie benommen, abwesend. Sie ließ jetzt, wo er fort war, ihren Tränen freien Lauf. Die Bedienung wagte nicht, sie nach ihren Wünschen zu fragen. Endlich fasste sie sich und ging. Tief in Gedanken fuhr sie mit dem Bus zurück nach Kokstad. Sie hatte nicht bemerkt, dass der Wagen dem Bus gefolgt war.

Am nächsten Tag wurde das Haus ihrer Eltern von der Polizei von oben bis unten durchsucht. Ihre Mutter war entsetzt.

»Was suchen Sie eigentlich?«

»Einen Flüchtigen und seine Diamanten.«

»Dann suchen Sie mal, wenn es Ihnen Spaß macht.«

Sie fanden nichts. Bevor sie gingen, wurde Ellen befragt. Sie hatte Mühe, ihre Trauer zu verbergen. Am liebsten hätte sie dem Offizier ins Gesicht geschrien.

›Haut ab! Thabisa ist tot. Wegen euch und euren Gesetzen, eurem Scheißsystem und unserer Erniedrigung!‹

Doch sie behielt die Kontrolle.

›Nein! Diesen Gefallen tue ich euch nicht. Sucht nur weiter. Sucht euch dumm und dusselig, aber lasst mich mit meiner Trauer allein.‹

»Sind Sie verheiratet?«

»Nein.«

»Haben Sie einen Lebensgefährten?«

»Nein.«

»Haben Sie Kinder?«

»Einen Jungen.«

»Wer ist der Vater?«

»Weiß ich nicht«, log sie.

»Wie bitte?«

»Es passierte auf einem Fest. Wir haben nur einmal … Sie wissen schon. Ich war betrunken.«

»Ja, ja, ihr Griquamädchen.«

»Was war das eben?«

»Ach, nichts.«

»Wer hat denn den *Boeresport* erfunden?«

»Passen Sie auf, was Sie sagen.«

»Dann haben Sie meine Frage ja richtig verstanden.«

Sie rückten wieder ab. Das Versteck im Garten fanden sie nicht.

Ellen war zu Jabulani gefahren. Dieses Mal war sie auf der Hut und machte sicher, dass sie niemand verfolgte.

»Wann kommt Johannes zurück?«

»Dieses Mal nicht. Wir fahren zu ihm. In zwei Wochen beginnen die Sommerferien. Wir drei machen zusammen Urlaub am Meer.«

»Ich muss Johannes und dir sagen, dass sein Vater tot ist.«

»Das ist ja furchtbar!«

Ellen erzählte, was sie wusste. Phineas kam dazu.

»Oma, fahr doch einfach mit.«

Ellen zögerte.

»Ja, das machen wir«, griff Jabulani den Gedanken auf.

»Macht es euch nichts aus? Ich will euch nicht stören.«

Ellens Zögern ließ nach.

»Quatsch! Das ist eine tolle Idee. Wir überraschen Johannes.«

»Und legt mich unter den Tannenbaum.«

»Wir könnten uns anschauen, wo Thabisa damals gearbeitet hat«.

»Aber Tannenbäume? Die wird es dort nicht geben. Da wächst weit und breit nichts.«

»Wir basteln einen aus Treibholz«, schlug Phineas vor.

Sie hatten sich eine Genehmigung geholt, um die Mine besichtigen zu dürfen. Kolmanskuppe war eine Geisterstadt. Dort wohnte schon lange niemand mehr. Die Häuser waren ausgeräumt, zum Teil fehlten die Türen und Fenster, die Zimmer waren halb voll Sand, und wo noch Fensterscheiben ganz waren, hatten sie die Sandstürme stumpf geschliffen. Von den Backsteinmauern stand der Mörtel heraus, die weicheren Steine waren weggestrahlt. Ein trostloses Bild. Dennoch konnte man sich den einstigen Luxus mit etwas Phantasie vorstellen. Am Ende des Wohnheimes für die Arbeiter wuchs eine Palme aus der früheren Latrine. Dort war ein grüner Fleck mitten in der grauen Wüste. Sie kamen an einer Villa vorbei. An dem, was noch übrig war.

»Hier muss Mendel gewohnt haben«, sagte Johannes.

»Und hier ist das Clubgebäude. Dort hat er wohl mit Grünzweig verhandelt. Hier in der Bar.«

»Und wo hat Thabisa den Diamanten gefunden?«

Ellen sah Johannes an.

»Keine Ahnung. Irgendwo am Gleis.«

Phineas lief voraus. Der Schienenstrang verlor sich in der Ferne, verschmolz mit dem graubeigen Einerlei der Wüste. Das Gleis war teilweise von Sand bedeckt. Hier war schon lange nicht mehr geräumt worden. Ein feiner sandiger Schleier schien in der Entfernung alles zu verhüllen. Der sechsjährige Junge hatte seine Augen auf den Boden gerichtet. Er hob etwas auf.

»War das so einer?«

Johannes prüfte den Stein.

»Tatsächlich. Das ist einer. Du hast gute Augen.«

»Mama hat mir meinen von Oma Nandi gezeigt. Der sieht genau so aus, nur größer. Jetzt habe ich zwei.«

»Weißt du, was wir machen? Wir geben den im Büro ab. Die prüfen den genau und geben dir Geld dafür. So viel, wie er wert ist. Fast.«

»Ich möchte ihn aber behalten.«

»Das geht nicht. Wir haben unterschreiben müssen, dass wir alles abgeben, was wir finden. Er gehört der Minengesellschaft. Das ist das Gesetz. Hier im Sperrgebiet gehört alles der Gesellschaft. Ich kann ja meine getauchten Steine auch nicht einfach behalten. Freu dich doch auf ein schönes Taschengeld. Das gehört dir.«

Phineas schien zu begreifen.

»Kann ich mal mittauchen?«

»Wir gehen erst im Januar wieder runter. Wenn du wieder in der Schule bist.«

»Schade.«

4

Regen trommelte auf das Wellblechdach. Zwanzig vor zwei, kurz vor Schichtwechsel. Phineas Nkumalo schnürte die Sicherheitsschuhe. Er richtete sich auf und nahm seinen Helm aus dem Spind. Er klappte die Blechtür zu, steckte das Vorhängeschloss durch die Lasche und stellte die Kombination akkurat auf 0-0-0-0 zurück. Dann ging er in das Büro nebenan. Er war der erste. Der Wachhabende sah von seinem Schreibtisch auf und machte einen Haken hinter den Namen. Zufrieden betrachtete er die Wasserschlieren an den Fensterscheiben. Es war gut, dass es endlich regnete.

Mann für Mann schlenderten die anderen in das Büro. Acht gelbe Helme mit schwarzer Schrift *Security Service Amilefika Diamond Mine*. Amilefika bedeutete in etwa ›Wasserstein‹ in der Sprache der Tswana, nach der hellen Farbe und der Klarheit der Rohdiamanten. Phineas war Zulu wie seine sieben Kollegen. Sie stammten alle aus Natal, knapp tausend Kilometer von hier. Das war kein Zufall. Die Zulus waren berühmt und berüchtigt für ihre kriegerische Geschichte unter König Shaka. Sie waren die besten im Wachdienst, hatten keine Angst im Dunkeln, solange sie sich nicht vor dem Tokolosh fürchteten, dem ›kleinen Teufel‹, diesem schwarzen, nachtaktiven, haarigen, bösen Geist, diesem »Untoten«, den man weder sieht noch hört.

Private Kontakte oder Verbrüderungen des Wachpersonals mit der einheimischen Bevölkerung waren bei der Minenleitung nicht gern gesehen. Diamantendiebstahl musste mit allen Mitteln unterbunden werden. Deshalb schliefen die Wachen auf dem Minengelände in einem Wohnblock für Junggesellen, nicht in der freundlichen Siedlungsoase mit Flugfeld und Golfplatz. Sie waren für zwölf Monate eingestellt und keinen Tag länger. Dann kehrten sie in ihr südafrikanisches Homeland zurück. SeTswana beherrschte Phineas nicht, es gehörte zu den Sotho-Sprachen, die von hier bis runter in den Kongo gesprochen wurden. IsiZulu war im südöstlichen Afrika vertreten.

Das Gewitter war weitergezogen und stand jetzt östlich der Mine. Über dem hoch aufgetürmten *cumulonimbus* schwebte der typische Amboss in zwölf Kilometern Höhe. Unter der Wolke hingen graue schräge Regenstreifen bis auf die nach Wasser lechzende Halbwüste, der *Kalahari*. Dumpfes Donnergrummeln drang an Phineas' Ohr, als er seinen Hintern in den Pickup hievte. Er war mit Gatsha Sokhela dazu eingeteilt worden, zur Sohle des Tagebauloches hinunterzufahren. Die anderen griffen sich die Feldstecher aus der Halterung. Sie fuhren zu den drei Containern am Rand des künstlichen Kraters. Große Fenster ermöglichten ihnen, alle Bewegungen zu beobachten und per Funk an den Pickup zu melden. Bückte sich jemand, um etwas aufzuheben, war er bereits verdächtig. Es könnte zufällig ein Diamant sein und in dessen Tasche landen. Der Verdächtige würde in den Pickup gebeten und sofort zur Leibesvisitation gebracht.

Erlebt hatte er das noch nie. Amilefika galt zwar als das reichste Vorkommen der Welt. Trotzdem mussten sie für ein Karat fast eine Tonne diamanthaltiges Muttergestein aus dem Loch holen, um es oben in der Anlage zu mahlen und zu waschen. Ein Verhältnis von eins zu vier Millionen. Um sie zu erkennen, benutzten sie ultraviolettes Licht. Es lässt Rohdiamanten grün aufleuchten. Das menschliche Auge kann sie kaum vom tauben Gestein unterscheiden.

Genau das passierte Phineas heute. In fast zweihundert Meter Tiefe unter der Erdoberfläche rumpelte sein Pickup über die vom Gewitter getränkte Sohle. An den tiefen Stellen hatten sich Pfützen gebildet. Am Rand des markierten Fahrweges lag zwischen zwei rotweiß gestreiften Baken eine Baggerschaufel. Die Luft war für kurze Zeit vom Staub reingewaschen, den die Bagger und Muldenkipper aufwirbelten. Da traf ein kurzer Lichtblitz sein Auge. Etwas Winziges hatte die Sonne reflektiert. Phineas stoppte.

»Ich muss mal pissen«, sagte er zu Gatsha.

Er sah nicht die steile Wand hinauf zu den Containern am Rand, und er bückte sich nicht. Er fand den Stein neben der Schaufel. Der Regen hatte ihn freigespült. Er stellte sich breitbeinig hin und öffnete seine Hose. Während er sich erleichterte, drückte er ihn mit der Spitze seines Stiefels behutsam in den nassen Dreck zurück. Beim Abschütteln presste er mit dem Absatz eine Markierung neben die Fundstelle. Er sah sich unauffällig in alle Richtungen um und merkte sich markante Orientierungspunkte. Dann stieg er in das Fahrzeug.

»Ah, das tat gut.«

»Hast du einen gefunden?« Gatsha grinste ihn scherzhaft an.
»Natürlich! Ich hab doch nur einen. Der ist leicht zu finden.« Phineas flachste zurück.

Gatshas Frage war so abwegig nicht. Die Arbeit in der Mine diente zu nichts weiter als dem Broterwerb. Jeder Arbeiter und Angestellte hatte seine Funktion im großen Räderwerk. Die Ausbeute war erklärtes Eigentum des Minenbesitzers. Doch insgeheim hoffte jeder in der Mine, irgendwann einen Diamanten zu finden. Es war ihre tägliche Lotterie. Wenn ein Spieler seinen Einsatz macht, träumt er im Voraus davon, was er mit dem Gewinn alles machen könnte. Ihr Einsatz in der Mine war die Aufmerksamkeit. Denn im Falle eines Zufallsfundes gingen sie nicht leer aus.

Der Minenbesitzer hatte sich ein Monopol geschaffen, das er eifersüchtig hütete. Er beherrschte den Markt, hortete die Steinchen und steuerte den Verkauf mit dem Ziel möglichst hoher Erträge. Nichts wäre schlimmer für ihn als ein Verkauf an seinem Monopol vorbei. Deshalb hatte er für Zufallsfunde eine interessante Regel geschaffen. Der Finder musste sich melden und den Stein abgeben. Ein Gutachter bestimmte den Wert, und die Mine zahlte einen Finderlohn von achtzig Prozent des Wertes. Das kam zwar selten vor, aber häufig genug, um die Verlockung nicht absterben zu lassen.

›Ich bin ein guter Sicherheitsmann. Sie haben mich geschult, und ich habe alles gelernt was ich brauche, um gute Arbeit abzuliefern. Ich mache einen guten Job. Aber sie zahlen beschissen. Kürzlich habe ich herausbekommen, wie viel die Fahrer der Muldenkipper verdienen. Mann! Die sind alle *Tswanas*. Die sind auch nicht klüger als ich. Sie sitzen die ganze Schicht in ihren klimatisierten Kabinen auf gefederten Sesseln. Sie halten zusammen. Bastarde! Kein Zulu ist jemals Fahrer geworden, immer nur Tswanas. Ich habe die Uni besucht und Jura und

Wirtschaft studiert. Ich habe einen vollwertigen Abschluss. Aber ich bekomme keinen Job, weil ich schwarz bin. Mutter hat immer gesagt, ich soll es besser haben als Vater Johannes und Opa Thabisa. Aber man lässt mich nicht. Jetzt bin ich Wachmann! Welch zynisches System! Du treibst dich jahrelang voller Enthusiasmus in Hörsälen herum, schreibst Examen, bekommst ein Diplom, und dann läufst du ins Leere.‹

Phineas saß nach der Schicht in seinem Zimmer und klemmte sich seinen Sicherheitsschuh zwischen die Knie, Sohle oben. Er hielt sein schärfstes Messer in der Hand.

›Ich kenne das Sicherheitssystem. Es ist perfekt. Doch ich spüre das irre Verlangen, es auszutricksen. Sechs Augenpaare beobachten mit ihren 8x50 das Tagebauloch. Mindestens eins hat mich pissen sehen. Aber nicht, wie ich den Stein in den Boden drückte. Es hat funktioniert. Sie haben nichts bemerkt und nichts gemeldet. Das ist gut. Morgen muss es wieder klappen!‹

Er schnitt ein Loch in den Gummi des Absatzes, höhlte ihn aus, so dass nur noch ein stabiler Rand stehen blieb. Danach füllte er den Hohlraum mit flüssigem Kerzenwachs und ließ es hart werden.

›Lucas, mein Urgroßvater, hat als junger Mann während des großen Diamantenrauschs in Kimberley geschuftet. Sie haben das gesiebte und zerkleinerte Muttergestein mit Wasser über eine Wachsplatte gespült. Diamanten nehmen kein Wasser an, sie bleiben trocken und kleben am Wachs wie Eisen an einem Magnet, so machen sie es heute noch, hat mir Vater erzählt. Das muss ich jetzt probieren. Ich muss ihn freilegen und mit dem Absatz drauftreten. Der Staub ist wohl nass, aber nicht der Diamant. Er wird sich in das Wachs hineindrücken und dort kleben bleiben. Wenn es keiner ist, klebt er nicht. Dann habe ich eben Pech gehabt. *Umkhulu* hatte auch einen. Wenn sich das Sonnenlicht in ihm brach, sah man alle Farben des Regenbogens. Das Steinchen neben der Baggerschaufel hatte genauso gefunkelt. Es *muss* einer sein! Morgen hole ich ihn aus dem Loch.‹

Gatsha machte sich über ihn lustig. Sie fuhren dieselbe Route ab wie am Vortag.

»Hast du dir die Blase erkältet oder die Pfeife verbogen? Wie oft musst du eigentlich pinkeln?«

Nach Schichtende trat er vor dem Passieren der Personenschleuse ein paar Mal fest auf, um den Stein so tief wie möglich ins Wachs zu drücken. Dann legte er seinen Ausweis auf das Brett und seine Hände auf die Messingplatten rechts und links daneben. Nach der Methode eines Lügendetektors wurden Handfeuchtigkeit und Puls gemessen und mit den im Computer gespeicherten Werten verglichen. Wer dabei auffiel, wurde gefilzt. Phineas blieb gelassen. Noch wusste er nicht, ob sein Fund echt war und überhaupt im Absatz klebte. Die Schuhe waren schmutzig genug, um Verdacht zu erregen, und eine Leibesvisitation wäre in jedem Fall negativ. Warum also nervös sein? Aber die Kollegen winkten ihn durch.

Phineas schritt unruhig in seinem Zimmer auf und ab. Zur Meldung des Fundes war es bereits zu spät. Etwas aus dem Sicherheitsbereich herauszuschmuggeln war bereits ein Grund zur fristlosen Entlassung. Seine Stimmung schwankte zwischen Euphorie, Vernunft und Angst vor Entdeckung. Auf dem Boden vor ihm lagen drei höchst verdächtige Gegenstände, ein Schuh mit merkwürdig ausgehöhltem Absatz, ein schmutziger Klumpen Wachs und ein Rohdiamant so groß wie die Kuppe seines Daumens. Er nahm den Stein zwischen die Finger und hielt ihn gegen das Licht. Er drehte seine Hand hin und her, um die Sonnenstrahlen einzufangen. Der Stein war farblos und klar. Plötzlich erschien in der Mitte des Steins eine blasse Schattierung, wenn er ihn in einem bestimmten Winkel hielt. Sie sah aus wie eine leichte Unordnung im Kristallgefüge, war nicht so dunkel wie ein Einschluss, sondern lang, fein und deutlich abgegrenzt. Sie hatte die geschwungene Form eines elegant segelnden Sturmvogels. Er erinnerte sich, dass Heinrich von ihnen erzählt hatte, als er ihm die Narbe am Unterarm von Lucas beschrieb, seinem Urgroßvater, seinem *Umkhulu*.

›Du bist sehr schön, und du bist ein Vermögen wert. Ich taufe dich auf den Namen Albatros.‹

Draußen im Flur kamen Schritte näher. Sein Herz schlug bis zum Hals. Hastig steckte Phineas den Stein in seine Unterwäsche. Er stopfte das Wachs zurück in den Absatz und stellte die Schuhe in den Schrank. Die Schritte entfernten sich wieder. Entwarnung! Er legte sich aufs Bett, um sich zu beruhigen.

Vor seinem inneren Auge spulte sich sein Leben ab. Er war sechs Jahre alt, als sein Großvater Thabisa beim Einsatz an den Ruacanafällen fiel. Seine Erinnerung an ihn war nur vage, denn er hatte ihn kaum zu Gesicht bekommen. Was er von ihm wusste, stammte aus den vielen Erzählungen seiner Eltern und machte ihn zu seinem Helden.

»Er ist für unsere Sache gestorben«, hatte Jabulani immer gesagt.

Je älter er wurde, desto mehr hatte ihn interessiert, was die ›Sache‹ eigentlich war. Dann schickten ihn Johannes und Jabulani auf die Uni. Er trat dem APC bei. Mit ein paar Kommilitonen gründete er eine ›Denkfabrik‹. Sie hielten die Sprengung der Hochspannungsmasten und die anderen Sabotageakte für richtig, um die Aufmerksamkeit der Welt auf ihre ›Sache‹ zu lenken. Das war gelungen. Doch die weiße Regierung ließ sich dadurch nicht beeindrucken. Sie war im Streben, das Aufbegehren der schwarzen Bevölkerung zu unterdrücken, nur noch rigoroser geworden. Der Zorn unter den Studenten wurde stetig stärker. Als er nach seinem Abschluss keine Arbeit fand, war es mit der letzten Rücksicht vorbei. Er hatte sich in Miriam verliebt, die Medizin studierte. Sie planten eine gemeinsame Zukunft in Freiheit und mit allen Möglichkeiten. Doch Zorn und Liebe sind schon immer schlechte Partner gewesen. Die kluge und weitsichtige Miriam hatte ihn davon überzeugt, dabei mitzuwirken, das Bild des APC in der Öffentlichkeit positiv zu gestalten, um sich als regierungsfähig darstellen.

»Eine effektive Widerstandsbewegung im Untergrund mit einem militanten Ableger wie dem ›Speer des Volkes‹ ist noch lange keine Empfehlung, sie auch mit der Lenkung eines Landes zu beauftragen. Die ›Sache‹ muss auf eine neue Ebene gehoben werden. Ja, wir müssen sogar die regierungskritischen Weißen erreichen, wir müssen sie für die Mitwirkung gewinnen. Aus diesem Grund muss Sabotage aufhören. Wir müssen reden, nicht sprengen! Der APC muss sehr schnell eine ernstzunehmende politische Partei werden, um künftig an Wahlen teilnehmen zu können, vorausgesetzt dass alle mündigen Bürger ein gemeinsames Parlament wählen dürfen. *One man one vote.* Von diesem Standpunkt rücken wir niemals ab. Wenn wir dieses Credo deutlich in die ausländische Presse bringen, erhöht sich auch von dort der Druck. Wir müssen erreichen, dass die weiße Regierung isoliert wird und das Verbot des APC schließlich aufhebt. Und wir müssen den Weißen die Angst nehmen. Jetzt ist Diplomatie gefragt. Wir wollen keine Zustände wie im Kongo oder in Angola. Schau dir Namibia an. Dort lief es mit der SWAPO auch mehr oder weniger friedlich ab.«

Das war ihre feste Überzeugung. Doch Phineas hatte ganz andere Sorgen. Er brauchte Beschäftigung und ein Einkommen. Das Schicksal seines Großvaters Thabisa wollte er nicht erleiden und als Kämpfer im Ausland für die ›Sache‹ sterben. Er wollte den Wandel im eigenen Land erleben und mitgestalten, einfach dabei sein. Seine Gedanken waren jetzt bei Miriam. Ihretwegen war er hier. Er sehnte sich nach ihr. Er erinnerte sich an ihr letztes Treffen vor neun Monaten am sandigen Ufer des Umgeniflusses. Am anderen Ufer lag ein Krokodil faul auf einem flachen Felsrücken nahe am Wasser. Über dem Ufer erhoben sich die grünen Hügel Natals. Weiter oben konnten sie an der Flussbiegung die verrostete Eisenbrücke von Jameson's Drift sehen. Sie hatten im Sand gelegen und sich ewige Treue geschworen, sich gestreichelt und geküsst, sich aber streng an die Gepflogenheiten gehalten. Erlaubt war nur, was die Engländer *petting* nannten.

Sie hatten von ihrer Zukunft geredet. An jenem Nachmittag hatten sie beschlossen, ehrenvoll nach altem Zulubrauch zu heiraten. Miriams Familie war wohlhabend. Sicher würde die Lobola entsprechend hoch ausfallen, die ihre Familie von seiner beanspruchte, das Brautgeld als Entschädigung für die verlorene Arbeitskraft in ihrem Kraal. Phineas' Familie war weniger begütert und hätte die Lobola niemals aufbringen können. Er wollte Miriam, musste aber auch an seine Familie denken. So hatte er sich von der Minengesellschaft anwerben lassen. Nach dem Ende seines Vertrages wollte er seiner Sippe die Ersparnisse zeigen. Dann konnten sich die Ältesten beider Familien zum zeitraubenden, komplizierten Palaver treffen und die Lobola aushandeln. Phineas hatte keine Ahnung, ob er mit zehn bis fünfzehn Kühen davonkäme oder ob es eine Kombination aus Kühen und Bargeld werden würde. Es würde vom Ausgang der Verhandlungen abhängen. Würden seine Ersparnisse ausreichen? Müsste er ein weiteres Jahr Wache schieben? Nein! Jetzt war alles mit einem Schlag anders. Albatros würde ihm helfen. Er beschloss, Albatros als sein Geheimnis zu hüten und ihn erst zum Einsatz zu bringen, wenn das Geld nicht reichen würde.

›Die Familien sollen erst einmal mit dem verhandeln, was ich an Geld aufbringen kann. Dann sehen wir weiter.‹

Über diesen Gedanken war er eingedöst.

Als er aufwachte, war die Möglichkeit, den Fund zu melden, schon in weiter Ferne. Er war von dem Stein gefesselt, besonders von der mysteriösen Zeichnung im Innern, die sich nicht zeigt, die man suchen muss. Er stierte an die Decke und überdachte die Möglichkeiten, den Stein aus der Mine zu schmuggeln. Er könnte warten, bis sein Vertrag in drei Monaten ablief. Aber sie würden ihn vor dem Verlassen der Mine an der Hauptwache gründlich filzen, sein Gepäck durchsuchen und ihn im Röntgenapparat durchleuchten. Es wäre sinnlos, ihn zu verschlucken oder ihn in den Enddarm zu schieben. Diese Tricks kannten sie. Nein! Der Stein musste vorher weg. Aber wie?

Während der Sicherheitsschulungen hatte er eine Vorstellung von der kreativen Energie der Schmuggler bekommen. Sie hatten ihnen die misslungenen Versuche geschildert. Er war damals erstaunt über den Erfindungsgeist, aber belustigt über den Dilettantismus. Er hatte den Versuch mit Pfeil und Bogen belächelt. Der Pfeil mit dem Lederbeutel am Schaft flog nicht geradeaus und plumpste in den Stacheldrahtzaun. Ein anderer benutzte eine Brieftaube. Doch ihre Fracht war so schwer, dass das arme Tier erschöpft zu Boden fiel, noch bevor es den Zaun überflogen hatte. Ein anderer benutzte eine Silvesterrakete und schoss sie über den Zaun. Einfach lachhaft! Natürlich wurde es beobachtet. Er hatte sich an den Kopf gefasst, wie man nur so dumm sein konnte. Sie hielten ein kleines Vermögen in Händen, an das sie nicht herankamen, von dem sie keinen Nutzen hatten. In ihrer Gier nach dem schnellen Geld hatten sie sich irgendwelchen Schwachsinn einfallen lassen. Sie waren geblendet vom Glanz der Steinchen. Diamanten sind Verführer.

Ihre mystische Klarheit und Form unterscheiden sie von allen Steinen. Ihr schimmerndes Licht beflügelt die Phantasie.

An der Hauptwache würden sie genauer sein. Zu oft war versucht worden, die edeln Steine hinauszuschmuggeln. In Gaborone warteten schon die illegalen Händler an dunklen Treffpunkten. Man musste vorsichtig sein. Manche waren von der Mine angestellte Detektive. Sie lockten einen in die Falle. Er würde erst in Durban weitersehen. Dort kannte er sich aus. Die Schuhe waren das größere Problem. Sie waren Eigentum der Mine, waren nummeriert und durften nur hier repariert werden. In wenigen Wochen würden die Sohlen durchgelaufen sein. Der Schuster würde den ausgehöhlten Absatz entdecken und darin die Reste des Wachses. Ganz sicher würde er es melden. Phineas beschloss, den Absatz ganz abzureißen, noch einige Zeit damit zu laufen, um alle Spuren zu beseitigen, und die Schuhe dann als unbrauchbar gegen neue zu tauschen.

Phineas fühlte den Ehrgeiz, es besser zu machen. Er wollte es richtig machen. Er beschloss, Albatros so lange nicht mehr anzuschauen oder anzufassen, bis er einen geeigneten Einfall hätte, und sich nicht vom geheimnisvollen Schimmer verführen zu lassen. Eins wusste er genau. Er brauchte eine sichere Methode und einen Komplizen, einen Helfer. Ohne den war das Vorhaben nicht zu schaffen.

Zwei Wochen später hatte er Nachtdienst im blauen Bereich der Mine, der die rote Hochsicherheitszone mit dem Tagebau wie ein Ring umschloss. Hier lagen die Werkstätten, das Verwaltungsgebäude, das Materiallager, der Bauhof und die Halle des Fuhrparks. Der Tag war angebrochen, im Osten löste sich die rote Sonne vom Horizont. Seine Schicht war zu Ende, und er schlenderte zu seiner Unterkunft. Zum Schlafen war er noch nicht müde genug. Er kam am Bauhof vorbei und blickte durch das offene Tor der Halle. Ein Arbeiter goss gerade Beton in kleine Stahlformen, um Pflastersteine herzustellen. Wie elektrisiert blieb Phineas stehen.

›Das ist es! Jetzt weiß ich, was ich mache.‹

Er ging zügig in sein Zimmer, holte den Diamanten und ging zur Halle zurück.

»Hör mal, Kumpel, kannst du mir vier Betonsteine gießen? Ich muss mein Bett höher stellen.«

»Hast wohl Angst vorm Tokolosh?«

»Nein das nicht«, druckste Phineas gekünstelt herum.

»Aber man sollte ihn respektieren.«

»Er hat dich nachts besucht. Hab ich Recht? Er soll sich nicht am Bettrahmen den Kopf stoßen, wenn er wiederkommt. Ihr Zulus habt doch 'nen Stich. Wir Tswanas kennen keinen Tokolosh. Wie kann man nur so abergläubisch sein!«

»Ich gebe dir zwanzig Pula.«

»In Ordnung. Sag's nicht weiter. Du kannst die Dinger markieren, dann lege ich sie dir beiseite, dort neben das Tor. Aber hol sie heute Abend ab, sonst sind sie weg.«

»Ich mache ein A drauf, für Amilefika.«

»In Ordnung. Ich muss jetzt.«

Der Arbeiter ging. Mit dem Finger ritzte Phineas ein A in den noch frischen Beton der ersten drei Steine, ein doppeltes A in den vierten. Blitzschnell holte er den Diamanten aus der Tasche, drückte ihn tief in die weiche Masse und verschloss das Loch. Jetzt war die Möglichkeit der nachträglichen Meldung endgültig vertan. Bis gerade eben hätte er sich vielleicht noch herausmogeln können.

›Hallihallo, ich habe ein Steinchen gefunden. Ist mir ganz zufällig am Absatz kleben geblieben‹.

Das war vorbei. Jetzt war es Diebstahl. Jetzt musste er da durch. Er ging in sein Zimmer und verdunkelte die Fenster. Dann legte er sich ins Bett und verschlief den Tag für die kommende Nachtschicht. In der Dunkelheit holte er die vier Pflastersteine und versteckte sie im hohen Gras an der Bauhofmauer. Es wuchs lang und grün nach dem Regen gestern. Die frischen Halme gaben den Blöcken natürliche Deckung. Zufrieden ging Phineas zur Nachtschicht. Niemand würde Albatros in seinen Sachen finden, wenn sie wieder eine unangemeldete Razzia machten.

An seinem nächsten freien Tag stieg Phineas in den Linienbus. Die aufgehende Sonne blendete ihn durch die Windschutzscheibe. Vor Kanye nahm der Bus die Abzweigung über Mosopa und Thamaga nach Gaborone. Nach knapp zwei Stunden Fahrt sah er die Hochhäuser der Hauptstadt im Dunst. Weiße Haufenwolken türmten sich auf und saugten die Luft in sich hinein. Heißer Wind wirbelte Staub auf. In einer Seitenstraße des Samora Machel Drive betrat er die Industriewäscherei Dhlamini. Man kannte ihn hier schon.

»Guten Morgen, Mister Nkumalo. Sie wollen sicher zu Madolo?«

»Erraten. Guten Morgen.«

»Nehmen Sie Platz.«

Madolo Dhlamini war Zulu wie Phineas. Er hatte früher einmal bei Amilefika gearbeitet und sich in eine Büroangestellte verliebt, eine Tswana. Er tiefschwarz wie geröstete Kaffeebohnen, sie wie Kaffee mit Milch. Das war schon ein paar Jahre her. Sie hatten geheiratet und die Mine verlassen. Die Abfindungen hatten sie in die elterliche Reinigung investiert und sie ausgebaut. Durch alte Bekanntschaften konnten sie sich einen lukrativen Dauerauftrag sichern. Sie hatten alle Handtücher aus den Waschräumen der Bergleute zu waschen und zu bügeln. Wer Amilefika belieferte, machte Qualitätsarbeit. Eine erstklassige Referenz. Einmal jede Woche kam Madolo mit seinem weißen Lieferwagen zum Austausch auf die Mine. Vor einem halben Jahr hätte er fast einen der Bergleute überfahren, der gedankenverloren die Straße überqueren wollte. In das Quietschen der Reifen mischte sich eine Kanonade derber Flüche in isiZulu aus dem Wagen. Phineas war zufällig in der Nähe und fluchte in derselben Sprache zurück. So lernten sie sich kennen.

»Sawubona, Phineas.«

»Unjani, Madolo? Wie geht's dir?«

Sie umarmten sich und schlugen sich mit ihren kräftigen Händen gegenseitig auf den Rücken.

»Ich habe Bärenhunger. Und wir müssen reden.«

»Ich sage Kagiso Bescheid, damit sie weiß, wo ich bin.«

In der Woche darauf hielt Madolo wie gewohnt vor der Schranke der Hauptpforte von Amilefika. Ein Wachposten trat mit seinem Klemmbrett aus dem verglasten Büro, ging an die geöffnete Hecktür, nahm den Inhalt des Lieferwagens auf und verglich ihn sorgfältig mit dem Lieferschein.

»Wofür sind der Stein und das Rohr?«

»Ersatz für meinen Wagenheber. Der ist Schrott. Verliert Öl. Der neue ist bestellt. Kommt in zwei Wochen.«

Der Posten, notierte alles und winkte dem Büro, die Schranke zu öffnen. Madolo Dhlamini schloss die Hecktür und fuhr hinein. Beim Wareneingang legte er die Pakete auf die Rampe. Die gebrauchten Handtücher standen bereit zum Einladen, in Ballen geschnürt und auf Diamanten geröntgt. Er quittierte den Empfang und fuhr los. An der Bauhofmauer stoppte er, stieg aus und kickte mit einem kraftvollen Tritt das Ventil des Hinterreifens aus der Felge. Zischend entwich die Luft. Er ging laut fluchend um den Wagen herum, öffnete die Hecktür und griff das Rohr und den Stein. Dann ging er zur Mauer, holte den Betonstein mit dem doppelten A und legte die beiden Steine aufeinander. Er rief einen der Wachposten zu Hilfe und bat ihn auf das lange Ende des Rohres zu steigen, um die Hinterachse aus den Federn zu hebeln. Er wechselte das Rad und warf seinen Stein in das Gras an der Mauer. Er packte den platten Reifen, das Rohr und ›A-A‹ ins Auto, fuhr zur Hauptwache und von dort nach Gaborone zurück. Albatros hatte die Mine verlassen.

Im Schutz der Dunkelheit klaubte Phineas die vier Betonsteine aus dem Gras vor der Mauer des Bauhofes. Zufrieden stellte er fest, dass ›A-A‹ nicht dabei war. Er trug sie in sein Zimmer und stellte sein Bett darauf. An den Tokolosh hatte er nie geglaubt. Das war heidnischer Unsinn. Trotzdem waren die zwanzig Pula eine gute Investition.

Bis zu seiner nächsten Busfahrt nach Gaborone ließ Phineas vier Wochen verstreichen. Er wollte absolut sicher sein, dass in der Mine nichts entdeckt worden war. Sollte der Trick mit dem Wagenheber aufgeflogen sein, hätten sie sich längst bei seinem Freund gemeldet. Aber das war nicht der Fall. Madolo ging mit ihm in seine Wohnung am Ende der Halle. In der Küche wartete Kagiso. Sie hatten neben der Wohnung ihrer Eltern angebaut. Eine Markise überspannte die breite Terrasse und spendete kühlen Schatten. Im kurz geschnittenen Kikuyu-Gras glänzte hellblau ein Schwimmbecken. Von einer Schirmakazie baumelten die Kugelnester der Webervögel. Zwei Jakarandas standen in voller Blüte. Die Hecke aus Jasminbüschen verbreitete betörenden Duft. Die acht Fuß hohe Mauer schirmte den Garten gegen neugierige Blicke ab. Kagiso hatte für drei gedeckt. Kaffeeduft verbreitete sich. Toastbrot, Honig, Marmelade, Rührei mit geröstetem Schinken, rote Bohnen und ein Ring gebratener Boerewors waren aufgedeckt.

»Tausendmal besser als das Frühstück auf Amilefika. Sehr britisch, sehr kolonial. Kompliment, Kagiso. Du sprichst perfekt isiZulu. Hat dir das Madolo beigebracht?«

»Du solltest mich fluchen hören!«

Madolo verschluckte sich fast. Kagiso stand auf.

»Ich muss wieder ins Büro. Esst alles auf, Männer. Keine Reste!«

Als sie fertig waren, räumte die Maid den Tisch ab. Madolo ging in die Küche und kam mit dem Betonstein zurück, legte ihn auf den Tisch, das doppelte A nach oben.

»Kagiso weiß nichts davon. Ich habe ihr nichts erzählt und den Pflasterstein in der Garage versteckt. Dort fällt er nicht auf. Wollen wir ihn aufschlagen?«

Seine Augen verrieten Neugier.

»Nein, lass mal. Den nehme ich so mit nach Natal, wenn mein Vertrag abgelaufen ist. Die acht Pfund schleppe ich gern mit mir herum. Er wird auf jedem Schritt an Miriam erinnern. In zwei Monaten ist es so weit.«

Madolo sah ihn enttäuscht an. Er würde gern sehen, was er aus der Mine geschmuggelt hatte und wollte Phineas umstimmen.

»Ich habe Kontakte zu vertrauenswürdigen Schätzern.«

Er war neugierig und wollte wissen, wie viel er wert war. Doch Phineas blieb hart.

»Du kriegst deinen Anteil, Kumpel. Hab Geduld. Ich traue hier dem Milieu nicht. Alles zu nahe an der Mine. Zu viele Augen, Ohren und Münder. Dein Schätzer in allen Ehren, aber es wird zu viel geredet, und du weißt das.«

Madolo gab schließlich nach.

»Nicht, dass ich dir misstraue, aber ich hätte ihn zu gern gesehen, deinen kleinen Schmuggelstein. Ich kenne auch deine Motive, deinen Hass auf die Rassentrennung und auf ›die da oben‹, die Weißen in Südafrika. Ich teile deine Gefühle. deswegen lebe ich in Botswana und habe nicht die Absicht, zurückzukehren. Und du hast Recht, was das Gerede betrifft. Ich muss dir nämlich etwas berichten. Weißt du, was ich in der Szene gehört habe? Ein Stein wird vermisst.«

»Nein! Was du nicht sagst«, scherzte Phineas.

»Doch nicht etwa ein Diamant? Erzähl!«

»Lass die Witze! Es ist ein ganz besonderer Diamant. Er soll eine Zeichnung haben. Keinen Einschluss, der den Wert verringert. Nein, eher ein Schatten, den man nur sehen kann, wenn man ihn in einem gewissen Winkel ins Licht hält. Er soll aussehen wie eine Seeschwalbe. Ein absoluter Hammer!«

Jetzt war Phineas nicht mehr nach Scherzen zumute.

›Das kann nur Albatros sein. So einen gibt es nicht zweimal.‹

»Wieso verschwunden? Dann muss er vorher bekannt gewesen sein. War der schon registriert?«

Jetzt wurde es Phineas ungemütlich. Wenn Albatros schon in den Büchern der Mine stand, war er praktisch unverkäuflich. Bei seinem Auftauchen würde die Bombe platzen. Kein Händler würde sich daran die Finger verbrennen. Er besäße nichts anderes als ein teures, aber wertloses Souvenir.

»Ein Weißer soll ihn gefunden haben. Ein Vorarbeiter. Angeblich hat er ihn bei einer Baggerschaufel im Dreck versteckt. Jetzt ist er weg. In seinem Zorn hat er in einer Bar einen über den Durst getrunken und dabei geplaudert. Er war stinksauer. Der Rohling wäre so groß wie ein Daumen. Wenn sie den schleifen und die Zeichnung erhalten könnten, wäre der weltberühmt. Und ziemlich wertvoll, hat er gesagt. Ist der da drin?«

Phineas überlegte blitzschnell und log seinen Freund an.

»Bestimmt nicht! Der ist nur *so* groß und gelb. Das reicht gerade für die Lobola und deinen Anteil. Vielleicht kann zusätzlich ich ein paar Rinder kaufen.«

Er nahm seinen kleinen Finger in die Hand und hielt ihn hoch. Er hatte Mühe, seine Erregung zu verbergen.

»Ist besser so. Der mit der Seeschwalbe kann mächtig Ärger geben. Ich bin gespannt, wann und wo der auftaucht. Deinen Pflasterstein verstecke ich wieder in der Garage. Wenn du zurückfährst, bleibst du über Nacht bei uns. Dann feiern wir Abschied.«

Nachdenklich fuhr Phineas am Nachmittag zurück nach Amilefika. Er fühlte sich nicht gut, seinen Freund belogen zu haben. Doch eine falsche Reaktion, ein falsches Wort, und sie wären beide in Gefahr. Auch Albatros. Er ging die Konsequenzen durch.

›Die taktische Lüge war notwendig. Der Besitz von Rohdiamanten ist illegal. Darauf stehen Gefängnis und saftige Geldstrafen. Madolo ist gerade im Besitz eines solchen. Wenn das herauskommt, ist er seinen Vertrag und seinen guten Ruf los. Dann kann der hier einpacken. Die werden sein Haus durchsuchen lassen und ihn anzeigen. Durch diesen Schwätzer weiß die Mine, welcher Schatz gestohlen worden war. Die werden Himmel und Hölle in Bewegung setzen, um ihn zu finden. Der Diamant musste weg aus Gaborone, weg aus Botswana.‹

Wie richtig er kombiniert hatte, wurde ihm am Haupttor der Mine deutlich. Sie hatten die Wachmannschaft verdoppelt. Jeder wurde gründlich geprüft. Fragen prasselten auf ihn ein. Welchen Bus haben Sie genommen? Haben Sie Bekannte in Gaborone? Wen haben Sie dort besucht? In welches Restaurant sind Sie eingekehrt? Wo waren Sie sonst noch? Sind Sie unterwegs ausgestiegen? Zeigen Sie uns bitte den Inhalt Ihrer Tasche.

»Ich war einkaufen.«

»Was haben Sie gekauft? Können wir die Quittung sehen.«

»Ein Armband aus Elefantenhaar für meine Verlobte.«

»Name?«

»Miriam Nkonyeni.«

»Eine Zulu trägt solchen Touristenscheiß?«

»Sie liebt Elefanten. Sind Sie jetzt fertig?«

»Hauen Sie ab.«

Äußerlich blieb Phineas gelassen. Aber in seinem Hirn rasten die Gedanken.

›Dieser verdammte stockbesoffene Weiße hat mit seinem Geschwätz und seinem Selbstmitleid eine Lawine losgetreten, anstatt das Maul zu halten. Er wird sich selber schaden. Sie werden ihn durch die Polizei verhören lassen, ihn ausfragen, bis er nichts mehr weiß. Und die Mine wird alles hinterfragen, was er erzählt hat. Prost Mahlzeit! Das gibt noch Terz. Ich muss in Erfahrung bringen, wer er ist. Aber sein Stein ist weg, der liegt sicher in Madolos Garage in seinem Betonmantel.‹

Tatsächlich hatten sie den Vorarbeiter bereits verhören lassen. Weil die Mine zur Hälfte Eigentum der Republik Botswana war, war die ebenso interessiert an dem Fall wie die Eigentümer der anderen Hälfte, deBoer Ltd. in Johannesburg.

Phineas ging direkt zu seiner Unterkunft. Zu gern wüsste er, ob sie Gatsha befragt hatten. Doch er wollte das Thema nicht von sich aus anschneiden. Der würde von selber reden. Er hatte ja nur gepinkelt. Und das war nicht verboten. Er schloss sein Zimmer auf. Sie hatten es durchsucht. Sein Bett stand nun auf dem Boden. Die vier Pflastersteine waren weg. Sie hatten sie im Labor zertrümmert.

›Armer Tokolosh. Nun musst du dir wieder den Kopf stoßen. Sicher haben sie auch den spottenden Arbeiter aus dem Bauhof ins Verhör genommen. ‹

Sein Sarkasmus war nicht von Dauer. Es klopfte. Der Wachhabende trat grußlos ein und forderte ihn auf, sofort mitzukommen. Sie fuhren in das Tagebauloch.

›Gatsha hatten sie also auch schon in der Mangel.‹

»Wo genau hast du gestanden?«

Überall um die Baggerschaufel waren viele Fußspuren zu sehen, die zuvor nicht da waren. Sie hatten den Tatort gründlich untersucht. Auch der Eindruck seines Absatzes war verwischt. Er stellte sich breitbeinig an die Schaufel und tat, als würde er seine Hose öffnen.

»Da sind noch Spritzer von meiner Pisse am Eisen.«

»Und du hast nichts gesehen?«

»Was soll ich denn gesehen haben? Worum geht es eigentlich?«
»Hier soll ein Diamant gelegen haben.«
»Sagt wer?«
Der Wachhabende schwieg.
»Hätte ich sofort gemeldet, wegen der achtzig Prozent.«
Sie stiegen in den Pickup und fuhren die Rampe hinauf.
»Findest du nicht auch, dass van Tonder bescheuert ist?«
›Netter Versuch. Er will testen, ob ich den Schwätzer kenne.‹
Phineas sah den Wachhabenden mit großen Augen an.
»Wer?«
»Meneer Willem van Tonder.«
»Wer soll das sein?«
»Du kennst ihn nicht?«
»Nie gehört, nie gesehen.«
Der Wachhabende bohrte nach.
»Du musst ihn kennen. Der ist schwer aktiv im Rugby.«
»Ich stehe auf *soccer*, Fußball. Die Orlando Pirates aus Soweto sind meine Mannschaft. Was ist mit dem?«
»Nur so.«
»He Mann, komm schon. Wir sind doch Kollegen.«
»Ok. Was ich dir jetzt sage, hast du nicht von mir. Van Tonder ist Vorarbeiter in der Zentralwerkstatt. Hat in letzter Zeit wiederholt rote Passierscheine beantragt. Musste runter, um die Baggerschaufel zu vermessen, sagte er. Er wollte einen Verbesserungsvorschlag machen, der gewaltig Kosten einsparen würde. Man ließ ihn gewähren. Dabei hätte er einen Diamanten gefunden, behauptet er, ziemlich groß, mit einer Zeichnung oder so ähnlich. Er wollte den Fund melden und dafür seinen Anteil kassieren, sagt er. An jenem Tag hatte er keine Zeit für die lange Prozedur und ließ ihn liegen. Am nächsten Tag war der Stein weg, sagt er. Anstatt das sofort zu melden, posaunte er es während einer seiner letzten Sauf- und Vögeltouren durch Gaborone im Suff aus. Zufällig war ein Typ von der Regierung auch in dem Puff. Der hat alles gehört und sofort gemeldet. Nun müssen wir die Scheiße ausbaden.«
»Die glauben seine Story?«
»Deshalb haben sie den Platz um die Schaufel abgesucht.«

»Wie sieht der Typ aus?«
»Groß. Breitschultrig. Hatte Schwierigkeiten bei der Klassifizierung als Weißer in Südafrika. Ist etwas zu dunkel. Eher wie ein Coloured. Gelbe Iris. Krause schwarze Haare. Moustache. Liebt es, im Safarianzug rumzulaufen wie ein waschechter Bure, kurze Hosen, Kniestrümpfe mit Kamm, Veldskoene. Hat eine Narbe unter dem rechten Auge. Leicht reizbar. Spricht Afrikaans, schroffes Englisch. Er stammt aus Pietermaritzburg. Der Kotzbrocken vögelt gern Schwarze. Die nennen das Boeresport. Deshalb musste er aus Südafrika weg. *Immorality Act*. Du weißt schon.«
»Den habe ich noch nie getroffen.«
»Wirst du auch nicht. Die werden ihn entlassen. Für ihn ist das die Höchststrafe. Der kriegt in Botswana nie wieder einen Job. Der wird sogar ausgewiesen. Hätte er den Fund gemeldet, wäre er ein gemachter Mann. So groß wie sein Daumen! Ich wünschte, ich würde so einen finden.«

Die Delegation der Nkumalos bestand aus sieben Personen, drei Onkel, zwei Tanten und zwei Neffen Phineas'. Es war nicht üblich, dass Eltern teilnahmen. Gemessenen Schrittes näherten sie sich der großen Rundhütte der Familie Nkonyeni. Sie plauderten angeregt miteinander. Ein Außenseiter musste den Eindruck gewinnen, sie kamen zufällig hier vorbei. Doch das war nur zum Schein. Der Besuch war seit langem vereinbart. Bei so wichtigen Dingen geht man nicht hastig zu Werke. Man lässt sich Zeit und behält den Überblick. Niemals setzt man die Gegenseite unter Druck.

Auf dem Tisch der Nkonyenis stand zufällig eine Flasche *Klipdrift*, ein einfacher Weinbrand aus dem nächsten *Bottle Store*. Ebenso zufällig waren sieben Angehörige um ihn versammelt. Sie standen auf und begrüßten die Gäste, als würde man sich gerade erst kennenlernen. Dabei kannte jeder jeden seit Jahren. Die Flasche wurde indes nicht angerührt, sie war lediglich eine Willkommensgeste. Man redete über das Vieh, das Wetter, das Zuviel oder Zuwenig des Regens, die neue

Dorfschule und was noch. Nicht ein Wort fiel über die Lobola für die Tochter Miriam, der eigentliche Grund der Begegnung. Nach ein paar gemütlichen Stunden trennte man sich und verabredete sich erneut für den nächsten Tag zur selben Stunde. Erst dann fiel ganz zufällig das Stichwort. Übrigens, die Miriam und der Phineas wollen heiraten.

Es waren Verhandlungen von großer Würde und beiderseitigem Respekt. Es war alles andere als die kommerzielle Aushandlung eines Brautpreises. Viel wichtiger war, dass sich die beiden Familien durch die Hochzeit des jungen Paares von nun an auf besondere Weise näherstehen sollten als je zuvor. Den Brauteltern ging es nicht darum, möglichst viel herauszuschlagen. Man nahm Rücksicht auf die Situation der Nkumalos. Vorsichtig und diskret wurden die Möglichkeiten seitens des Bräutigams ausgelotet. Konnte er Miriam überhaupt ernähren? Man machte sich eben Gedanken um die Zukunft der jungen Frau. Phineas hatte seinem ältesten Onkel das Sparbuch der Volkskas Bank übergeben. Nun war es an ihm, geschickt zu taktieren. Er legte das blaue Buch vor sich auf den Tisch, öffnete es und zeigte die erste Seite. Der Name des Besitzers Phineas Nkumalo war Beweis genug, dass seine Familie es ernst meinte. Es wäre sehr unschicklich, nach dem Kontostand zu fragen. Der Onkel klappte das Buch wieder zu und ließ es vor sich liegen.

Dann trennte man sich wieder. Beim nächsten Treffen wurde man sich einig. Die Lobola betrug sechs Kühe und den gleichen Gegenwert in bar. Am Ende wurde die Flasche Klipdrift doch noch geöffnet, einige Kalebassen Sorghumbier kamen auf den Tisch und wurden ebenfalls vertilgt. Spät wankte die Delegation Nkumalo beglückt und heiter nach Hause. Die alte Freundschaft war erneuert worden, wenngleich auf einer höheren Basis.

Die Hochzeitsfeier hatte am Donnerstag mit Vorbereitungen und der Ankunft der ersten Gäste bei den Nkumalos begonnen. Nach der kirchlichen, westlichen Trauung am Freitag waren der Samstag und der Sonntag dem traditionellen Teil gewidmet. Mehrere Redner priesen die Stärke und Kraft des Bräutigams und die Schönheit der Braut, nicht ohne launige Anspielungen auf die Arbeit am hoffentlich baldigen Nachwuchs. Phineas erschien mit Fellstreifen über freiem Oberköper, einem Schild in der linken und einem Speer in der rechten Hand. Mit nackten Füßen stampfte er einen wilden Tanz in das Gras, in den bald seine Freunde einfielen. Miriam trug einen roten Rock, Armbänder und Gürtel aus Glasperlen und auf dem Kopf einen topfförmigen Hut. An ihren Fesseln klimperten schwere, blank geputzte Messingringe.

Sie hatten zwei Kühe und mehrere Ziegen geschlachtet, es wurden geröstete Hühnerfüße gereicht, über dem Feuer gebratene Maiskolben und natürlich Unmengen von Sorghumbier. Bald wurden die alten Gesänge mit rhythmischem Klatschen und Stampfen von moderner Musik abgelöst. Einer der Nachbarn hatte Boxen aufgestellt, aus denen harte Beats ertönten. Das Fest ging in seine letzte Runde.

Einer seiner Freunde beugte sich zu Phineas und flüsterte.

»Draußen steht einer, der dich sprechen möchte.«

»Soll reinkommen und mitfeiern.«

»Das geht nicht. Komm mit und schau ihn dir an.«

Er führte Phineas hinter das Reisiggestrüpp der abseits gelegenen *boma*, in der sie abends die Ziegen zum Schutz vor nächtlichen Räubern einsperrten. Er sah nicht die sanft gewellte Hügellandschaft Natals, er starrte direkt in die Platzwunde am Kopf des Mannes, der dort mit schmerzverzerrtem Gesicht kauerte.

»Gatsha! Was ist passiert?«

Er stand auf und sah Phineas überrascht von oben bis unten an, sah den Federschmuck auf seinem Kopf, sah seine nackte Brust unter dem Impalafell und die bloßen Füße.

»Ist das eine Hochzeitsfeier?«

Er sprach mühsam mit der geschwollenen Lippe und hielt sich die Rippen. Er stöhnte leise.

»Meine.«

»Glückwunsch, Mann«, kam es gepresst aus ihm heraus.

»Was ist passiert? Wie hast du mich gefunden?«

Gatshas Vertrag lief noch, als Phineas die Mine verlassen hatte. Ein Briefwechsel kam nicht zustande, sie waren Kollegen, nicht befreundet. So war der Kontakt abgerissen.

»Nkumalo kennt hier jeder. Als ich von einem Fest hörte, bin ich dem erst einmal nachgegangen. Tut mir leid, dich zu stören. Ich konnte ja nicht wissen, dass du geheiratet hast.«

Phineas war augenblicklich nüchtern.

»Komm erst mal rein. Miriam wird die Wunde reinigen.«

Er stützte Gatsha beim Gehen und führte ihn in die Küche. Miriam erschrak und hielt sich die Hand vor den Mund.

»Miriam, halt die Frauen bitte hier raus. Kein Wort zu den Gästen.«

Sie schloss die Tür und machte sich an Gatshas Kopf zu schaffen. Dann verließ sie die Küche.

»Er hat nach dir gefragt.«

»Wer? Erzähl schon.«

»Ein Typ wie ein Baum. Hat seinen Namen nicht genannt. Bure mit einer Narbe unter dem rechten Auge. Er weiß, dass wir zur fraglichen Zeit in der Mine waren, an der Baggerschaufel. Er hat sich über uns erkundigt. Wir hätten ›seinen‹ Diamanten, mitgenommen, sagt er. Er will ihn wiederhaben. Aber du hast doch dort nur gepinkelt. Ich verstehe das nicht.«

»Ist er dir gefolgt?«

»Nein.«

»Sehr gut! Dann haben wir heute hier keinen Ärger.«

»Ich wollte dich warnen. der scheint zu allem fähig.«

»Danke, Gatsha. Jetzt komm erst mal runter und feiere mit uns. Ist schließlich meine Hochzeit. Du bleibst die Nacht hier und schläfst dich aus. Morgen überlegen wir, was zu tun ist. Greif dir was zu essen und zu trinken und erhol dich. Ist noch genug da.«

In der Morgendämmerung vergrub Phineas den Pflasterstein mit Albatros in der Boma der Ziegen, bevor die anderen wach wurden. Niemand hatte ihn beobachtet. Er war beunruhigt, dass Gatsha nun da mit hineingezogen worden war.

›Ich muss van Tonder finden und ihm das Maul stopfen, bevor der hierher kommt und meine Familie auch noch belästigt.‹

Er wischte den Spaten im Gras sauber und stellte ihn an seinen Platz. Dann begann er mit dem Aufräumen im Garten.

»So ist's recht, mein fleißiger Ehemann.«

Miriam kam aus dem Haus, in praktischen Jeans und einem T-Shirt. Ganz zwanzigstes Jahrhundert. Sie brachte ihm eine Tasse Kaffee.

»Wie geht es Gatsha?«

»Keine Ahnung, Frau Doktor. Der schläft sicher noch, falls er deine Behandlung überlebt hat.«

Sie trat ihm spaßhaft in den Hintern.

»Ich bin glücklich. Es war ein schönes Fest. Genauso hatten wir uns das gewünscht, nicht wahr?«

Er nahm sie in die Arme.

»Und am Rest üben wir noch.«

»Jetzt gleich?«

»Klar doch. Mach Wasser heiß und fang mit dem Geschirr an.«

»An was dachtest du denn?«

Sie lachten.

Gatsha stand in der Tür. Es ging ihm besser. Phineas war zurück in der Wirklichkeit.

Am nächsten Morgen nahmen sie den Bus in die Stadt. Sie fuhren durch Northdale, an Woodlands vorbei und überquerten die N3 nach Durban. In der Stadtmitte stiegen sie aus.

»Nun zeig mir, wo dich van Tonder zusammengeschlagen hat. Dort fangen wir mit der Suche an. Wahrscheinlich wohnte er in der Nähe.«

»Du kennst van Tonder?«

»Nein. Ich habe seinen Namen vom Wachhabenden erfahren.«

»Und woher kennt uns van Tonder?«

»Vielleicht fielen unsere Namen während der Vernehmungen, oder er hatte Einsicht in die Schichtlisten«, meinte Phineas.

Seine hohe Statur war nicht zu übersehen. Es war Nachmittag. Er ging stadtauswärts in Richtung Clarendon. Sie folgten ihm vorsichtig und in angemessenem Abstand. Je weiter sie aus der Stadt kamen, desto weniger Passanten waren unterwegs. Sie verkürzten den Abstand und schlossen zu ihm auf. Dann nahmen sie ihn beherzt in die Mitte und drängten ihn in eine Seitenstraße. Er roch nach Alkohol. Sie hatten eine Hand in den Taschen und verbargen nicht, dass sie ihre Messer umklammerten.

»Gatsha Sokhela kennen sie ja bereits, ich bin Phineas Nkumalo.«

»Aha, du bist das. Was wollt ihr Kaffern?«

»Sie werden nicht wissen, dass der Begriff *kafir* aus dem Arabischen kommt und *Ungläubiger* bedeutet. Glauben Sie, menheer van Tonder, an die Überlegenheit der weißen Rasse?«

»Aber selbstverständlich!«

»Wirklich? Daran glauben Sie? Ich nicht. In diesem Punkt bin ich ungläubig. Sie dürfen mich weiter Kaffer nennen.«

Sie drängten ihn in eine uneinsehbare Ecke. Van Tonder lief rot an. Seine Zornesader schwoll.

»Was wollen Sie, Nkumalo?«

»Ihre Waffe. Ganz langsam.«

Phineas zog sein Messer und drückte ihm die Spitze in die Rippen. Van Tonder zog seinen Revolver aus dem Gürtel, den Lauf zwischen den Fingerspitzen. Phineas nahm sie am Griff. Sechs Schuss. Volle Trommel. Er spannte den Hahn, legte die Sicherung um und steckte seinen Zeigefinger in den Abzugsbügel. Van Tonder beobachtete ihn genau.

»Warum haben Sie meinen Kollegen verprügelt?«

»Ihr hattet Wache in der fraglichen Tagschicht. Ich habe die Schichtliste gesehen. Entweder habt Ihr den Stein, oder ihr habt die Abfindung kassiert. Und genau die will ich, nicht mehr und nicht weniger.«

»Das ist doch albern, van Tonder. Sie haben keine Beweise, die Ihre Forderung untermauern. Wir hatten Tagwache. Richtig. Aber ein Fund wurde bei uns nicht angezeigt. Nicht in unserer Wache und nicht in den folgenden. Ergo hatte die Mine keine Veranlassung, jemandem Finderlohn zu gewähren. Dass wir den Stein haben, ist Ihre persönliche Spekulation. Tragen wir teure Klamotten? Oder Schmuck? Haben wir bezahlte Leibwächter? Treiben wir uns in Bordellen herum wie Sie? Fehlanzeige, mein Lieber. Sie besitzen nicht die Spur eines Beweises. Einen Stein aus der Mine zu schmuggeln, ist unmöglich. Das System ist wasserdicht. Meine privaten Sachen wurden von der Mine gefilzt, aber der Stein war darin nicht zu finden. Bestimmt liegt er noch dort unten, und Sie haben leider vergessen, wo.

Warum klagen Sie uns nicht einfach an? Sie werden sehen, wie weit Sie damit kommen. In diesem Fall müssten Sie juristisch verwertbare Beweise vorlegen. Allerdings sollten Sie dann mit einem Bericht im *Natal Argus* rechnen. Die Zeitungen sind jüngst scharf auf so etwas. ›*Weißer Vorarbeiter mit schwarzem Blut jagt ein Seeschwalben-Phantom*‹. Ihre Klassifizierung als Weißer würde darin angezweifelt werden, Ihre Vorliebe für schwarze Frauen würde erwähnt, ehemalige Gespielinnen würden über Ihre Sexualpraktiken auspacken, Ihre Alkoholexzesse kämen zur Sprache und noch ein paar andere Nettigkeiten. Sie wären im Nu richtig populär. Sie wären das Gespött der Nation. Ob Sie dann noch irgendwo einen Job kriegen, ist eine andere Frage. Denken Sie drüber nach.«

»Wo ist mein Stein?«

»Mann, Sie haben nichts begriffen. Der Stein war nicht Ihrer und wäre es nie geworden. Er gehört dem Besitzer des Schürfrechts. Ihre Lage ist juristisch aussichtslos. Wir sind heute zwei. Wenn Sie uns das nächste Mal auflauern, sind wir zwanzig. Sie haben keine Chance. Das sollte Ihr *Klipdrift*-getränktes Hirn endlich speichern.«

Phineas versicherte sich, dass die Straße leer war und streckte van Tonder mit einem gezielten Haken zu Boden.

»Schönen Tag noch.«

Sie lehnten van Tonder sitzend gegen eine Mauer, als schliefe er seinen Rausch aus und gingen denselben Weg zurück. Phineas legte den Sicherungsbügel des Revolvers um und warf die Waffe in einen Vorgarten.

»Was meint Oma Ellen mit ›Nicht Versandfähig‹? Wieso müssen wir nach Kokstad, um unser Hochzeitsgeschenk abzuholen? Zwar verstehe ich, dass sie mit ihren sechsundsiebzig nicht mehr gern vom Bus durch die Landschaft geschaukelt werden möchte. Aber sie hätte es schicken können.«

Der Bus fuhr die Hope Street von Kokstad hinauf. Rechts sahen sie das schlanke Minarett der kleinen malaiischen Minderheit, die sich um die Barker Street angesiedelt hatte. Dahinter dehnte sich Bhongweni, das *township* der Schwarzen. Phineas und Miriam stiegen an der Endstation aus und gingen die zwei Blöcke zur Wylde Road. Ellen lebte allein im Haus ihrer vor Jahren verstorbenen Eltern. die schwarze Maid Doris öffnete. Sie versorgte ihr den Haushalt.

»Hallo, Master Phineas. Hallo Madam. Kommen Sie herein«.

»Doris, lass bitte den Master und die Madam endlich weg. Wir sind doch alle Zulus.«

»Ja, Master. Ganz, wie Sie's sagen, Master.«

Er gab auf.

Für Doris waren sie die Kinder einer Griquafrau. Und Ellen war nun mal als *Coloured* registriert, als Farbige. Eine Stufe höher.

Ellen benutzte einen Gehstock. Sie kam aus dem Wohnzimmer.

»Schön, dass Ihr da seid. Noch einmal meine Glückwünsche. Ihr seid ein hübsches Paar.«

Für einen Moment dachte sie an Thabisa, stellte die Ähnlichkeit fest. Ihre Augen wurden feucht.

»Doris, machst du uns bitte etwas Tee?«

»Sofort, Madam.«

»Kommt rein, Ihr zwei. Ich möchte euch Maggie vorstellen. Meine beste Freundin aus Mafikeng. Ohne sie hätte dich dein Großvater kaum gefunden, Phineas. Sie wohnt jetzt in Bhongweni hinter der Moschee und macht die Einkäufe für mich. Die Schlepperei schaffe ich nicht mehr.«

Auch Maggie hatte graues Haar. Doch sie war immer noch agil und hatte ihr flottes Mundwerk nicht abgelegt.

»Ich hab dem Kerl in Mafikeng mal ordentlich den Kopf gewaschen. Verdient hatte er es. Aber er hat es vertragen. War ein hübscher Kerl. Wir waren alle spitz auf ihn, damals. Du siehst ihm ähnlich. Halte ihn fest unter Kontrolle, Miriam. Ich mach mich jetzt mal vom Hof. Ihr habt euch sicher viel zu erzählen.«

Sie gratulierte Phineas und Miriam zur Hochzeit und ging.

»Bleib sitzen, Ellen, schone dein Kreuz.«

Als Doris das Teegeschirr abgeräumt hatte, sah Ellen die beiden an.
»Euer Hochzeitsgeschenk ist draußen im Garten. Nimm dir eine Schaufel, Phineas. Neben dem Feigenbaum ist es vergraben.«
Miriam sah Phineas fragend an.
»Muss es noch keimen?«
Doch der hatte bereits einen Verdacht. Er kam mit einer Blechdose wieder und schüttete die Diamanten auf den Tisch. Miriam glaubte ihren Augen nicht.
»Woher sind die?«
»Einen Teil hat er von seiner Mutter, die stammen von Lucas. Der andere ist Thabisas Lohn aus Lüderitzbucht. Welche, weiß ich nicht. Ich kann sie nicht auseinanderhalten. Lasst mir bitte einen als Andenken. Den nehme ich mit ins Grab. Die anderen werden genau geteilt. Eine Hälfte gehört meinem Jungen, Johannes. Die bringt ihr ihm bitte. Die andere Hälfte ist mein Geschenk zu eurer Hochzeit. Ich kann damit nichts mehr anfangen. Das Geschenk ist nicht sehr kreativ, das gebe ich zu. Aber es hat einen gewissen materiellen Wert. Wenn man neu anfängt wie Ihr, kann das hilfreich sein.«
»Oma Ellen, du beschämst uns. Das können wir nicht annehmen.«
»Wollt Ihr, dass der Bestatter sich die unter den Nagel reißt, wenn er mich mit den Füßen zuerst dort hinausträgt? Ihr seid die vierte Generation Nkumalo, die mit Diamanten zu tun hat. Nehmt sie schon, ziert euch nicht so. Ihr werdet es überleben. Ihr werdet doch einer alten Frau nicht die Annahme eines Geschenks verweigern! Teilt sie gut ein, Kinder.«

»Ihr wisst, dass der Besitz von Rohdiamanten strafbar ist.«
Johannes war besorgt.
»Ich habe mich bisher strikt daran gehalten. Ich will das auch weiter tun, ich will meinen Job nicht verlieren. Und jetzt vererbt mir Ellen ein Vermögen in Steinen. Unglaublich! Auch wenn Lucas und Thabisa die Steine nicht gestohlen haben, können wir nicht beweisen, dass sie rechtmäßig erworben wurden. Es gibt nichts Schriftliches darüber. Die

sind illegal. Was soll ich damit? Sie Ellen zurückzugeben, würde sie tief kränken. Ich habe damit ein Problem.«

Ihm war unwohl bei dem Gedanken, gegen Gesetze zu verstoßen.

»Aber wenn du sie versilberst, kannst du deinen Job an den Nagel hängen. Wir müssen es nur geschickt anfangen. Ich kann dir dabei helfen«, wandte Phineas ein.

»Kommt nicht in Frage, dass du für mich eventuell hinter Gittern landest.«

»Ich sagte *geschickt*, Papa.«

Jabulani nahm den Gedanken auf.

»Und die gefährliche Taucherei hätte ein Ende.«

»Tauchen ist ungefährlicher als ihr denkt. Das ist mein Beruf, mein Leben. Ich habe ein gutes Auskommen davon. Außerdem ist die Welt unter Wasser einfach phantastisch. Die Meere sind der Ursprung allen Lebens auf der Erde.«

»Hast du keine Diamanten? Ich meine, außer diesen jetzt?«

»Nicht einen einzigen.«

»Klauen die Anderen nicht?«

»Meine Kollegen? Glaube ich nicht. Wir werden zu gut bezahlt. Wir sind immun, für uns sind die Steine Material, mit dem wir arbeiten, wie das Geld für die Bankangestellten. Durch deren Finger gehen täglich Tausende Scheine, aber müssen sie deshalb stehlen? Die Menschen in Lüderitzbucht gehen schon mal heimlich ins Sperrgebiet. Ich würde für die meine Hand nicht ins Feuer legen.«

»Vergraben die sie auch? So wie Thabisa und Ellen? Das bringt doch nichts, dann könnte man sie genauso gut dort lassen, wo sie waren. Wir heben doch die Schätze dieses Planeten, um unser Leben zu verbessern. Wozu graben wir dann nach Eisenerz, Kohle oder Erdöl? Sag uns, was du weißt. Wie verkaufen die Lüderitzer ihre Steine?«

Johannes druckste herum. Er wollte von all dem nichts wissen und nicht zum Mittäter werden, schon gar nicht in der eigenen Familie. Aber Phineas drängte ihn, mit dem herauszurücken, was er wusste.

»Gut. Ich erzähle euch, was ich erfahren habe. Zweimal im Jahr kommt ein älterer Mann nach Lüderitzbucht, mit Geländewagen und kompletter Angelausrüstung. Ich habe den zuerst überhaupt nicht beachtet, bis er eines Tages neben mir stand und wir uns unterhielten. Er kennt die guten Stellen an der Redford Bay, der Griffith Bay, der Sturmvogel Bucht und die anderen. Irgendwie kam er mir bekannt vor, aber ich konnte ihn nicht einordnen. Ich dachte schon, langsam werde ich alt. Doch plötzlich war es mir klar. Patel! Nur älter geworden. Er hatte schon lange gewusst, wer ich war. Dann erzählte er mir ganz freimütig, dass er in Durban wegen des Verdachts auf illegalen Diamantenhandel festgenommen und ziemlich ruppig verhört worden war. Aber sie konnten ihm nichts nachweisen und mussten ihn wohl oder übel laufenlassen. Doch er merkte bald, dass er beschattet wurde. Er ging nach Indien und von dort nach Europa. Jetzt ist er Staatsbürger der Niederlande. Nach Natal traut er sich nicht mehr. Jetzt fährt er die Westküste zwischen Sierra Leone und Oranjemund auf und ab. Unter anderem kauft er in Angola die Steine für die RESA auf. Ich erwiderte nichts, aber ich hatte das Gefühl, er wartete auf etwas von mir. Er sah mich fragend an.«

Phineas war elektrisiert.

»Na, logisch. Wer viel redet, hat etwas zu sagen. Er hat dir seine Dienste angeboten. Er wollte hören, dass du ihm Steine verkaufen willst. Und dann?«

»Dann packte er seine Sachen und zog weiter. ›Heute beißt keiner‹, hat er gesagt. Er meinte wohl mich, denn er hatte nicht einmal Köder an seinen Haken. Seine Anglerei war nur Tarnung.«

›Dieser Patel!‹, dachte Phineas.

›Das ist der direkte Kontakt nach Amsterdam! Über den könnte ich Albatros loswerden. Der Stein muss weg nach all dem Aufsehen durch van Tonder. Er muss aus dem Land gebracht werden! Anders kriege ich den nicht verkauft.‹

»Wann ist der in Lüderitzbucht?«

»Immer im März und September.«

»Ich komme zu Besuch. Leihst du mir dann dein Angelzeug?«

»Ja sicher, aber du willst doch hoffentlich mit dem keine Geschäfte machen?«

»Ich will nur mal mit ihm reden«, log Phineas.

Über Albatros hatte er vor seiner Familie kein Wort verloren.

Die Sonne kam gerade über den Horizont. Dünner, lichter Nebel hing zwischen den grünen Hügeln Natals. Phineas ging mit einer Schaufel und einem Hammer zur *boma* der Ziegen. Dort schob er das Dornenreisig beiseite und steuerte zielstrebig auf die Stelle zu, an der er den Pflasterstein vergraben hatte. Patel sollte sich Albatros ansehen. Er stieß auf etwas Hartes, hob den Stein heraus und schlug so leise er konnte auf ihn ein, ohne Miriam zu wecken. Er konnte Patel unmöglich ein Stück Beton anbieten. Um ihn herum standen die Ziegen wie stumme Zeugen und beobachteten ihn neugierig aus ihren Schlitzpupillen.

Der Beton zerplatzte zu kleinen Brocken, schließlich zu winzigen Fragmenten. Aber Albatros war nicht dazwischen. Phineas begann zu schwitzen.

›Habe ich den zerschlagen?‹

Er durchsuchte den kleinen Haufen Betonschutt, aber es fanden sich keine Splitter von Albatros. Nichts!

›Ich bin ja nicht abergläubisch, aber irgendwie scheint sich dieser kleine Lump seinem jeweiligen Finder zu entziehen, zuerst van Tonder, jetzt mir.‹

Phineas wunderte sich über sich selbst, darüber, wie gefasst und ruhig er blieb.

›Jetzt bloß nicht nervös und unüberlegt reagieren wie van Tonder!‹

Fast fühlte er sich ein wenig erleichtert, jetzt für Albatros nicht mehr verantwortlich zu sein. Das *corpus delicti* war verschwunden. Doch wo verlor sich seine Spur? Wo war er jetzt?

Phineas behielt seine Entdeckung für sich. Er wollte der Sache auf den Grund gehen. Später. Im Stillen. Unauffällig. Sorgfältig vergrub er das kleine Häufchen der Betontrümmer.

Sechs Monate später rief Maggie Jabulani an. Ellen ging es nicht gut, sie machte sich große Sorgen. Sie sollten nach Kokstad kommen, um sich von ihr zu verabschieden. Sie meinte, es ging langsam zu Ende.

Johannes kam aus Lüderitz angereist, Phineas und Miriam aus Umlazi. Sie kamen zu spät. Ellen war tot.

»Am Ende hat sie wirres Zeug geredet. Ich war bis zum Schluss bei ihr, hab Händchen gehalten und ihr die Stirn gekühlt. Ihre letzten Worte waren Thabisa, Heinrich, Nandi und Albatros. *Wie is dardie fokken Albatros?* Den hat sie nie erwähnt«, sagte Maggie in ihrer direkten Art.

Die Beisetzung fand auf dem Friedhof an der Barclay Street statt. Im Anschluss trafen sie sich zum Leichenschmaus, den Doris zusammen mit Maggie zubereitet hatte. Danach begleiteten sie Maggie in ihr township Bhongweni, bevor sie Kokstad wieder verließen. Zaudernd, fast ängstlich holte sie ein Papiertütchen aus der Tasche und zeigte ihnen den Diamanten, den ihr Ellen als Dank für ihre Fürsorge und Pflege bis zuletzt geschenkt hatte.

»Darf ich den wirklich behalten? Durfte sie das denn?«

»Ellens Wille wird respektiert«, antwortete Phineas bestimmt.

»Solltest du eines Tages Geld brauchen, kaufe ich ihn dir ab. Gehe nicht zu einem unbekannten Händler. Er könnte ein Spion sein. Wir regeln das unter uns.«

»Kommt überhaupt nicht in Frage! Den nehme ich mit in die Kiste. Bevor ich meinen letzten Röchler tue, verschlucke ich ihn, damit sie ihn nicht mopsen. Das ist mein Andenken an Ellen und Thabisa. Ich war genauso spitz auf Thabisa wie sie, aber ich war zu langsam. Ich zögerte, mich mit einem Schwarzen einzulassen. Ich wollte mich nach oben vögeln und hab mich von einem Weißen flachlegen lassen. Ob ich den geliebt habe? Ich glaube nicht. Aber der mich auch nicht, wie ich später feststellen musste. Ja, wir Griquas. Ein bisschen weiß, ein bisschen schwarz, und die Augen immer ins Helle. Heute weiß ich, dass die Hautfarbe nicht wirklich zählt. Als Thabisa in Mafikeng auftauchte, um nach Ellen zu suchen, war ich richtig sauer. Wütend auf mich, weil ich so dämlich war. Der war ein richtiger Kerl. Der kam tatsächlich wieder! Aber ich gönne den beiden ihr Glück, so kurz es auch war. Und jetzt sind sie beide hier drin.«

Sie hielt den Diamanten hoch, tippte mit ihrem Zeigefinger darauf und steckte ihn wieder in ihre Handtasche.

Luisa kroch nahezu in das Radio hinein. Gespannt verfolgten sie und ihre Eltern die Nachrichten aus ihrem Mutterland Portugal. Es gab aufregende Neuigkeiten. Sie konnten es kaum fassen, aber Teile der Armee, vor allem junge Offiziere, hatten die älteste Diktatur Europas gestürzt. Die Bevölkerung strömte begeistert auf die Straßen und feierte ein spontanes Volksfest. Den putschenden Soldaten steckten sie rote Nelken in die Läufe ihrer Gewehre. Der Begriff ›Nelkenrevolution‹ war geboren. Das Regime von António Salazar mit Bespitzelung, Beugehaft, Folter und Pressezensur war nicht mehr. Der Diktator entkam nach Madeira und floh von dort ins Exil nach Brasilien. Die Dritte Republik wurde ausgerufen. Ganze vier Tote hatte der Putsch gefordert.

Zu den Hauptzielen der Nelkenrevolution gehörten die Entlassung aller Kolonien in die Unabhängigkeit, die Einstellung aller bewaffneten Konflikte und der Rückzug der Truppen aus den Überseebesitzungen. Das Kolonialreich sollte Schritt für Schritt aufgelöst werden. Als dann Angola an der Reihe war, hofften Luisa und ihre Eltern, dass nun die unterschiedlichen Freiheitsbewegungen zusammenarbeiten würden, um den neuen Staat voranzubringen. Doch sie taten es nicht. Vielmehr beanspruchte jede einzelne die Vormacht im Land für sich. Es kam zu Zerwürfnissen, dann fielen die ersten Schüsse, das Land stürzte in den Bürgerkrieg. Die Portugiesen in Angola gerieten nun zwischen die Stühle. Es kam zu schweren Übergriffen marodierender Gruppen aus allen Lagern. Ihr Leben wurde zum Alptraum. Aus Furcht um Leib und Leben sahen viele keinen anderen Ausweg als die Flucht. Sie luden ihr Hab und Gut auf Pickups und Lieferwagen, soviel die tragen konnten. In zusammengewürfelten, endlosen Konvois fuhren sie auf staubigen Straßen nach Süden, denn der Nachbar im Norden, der Kongo, steckte mitten in der Loslösung von der Kolonialmacht Belgien. Auch dort ging es blutig und grausam zu.

Sithole blickte auf, als Luisa sein Büro in der alten Missionsstation betrat. Seit Thabisas Beerdigung vor einigen Jahren war sie nicht mehr zur Missionsstation gekommen. Die Grabpflege hatte sie den Soldaten überlassen. Dies war deren Welt. Ihre Trauer ging die nichts an.

»Nett, dass Sie mir Blumen bringen«, flachste er und erkannte den faux pas eine Sekunde zu spät.

»Perdão, Senhora. Das war dumm von mir. Unverzeihlich. Es tut mir leid. Sie wollen sicher zu Thabisas Grab. Ich begleite Sie.«

»Ist schon in Ordnung. Ich …, wir wollen uns heute verabschieden. Wir verlassen das Land.«

Er hielt Luisa die Tür auf und folgte ihr ins Freie. Draußen wartete ein junger Mann, gutaussehend, groß gewachsen.

»Das ist Gilberto, mein und Thabisas Sohn.«

Sithole schüttelte ihm die Hand.

»Nett, Sie kennenzulernen.«

»Mein Vergnügen. Mutter hat mir von Ihnen erzählt.«

›Halb Zulu, halb Portugiese. Interessante Mischung‹, dachte er.

›… und gute Manieren.‹

Sie standen vor dem Grab, dem ersten von zwölf. Dahinter ragte ein weißer Fahnenmast mit der schwarz-grün-gelben Flagge des APC in den Himmel. Die Anlage war schlicht und sauber gepflegt. Beim Gehen knirschte der Kies unter den Schuhen. Luisa legte die Blumen auf das Grab. Gilberto sah Sithole von der Seite an, als der Feldwebel zackig die Hacken zusammenschlug und salutierte.

»Jeder Mann ist einer zu viel. Sie fehlen mir alle.«

»Für einen Südafrikaner sprechen Sie unsere Sprache perfekt. Mein Kompliment.«

»Man tut, was man kann.«

»Bleiben Sie noch lange hier?«

»Ich würde lieber heute als morgen zurück. Was sich hier abspielt, ist kaum zu ertragen. Ich nehme an, Sie fahren nach Südafrika.«

»Wir haben dort Verwandte. Ich hoffe, dort geht es zivilisierter zu als hier, wenn ihr eines Tages die Apartheid abschüttelt. Andernfalls sitzen wir am Ende des Kontinents. Dann bleibt uns nur noch die See«, antwortete Luisa fatalistisch.

»Da habe ich keine Sorge. Es wird friedlich ablaufen. Wir lernen hier gerade, dass wir die Ausländer raushalten müssen. Hier kämpfen in Wirklichkeit die Russen gegen die Amis um Angolas Rohstoffe. Öl, Diamanten, Mineralien. Die lokalen Freiheitskämpfer sind allenfalls Stellvertreter. Wir vom APC machen das besser. Ganz sicher!«

Luisas Blick blieb skeptisch.

»Wir werden sehen.«

Sie reichte ihm die Hand.

»Hoffentlich haben Sie Recht. Adeus, Sargento Sithole.«

»Bis nächstes Jahr in Johannesburg«, erwiderte er. Es klang eine Nuance zu optimistisch.

Er begleitete Luisa zum Pickup ihrer Eltern, die im Wagen gewartet hatten. Er ging um den Wagen und besah sich die Ladung. Hausrat, Küchengeräte, Möbel und Matratzen waren hoch aufgestapelt und eilig verschnürt worden. Wo noch ein Eckchen Platz war, hatten sie Kisten und Kartons dazwischengestopft. Sithole dachte praktisch, wie er es gelernt hatte.

›Die Ladung ist nicht hinlänglich gesichert, und der Schwerpunkt liegt zu hoch. Eine scharfe Kurve, ein plötzliches Ausweichmanöver, und der Kleinlaster kippt um.‹

Doch er sah die Angst und die Sorge in den Gesichtern und behielt seinen Kommentar für sich.

›Wenn die in ein südafrikanisches Gewitter kommen mit ordentlich Hagel, können sie die Hälfte wegschmeißen. Das sieht alles so überstürzt aus, so würdelos. Was wird ihnen widerfahren sein, was haben sie durchgemacht, was haben sie mitbekommen? Eigentlich mag ich die Portugiesen, sie sind viel gelassener als die Buren. Ich mag besonders diese Familie. Sie haben Thabisa wie ihren Schwiegersohn behandelt und seinen Sohn studieren lassen. Solche Leute werden gebraucht, um das Land nach dem Bürgerkrieg wieder aufzubauen. Ich verstehe die Schwarzen hier nicht. Wenn sie den geraubten Wohlstand der Portugiesen versoffen haben, besitzen sie weniger als vorher. Dann betteln sie die Großmächte um Geld an, und schwuppdiwupp sind sie von denen abhängig. Verrückt! Das müssen wir in Südafrika vermeiden.‹

Sithole begriff, dass sie ihren gesamten Besitz zurückgelassen hatten, Haus, Firma und die Hütte in den Bergen. Er war Soldat und hatte außer seinen Kameraden keine sozialen Bindungen, keine Frau, keine Kinder. Er konnte nicht nachfühlen, dass ihre gesellschaftlichen Bande zerrissen waren, dass Freunde und Bekannte ebenfalls flohen und nur wenige zurückblieben. Sie gaben ihr bisheriges Leben auf.

Die Eltern waren ausgestiegen und verabschiedeten sich stumm von Sithole. Als sie aus seinem Camp rollten, sah er ihnen nachdenklich hinterher.

›Die haben an die dreitausend Kilometer vor sich, und das Tempo bestimmt der Langsamste. Mindestens vierzig Stunden, ohne Pausen oder Pannen. Meine Fresse!‹

Außerhalb von Nova Lisboa, das jetzt Huambo hieß, reihten sie sich in den nächsten Konvoi ein. Aus Sicherheitsgründen mieden sie die Hauptstraße über Asaka, sondern wählten die östliche Schotterpiste, auf der der Konvoi eine lange Staubwolke hinter sich her zog. Nach zehn Stunden Fahrt erreichten sie den winzigen Grenzposten Santa Clara. Es war später Abend und stockdunkel. Die Beamten ließen sich mit einem fetten Obolus rasch davon ›überzeugen‹, den langen Konvoi unkontrolliert passieren zu lassen. Dann waren sie endlich in Südwest und erlaubten sich eine Pause, um sich die Füße zu vertreten, Kaffee zu kochen, ihre Ladungen zu prüfen und das Gefühl von Sicherheit zu genießen. Auf geteerten Straßen ging es zügig weiter. Sie fuhren die ganze Nacht hindurch. Bald umrundeten sie die Etoshapfanne und passierten Windhoek. Als die Sonne aufging sah Luisa kurz hinter Keetmanshoop das Hinweisschild nach Lüderitzbucht.

›Dort also hatte Thabisa einen Teil der Diamanten gefunden, die er mir zur Aufbewahrung anvertraut hatte, weil er sie keinesfalls in der Missionsstation haben wollte. Wie wird es dort aussehen? Auch so trostlos wie hier?‹ Sie erinnerte sich an seine Schilderungen. Durch das Leder ihrer Tasche fühlte sie das Paket.

Bis nach Südafrika war es noch weit. Auf dem Weg waren ihnen immer wieder weiß lackierte Autos mit dem Zeichen UN auf den Türen begegnet. Die Vereinigten Nationen sollten die Hebamme sein, die die ehemalige Kolonie Deutsch Südwestafrika im nächsten Jahr aus dem Schoß der bisherigen südafrikanischen Fremdverwaltung ans Licht des Kreißsaals der Unabhängigkeit heben würde. Das Mandat des früheren Völkerbundes war nach fünfundfünfzig Jahren erloschen.

An der Abzweigung vor Grünau stoppte der Konvoi. Die wenigen, die nach Süden in Richtung Kapstadt fahren wollten, verabschiedeten sich. Umarmungen, Tränen. Sie würden sich kaum jemals wiedersehen.

Der größte Teil des Konvois nahm die Straße nach Osten, auch Luisa und ihre Familie. Bis Johannesburg waren es jetzt noch gut elfhundert Kilometer. Der Wachhabende am Grenzposten Nakop in der Kalahari hatte Anweisung aus Pretoria, die Flüchtlinge passieren zu lassen. Er hatte keine Ahnung, wie viele es noch sein würden.

In der Goldstadt, von den Zulus eGoli genannt, wohnte eine große Gemeinde portugiesischer Einwanderer, die ihren geflohenen Landsleuten solidarisch unter die Arme griffen. Gilbertos helle Haut und seine portugiesische Staatsangehörigkeit ersparten ihm die Klassifizierung als Farbiger, er ging als Weißer durch. Die rigide Apartheidpolitik hatte ihren Zenit überschritten und begann zu bröckeln. Man nahm es nicht mehr so genau. Gilberto erlernte außer seiner Muttersprache Englisch und Afrikaans. Die Sprache der Zulu erlernte er nicht. Einem Mitglied der Familie Nkumalo sollte er nie begegnen.

Die alte deutsche Kolonie nannte sich jetzt Namibia, nach eben der Wüste, die Vater Oranje und der Benguelastrom mit Diamanten so reich gesegnet hatten. Der Firma des Skippers wurden die Lizenzrechte für die maritime Diamantsuche übertragen, sie entwickelte sich zu einem veritablen Unternehmen.

Johannes gab das Berufstauchen aus Altersgründen auf und verließ Lüderitzbucht für immer. Als in Südafrika die Apartheid beendet war, verkaufte er das Haus seiner Mutter in Kokstad. Mit Jabulani gründete er südöstlich von Kapstadt im Hafen von Gansbaai eine Tauchschule für Sporttaucher. Sein kleines Unternehmen wurde innerhalb weniger Jahre durch das Tauchen nach Haien und der Verhaltensforschung an diesen Raubfischen weltbekannt.

Neunzehn Jahre nach der Unabhängigkeit Namibias begann auch in Südafrika eine neue Epoche. Turnusgemäß stand die Parlamentswahl an. Das Neue war, in die künftige Volksvertretung sollten erstmals alle

Bevölkerungsgruppen paritätisch einziehen. *One Man One Volte* hatte sich durchgesetzt. Der APC erhielt eine überwältigende Mehrheit an Stimmen. Bald hatte Südafrika den ersten schwarzen Präsidenten. Der gesamte Regierungsapparat wurde völlig umgekrempelt. Es folgte der Austausch der Eliten. Jetzt wurden viele weiße Staatsdiener arbeitslos, die bislang nur auf Grund ihrer Hautfarbe in Lohn und Brot gestanden hatten. Es entstand ein veritables Schachern um die besten Posten.

Phineas wusste, dass er zur Politik nicht taugte. Das Gerangel um lukrative Stellungen und Vergünstigungen, die offenen Hände, die Vorteilsgewährungen und der Ausbau einer Parteibuchkarriere waren nicht seine Sache. Das ließ er für sich nicht gelten. Er hatte ja einen Abschluss. Er wollte nicht Quotenreiter sein, sondern seine Bezüge ehrlich verdienen. Wofür hatte er studiert? Er war jetzt achtunddreißig und hatte bisher nicht in seinem Beruf arbeiten dürfen, er konnte keine Referenzen vorweisen. In normalen Zeiten müsste er als Volontär oder Praktikant von vorne anfangen, ganz unten. In der freien Wirtschaft galt nachweisbare Leistung. Die konnte er nicht vorweisen. Tausenden anderen Farbigen erging es ebenso.

Auf dieses Dilemma fand die neue Regierung eine simple Antwort. Der Präsident ermutigte die Nation zur *affirmative action*, der ›bejahenden Handlung‹ zur Gleichstellung aller Menschen in Betrieben und Verwaltung, auf freiwilliger Basis und ohne staatliche Bürokratie. Aber es wurde eine Empfehlung gegeben. Die Belegschaft sollte möglichst die Zusammensetzung der Bevölkerung widerspiegeln, Qualifikation hin oder her. Man konnte nicht darauf warten, eine ganze Generation durch ein gerechteres Schulsystem zu schicken. Man brauchte die Leute *jetzt*, auch wenn ihre Qualifikationen unzureichend waren. Die Devise war *Learning by doing*.

Wieder hatte Miriam eine gute Idee.

»Schau, du warst Wachmann auf Amilefika. Die Mine gehört der deBoer Ltd. Der Staat Botswana ist zwar Teilhaber, aber der Konzern mit seiner Hauptverwaltung in Johannesburg betreibt das operative Management. Dort solltest du dich bewerben. Wenn die deBoer Ltd. mit der *affirmative action* ernst macht, bist du der richtige Mann mit der richtigen Qualifikation. Du besitzt praktische Erfahrung des Alltags in der Mine, hast ein tadelloses Führungszeugnis und einen Abschluss der Fort Hare Universität.«

Gespannt warteten beide auf eine Antwort. Nach zwei Wochen wurde er zu einem Vorstellungsgespräch eingeladen und erhielt die Position des Arbeitsdirektors. Das Unternehmen hatte ein Zeichen gesetzt. Dass er ein Zulu war, unterstrich die positive Einstellung des Konzerns zum Neuen Südafrika, zur ›Regenbogennation‹.

Seine Antrittsrede widmete er dem Thema:
»Chancengleichheit ist nicht alles,
aber ohne Chancengleichheit ist alles nichts.«

Der Lear Jet der deBoer Ltd. hatte pünktlich auf der Asphaltpiste aufgesetzt und rollte vor dem kleinen Gebäude des Feldflugplatzes aus. Phineas hatte beim Anflug über die Tragfläche einen Blick in das große Loch werfen können. Die mächtigen Bagger und die riesigen Muldenkipper, die sich mit dicken Abgasfahnen die Rampe hinaufquälten, sahen aus wie Spielzeuge. Der Fahrer des Mercedes, der neben dem Gebäude parkte, ging auf ihn zu. Grauer Anzug, graue Schirmmütze, Krawatte zum weißen Hemd.

»Guten Morgen, Sir. Wie war der Flug?«

»Ausgezeichnet. Danke …«

»Samuel.«

Er spürte ein flüchtiges Unbehagen in der Magengrube, als er das Verwaltungsgebäude von Amilefika durch die Glastür betrat und am Empfang höflich begrüßt wurde. Für einen winzigen Moment fühlte er sich zurückversetzt in seine Zeit als Wachmann, als kleines Licht ganz unten in der Hierarchie, der dieses Gebäude nie betreten hatte. Heute war er Repräsentant des mächtigen Konzerns.

Von der Affäre um den verschwundenen Diamanten war nichts an ihm hängen geblieben, er war reingewaschen. Oder doch nicht? Noch war der Stein nicht gefunden worden, den er gestohlen hatte. Tickte da eine Zeitbombe? Und da war die Sache mit dem Arbeitsschuh. Als er ihn umtauschte, hatten sich ein paar Augenbrauen angehoben. Auch die kleinste Unregelmäßigkeit führt zu einem Anfangsverdacht und einer möglichen Eintragung in die Personalakte. Doch er hatte die Mine mit einer weißen Weste verlassen.

Die Stimme des Minenmanagers riss ihn aus seinen Gedanken.

»Hallo Mr. Nkumalo. Willkommen! Ich bin David.«

»Phineas.«

»Glückwunsch zu Ihrer steilen Karriere! Das gibt es nur im Neuen Südafrika.«

»Ja, wir holen auf. Haben Sie damit ein Problem? …David?«

»Natürlich nicht. Sie wissen ja aus Ihrer Zeit bei uns, dass hier nur die Leistung zählt. Wir haben Sie in allerbester Erinnerung. Und Ihre akademische Ausbildung berechtigt zur Hoffnung auf eine fruchtbare und professionelle Zusammenarbeit.«

»Es braucht immer zwei zum Tango. Als ich damals eingestellt wurde, wollte nur keiner mit mir Tango tanzen. Das können wir jetzt nachholen. Und nun können wir uns der Tagesordnung zuwenden, oder? Sie haben sicher eine vorbereitet?«

Der Manager war in Verlegenheit. Er hatte geplant, zuerst einen ausgedehnten Rundgang zu machen, um den Besucher zu taxieren. Danach hatte er ein gutes Mittagessen im Casino vorbereiten lassen. Und danach wäre er ihn sicher bald wieder los.

»Nein? Das ist überhaupt kein Problem. Ich habe eine Liste von Punkten vorbereitet, die ich gern besprechen will. Einen Rundgang durch die Mine können wir überspringen, sie ist mir noch sehr gut im Gedächtnis. Könnten Sie zu Mittag ein paar belegte Brötchen bestellen? Wunderbar. Fangen wir an, David? Wer nimmt alles teil?«

Der Tag verging wie im Fluge. Am Nachmittag waren seine Punkte abgearbeitet. Er würde ins Gästehaus gefahren werden, um sich frisch zu machen und am Abend im Casino mit den Managern essen. Doch bevor er das tat, bat er darum, Tobias Mefana vom Bauhof zu ihm ins Besprechungszimmer zu rufen, den Betonsteingießer. Zehn Minuten stand der im Vorzimmer.

»Mr. Nkumalo will mich sprechen?«

Die Sekretärin schaute von ihrem Schreibtisch auf und fragte sich entsetzt, wie sie wohl die Spuren seines zementverschmierten Arbeitsanzuges von den Polstern bekommen würde. Sie stand auf, klopfte an und öffnete die Tür einen Spalt.

»Mr. Mefana ist da.«

»Soll reinkommen. Bekommen wir Kaffee, bitte? Und schließen Sie dir Tür.«

Mefana trat ein und erschrak.

›Nkumalo! Ach, du schöne Scheiße!‹

Phineas sah von irgendwelchen Papieren auf.

»Hallo.«

Mefana war grau im Gesicht. Dunkelhäutige Menschen werden nicht kreideweiß.

›Die Pflastersteine!‹

Ihm wurde heiß unter dem Kragen, doch er fasste sich.

»Mr. Nkumalo. Sie! Ich kannte Sie nur als Phineas.«

»Dabei wollen wir es auch belassen, Tobias. Lange nicht gesehen. Wie ist es dir inzwischen ergangen?«

›Ob ich mich erst einmal dumm stelle?‹

»Als ich den Aushang gelesen habe vom neuen Arbeitsdirektor, wusste ich nicht, wer das sein sollte. Es hat einfach nicht geklingelt, dass Sie das …«

»Das Leben ist voller Überraschungen, nicht wahr?«

»Kann man so sagen, Mr. Nkumalo, …Phineas.«

»Gießt du immer noch Pflastersteine, Tobias?«

›Er weiß es. Jetzt kommt die große Abrechnung! Sonst hätte er mich nicht herbestellt.‹

Mefana dachte nach. Wie sollte er auf diese Frage antworten? Er entschied sich für die Flucht nach vorn.

›Er weiß es! Ich bin in jedem Fall geliefert. Ich sage, wie es war.‹

»Es tut mir leid. Ich habe damals gedacht, irgendetwas stimmt nicht mit der Ausrede vom Tokolosh. Sie … Du hättest mindestens zwei Steine für jeden Bettpfosten gebraucht, damit er sich den Kopf nicht stößt. Der Tokolosh ist doch so groß.«

Er hob seine flache Hand in die Höhe seines Knies.

»Und dann hatte der eine Stein ein doppeltes A. Das machte mich stutzig. Ich habe noch vier Steine gegossen und sie genauso markiert wie du. Die habe ich an die Tür gelegt und die Originale behalten. Als ich den weichen Beton auseinanderbrach, habe ich den Inhalt gefunden und eingesteckt. Dann kamen die Razzia und all die Verhöre. Ich hatte die Hosen gestrichen voll. Ich war nun gewissermaßen dein Komplize. So hätten die das jedenfalls ausgelegt. Ich wäre sicher geflogen. Aber sie haben nirgendwo etwas gefunden, und der Lärm verebbte wieder. Ich habe die Schnauze gehalten und wollte dich nicht verraten, und uns beide nicht ans Messer liefern. Verstehst du mich? Ich habe vier Kinder. Und dann sprach sich diese Geschichte dieses von Tongeren herum.«

»Van Tonder.«

»Der hat herumgetönt, er würde jeden kaltmachen, der den Stein hätte. Ein richtiges Ekel.«

Mefana hatte seine Gesichtsfarbe wieder. Er schien erleichtert, sich die Sache aus dem Kopf reden zu können.

»Du hättest es trotzdem melden müssen. Das war ein Fehler.«

»Ja, das stimmt. War alles ein bisschen zu viel auf einmal.«

»Wo ist der Diamant jetzt?«

»Er klebt unter dem Boden meines Spindes. Jeden Morgen läuft es mir heiß den Rücken runter, wenn ich nur dran denke. An den Stein und an diesen van Tonder. Ich schmuggle nichts aus der Mine. Ist mir viel zu gefährlich. Ich will meinen Job behalten. Aber was nun?«

»Lass mich nachdenken.«

Phineas stand auf, öffnete die Tür einen Spalt und bestellte Kaffee nach. Dann ging er im Raum auf und ab.

»Musst du demnächst mal runter ins Loch?«

»Wir sollen eine Betonsohle gießen, auf der sie die Baggerschaufeln abstellen können.«

Phineas setzte sein auf-und-ab fort.

»Das ist sehr gut. Nimm den Diamant mit runter. Wenn du unten bist, hebst du etwas auf und meldest den Fund. Ruf einfach nach der Wache.«

Mefana machte ein ungläubiges Gesicht.

»Und van Tonder bekommt die Abfindung?«

»Soweit ich mich an die Regelung erinnere, gehört die demjenigen, der den Fund meldet. Und van Tonder hat nichts gemeldet.«

»Ist das dein Ernst?«

»Mein voller Ernst. Ich habe die Regel nicht gemacht.«

»Dann bekomme ich die ganze Abfindung? Aber das... das ist ein Riesenlümmel.«

Tobias begann zu rechnen.

›Achtzig Prozent von ...ja, von was? Auf jeden Fall wird das eine große Summe.‹

»Weißt du was? Wir machen Halbe Halbe.«

Phineas sah ihn ruhig an.

›Das könnte dir so passen, Tobias Mefana. Dann hast du mich für alle Zeiten in der Hand. Nein, ich bin raus aus der Nummer.‹

Er hatte die Brieftasche gezückt und schrieb etwas auf einen Zettel.

»Machen wir nicht. Ich bekomme genug Gehalt, mehr als ich ausgeben kann. Überweise zehn Prozent deiner Abfindung auf dieses Konto bei der Standard Bank in Gaborone. Ist für einen guten Zweck.«

Es war die Nummer eines anonymen Kontos von Madolo.

Der Fund des Diamanten schlug ein wie eine Bombe. Er sah genau so aus, wie ihn van Tonder beschrieben hatte. Größe, Farbe, Klarheit und vor allem diese fast unsichtbare Zeichnung im Innern des Steins stimmten mit seiner Beschreibung überein. Der Stein existierte wirklich, nicht nur in van Tonders Phantasie, sondern jetzt im Safe der Mine. Das Rätsel war gelöst, van Tonder rehabilitiert. Nachträglich akzeptierte man seine Aussage, dass er den Fund melden wollte, ihn aber in der Mine verloren hatte, *in dubio pro reo*. Der Vorfall wurde zu den Akten gelegt.

Als er in der Zeitung las, dass ein namentlich nicht genannter Bauarbeiter ›seinen‹ Diamanten gefunden hatte, lief er aus Enttäuschung, Ärger und Wut über sich selbst rot an. Zornig besuchte er seine Stammkneipe. Auch eine Überdosis *Klipdrift* konnte seinen Verdacht nicht fortspülen, dass zumindest einer der beiden Wachmänner etwas mit dem Fund zu tun haben musste. Den Rest jener Nacht verbrachte van Tonder in einer Ausnüchterungszelle der Polizei.

Es war der größte Rohdiamant, der bisher auf Amilefika gefunden worden war. Der Prachtkerl wog zweihundertneunundvierzig Karat. Mit dem nächsten Flug wurde er zur Klassifizierung nach Amsterdam gebracht, zur bedeutendsten Diamantenbörse der Welt. Auch hier war das Aufsehen groß. Rohlinge dieser Größe sind sehr selten und gehen mit berühmten Namen in die Geschichte ein. Fünf Experten beugten sich über den Fund und nahmen ihn unter die Lupe und zwischen die Messlehren. Er wurde durchleuchtet und nach Einschlüssen abgesucht, denn die Aufgabe war, aus dem Rohling Endprodukte zu schleifen, die den höchstmöglichen Verkaufswert erzielten. Dabei war der Verlust durch das Spalten und Schleifen natürlich so niedrig zu halten wie irgend möglich.

Die Preisfindung für die fertigen Steine orientierte sich an einer sehr einfachen Formel der vier C: *carat, colour, clarity, cut*. Die fünf Herren waren sich schnell einig, dass nur der zeitgemäße und gut verkäufliche Brillantschliff in Frage kam, der die größte Lichtausbeute versprach, das ›Feuer‹, das künftig in tiefen Décolletés, an elegant manikürten Händen oder gar in fürstlichen Kronen aufblitzen sollte, um den Status der Trägerin oder des Trägers zu unterstreichen. Das kleine Stückchen Mineral, das fleißige Hände oder schwere Maschinen der Erdkruste entrissen hatten, wurde hier in Amsterdam zu einer Preziose. Ihr Erlös musste alle Kosten decken, die bisher entstanden waren, für Geologen, Bergleute, Maschinen, den Mercedes des Managers mit seinem Fahrer, die Wachmänner und nicht zuletzt für gewisse Betonsteine und die Abfindung Mefanas, inklusive Madolos Reifenwechsel.

Entscheidend waren nun die Anzahl und die Größen der Brillanten, die aus Albatros geschnitten werden konnten. Genauer gesagt drehte sich die Diskussion um das Gewicht der großen Steine, weniger um die kleinen, die aus den Abschnitten entstehen würden. Zwei der fünf votierten für einen großen Brillanten von 137 Karat, in dem die feine Zeichnung des Sturmvogels als kristalline Interferenz, als besonderes Merkmal dieses einzigartigen Steines, hervorgehoben werden sollte. Dazu schlugen sie einen tieferen Pavillon vor als üblich.

Die anderen drei hielten dagegen, dass durch ebendiese Zeichnung und den tiefen Pavillon die Lichtbrechung ungünstig wäre und das

Feuer geringer. Wer würde sich für einen ›Sturmvogel‹ interessieren, wenn der Stein weniger funkelte? Nur ein Liebhaber, und den müsste man erst einmal finden. Es wäre ein absolutes Sammlerstück, nicht für den normalen Markt geeignet. Sie machten den Gegenvorschlag, zwei lupenreine Brillanten von 58 und 36 Karat in der gewohnten Form zu schleifen. Dafür müsste der Rohling gespalten werden. Aus dem Rest ließen sich weitere sieben Brillanten herstellen. Diese Lösung wäre unter ökonomischen Gesichtspunkten die bessere.

Die Mehrheit setzte sich durch, die Entscheidung fiel zugunsten der zweiten Lösung. Die Trennlinie wurde exakt durch die Ebene der Zeichnung gelegt. Dann wurde der Rohling in die Halterung gespannt und mit einer dünnen Diamantscheibe in zwei fast gleichgroße Hälften zersägt. Die beiden Schnittflächen bildeten die Tafeln der zukünftigen Brillanten. Die geheimnisvolle Zeichnung des Albatros war jetzt nichts als glitzernder Diamantstaub in einer flachen Auffangschale auf dem Arbeitstisch des Schleifers.

Epilog

Diamanten werden dann berühmt, wenn sie vergleichsweise groß sind, eine außergewöhnliche Farbe besitzen, eine auffallende Form oder ein besonderes Kennzeichen haben wie, in unserem Fall, die mysteriöse Zeichnung des Albatros. Fast alle berühmten Steine haben ihre eigene interessante Geschichte, an manchen ›haftet Blut‹.

Viele Diamanten sind von Mythen umwoben, die nur schwer zu entwirren sind. Zum einen ist dies Fehlbeschreibungen geschuldet, zum anderen Namensänderungen, ungenauen Angaben der Autoren oder einfach der geheimnisvollen Aura, die die Steine umrankt. Ihre Namen muten an wie ein buntes Kaleidoskop, als da sind: Cullinan, Stern von Afrika, Braganza, Akbar Schah, Sancy, Excelsior, Regent, Hoffnung, Lesotho Braun, Jahangir, Matan, Eureka, Wittelsbacher, Hortensia oder der Schwarze Orloff, um nur einige zu nennen. Unser Albatros hätte es bestimmt in die *Hall of Fame* geschafft, wenn, ... ja wenn er nicht zersägt worden wäre.

Schwarze Diamanten gibt es eigentlich nicht. Sie kommen nicht im Kimberlit vor und nicht im Wüstensand oder vor der Atlantikküste Namibias. Sie sind eine polykristalline Varietät des Minerals, oder sie sind durch Bestrahlung künstlich geschwärzt worden. Man nennt sie Carbonado nach dem Begriff Carbon für Kohlenstoff. Trotzdem taucht der Begriff häufiger auf, als man denkt, zum Beispiel als Ortsname, als Name von Musikgruppen oder als Produktname. Ja, sogar Menschen werden mit dem Begriff »Schwarzer Diamant« bedacht, so wie der ivorische Fußballstar Yousouf Falikou Fofana.

Die gesellschaftlichen Umwälzungen in Südafrika nach dem Ende der Apartheid bewirkten nicht nur einen Austausch der Eliten, sondern auch eine Umverteilung des Reichtums in diesem Land. Farbige, die ihren neu erworbenen Wohlstand durch Kleidung, Schmuck oder dicke Autos zur Schau stellen, also Mitmenschen Phineas Nkumalos, werden von den Johannesburgern nicht gerade schmeichelhaft *Black Diamonds* genannt. Damit meinen sie nicht ihre Hautfarbe, sondern die Herkunft ihres Geldes, die im Dunkel liegt, sie hat ein »G'schmäckle«. Das böse Wort Korruption wird gebraucht.

Aber das ist wieder eine andere Geschichte.

Großer Dank gebührt meiner Frau, meinem Sohn Boris und allen Freunden, die mir halfen, nicht nur den Schreibfehlerteufel in Schach zu halten, sondern auch durch Ratschläge die Erzählung zu gestalten. Ebenso danke ich allen Freunden, Bekannten und ehemaligen Kollegen im südlichen Afrika, die damals ihr Wissen und ihre Kenntnisse mit mir teilten, insbesondere David, dem Manager der *Jwaneng Diamond Mine* in Botswana. Er fuhr mit mir in die 185 Meter tiefe Tagebaugrube, dorthin wo Albatros gelegen haben könnte.

Der Titel ist einem spontanen Einfall beim Schreiben zu verdanken. Seltsam eigentlich, denn Albatrosse sind Seevögel der nördlichen und südlichen Ozeane, die sich hauptsächlich von Tintenfischen ernähren. An Land kommen sie nur zum Brüten. In alten Überlieferungen galten sie als die Seelen verstorbener Seeleute. Ihr Name kam über englische Seefahrer zu uns und setzt sich mutmaßlich aus lateinisch *albus* für weiß und aus spanisch *alcatraz* für Tölpel zusammen.

So mag der Leser *Albatros* als Sinnbild für die Apartheid auslegen, die weiße Tölpel über das große Meer nach Afrika brachten und dort ihr Wesen trieben. Am Ende der Geschichte schien mir unvermeidlich, dass die aparte Verwerfung im Kristallgefüge unseres Diamanten zu Staub in der Schale des Schleifers zerfallen musste.

Glossar

APC	African Peoples Congress (fiktiv)
Bloemfontein	Hauptstadt, Oranje Freistaat
Cetshwayo	König der Zulus von 1872 bis 1879
Claim	Parzelle eines Grabungsfeldfeldes
Cumulonimbus	Gewitterwolke
Eshowe	Hauptstadt, Zululand
Gaborone	Hauptstadt, Botswana
Griqua	Bevölkerungsgruppe im südlichen Afrika
Griquastad	Stadt in der nördlichen Kapprovinz
impi	Kompanie in der Armee der Zulus
isiZulu	»Zuluisch«, Sprache der Zulus
John Vorster Square	Polizeipräsidium Johannesburg
Kaffer	von *arab. kafir*, Ungläubiger, *hist.* Schwarzer
Kalahari	Dornstrauchsavanne im südlichen Afrika
Karat	Edelsteingewicht, 0,2 Gramm
Kimberlit	diamanthaltiges Muttergestein
KwaGingindlovu	Ort in Natal, unweit Eshowe
Lobola	Brautpreis, an die Familie der Braut zu entrichten
Mpande	König der Zulus von 1840 bis 1872
Natal	*port. Weihnachten*, Provinz in Südafrika
Nova Lisboa	Hauptstadt, Provinz Huambo Angola
Potjie	gusseiserner Topf mit Standfüßen und Deckel
Robert Moffat	schottischer Missionar in Südafrika (1795 - 1883)
Samoosa	dreieckige Blätterteigtasche mit Curry-Füllung
Shaka Zulu	König der Zulus von 1816 bis 1828
Shebeen	illegale Kneipe in den Townships
Sorghum	*sorghum bicolor*, Mohrenhirse, einjähr. Rispengras
Tswana	auch Botswana, Bantu-Ethnie im südlichen Afrika
ubaba	isiZulu für: mein Vater
Ubuntu	*isiZulu*: Menschlichkeit, gegenseitige Hilfe
Umkhulu	Großvater
Umbundu	Sprache der Ovimbundu, Zentralangola
Voerspoed	Alles Gute, Erfolg, Segen
Witwatersrand	Region um Johannesburg
Zululand	seit 1820 Königreich, 1897 Annexion durch Briten